Sera Milano

ET POURTANT NOUS SOMMES VIVANTS

Traduit de l'anglais par Laetitia Devaux

Gallimard Jeunesse

Titre original : *This Can Never Not Be Real*

Édition originale publiée en Grande-Bretagne en 2021
par Electric Monkey, Egmont Books, une filiale de
HarperCollins Publishers

ET POURTANT NOUS SOMMES VIVANTS

Pour tous ceux qui apprennent à survivre.
Tenez bon.

« En des temps meurtriers
Le cœur se brise et se brise
Et vit sur ses débris. »

Stanley Kunitz, *The Testing-Tree*

UN

TÉMOIGNAGE DE JOSEPH (JOE) MEAD, 17 ANS

Je regardais Ellie Kimber danser.

TÉMOIGNAGE DE VIOLET NKIRU CHIKEZIE, 16 ANS

On regardait Ellie Kimber danser. Sa robe, presque trop courte pour qu'on puisse parler d'une robe, scintillait comme une queue de sirène sous les projecteurs. Même sa peau était lumineuse, et elle avait des jambes si longues qu'on les aurait crues interminables. J'ai senti une secousse dans ma main, celle qui tenait mon petit frère, et en baissant la tête, je l'ai vu se tortiller sur la musique comme elle. Ça m'a fait sourire. À côté, ma mère a émis un bruit désapprobateur. Mais elle aussi, elle regardait.

TÉMOIGNAGE DE PEACHES BRITTEN, 16 ANS

On regardait tous Ellie Kimber danser. Elle était comme un rayon de lumière argentée dans un ciel lourd. Même si on la détestait, c'était impossible de détacher son regard d'elle.

TÉMOIGNAGE D'ELLIOT (ELLIE) KIMBER, 17 ANS

Je dansais. C'est le meilleur moyen de ne plus penser à rien. Les yeux fermés, la tête rejetée en arrière. Tout laisser de côté. Je suivais le rythme de la musique, on aurait dit des vagues. Un instant, le son était clair, puis brouillé quand je tournais la tête. La basse résonnait comme un battement de cœur, de ceux qu'on perçoit plutôt qu'on entend. J'étais tout près de la barrière au pied de la scène, juste à côté des baffles. Assez près pour sentir la vibration de l'air.

Je sais: ce n'était pas une bonne idée. Je suis censée protéger l'audition qui me reste, mais même si aucune de mes oreilles n'avait fonctionné, je me serais malgré tout mise là pour sentir la musique qui faisait trembler le sol et remontait par mes pieds, presque comme quand je cours, mais sans la douleur, ni la concentration, ni la culpabilité.

JOE

Ce n'était même pas de la bonne musique. Chaque année, au festival d'Ambereve, c'est toujours pareil: deux figures locales qu'on autorise pour une fois à gratter leur guitare ailleurs qu'à la soirée des talents du Queen's Head, et, en tête d'affiche, Eric Stone. La seule célébrité d'Amberside. Même s'il a sombré dans l'oubli depuis genre vingt ans.

PEACHES

Ma mère se souvenait de l'époque où Eric Stone était célèbre. Autant que les Beatles, mais avec des cheveux mieux coupés, elle disait. Un jour, elle lui avait lancé son soutien-gorge. Maintenant, il habite dans le quartier des riches qui domine la ville, comme ça, il peut tous nous regarder de haut. Pour moi, c'est juste un vieux barbu qui m'a engueulée le jour où j'ai foiré son test micro. Un connard.

VIOLET

Je n'écoute pas la musique de ce type, mais la façon dont Ellie dansait, c'était beau. Ça m'a rendue presque jalouse, même si je n'aurais jamais pu faire ça – danser devant tout le monde. Je n'aurais jamais voulu, et pas seulement parce que ma mère aurait émis des sons réprobateurs à s'en écorcher la gorge. Mon prénom me vient d'un livre pour enfants qu'on lui avait offert à ma naissance : *Violet la timide*, et il me va comme un gant. Danser, ça n'est pas mon truc. Moi, je préfère me mettre dans un coin pour observer sans avoir à me demander si quelqu'un me regarde. Quand Ellie danse, on dirait que ça lui est égal que les gens n'aient d'yeux que pour elle. Mais pourquoi ça devrait l'embêter ? Elle est seule au monde quand elle danse. Toute seule.

JOE

Elle bouge comme… Je ne sais pas. Comme si elle était moins lourde que les autres. À croire que ses os ne pèsent rien. C'est pour ça qu'on se retourne tous sur elle dans les couloirs du lycée. Je suis incapable de ne pas la regarder. Personne n'en est capable. Ce n'est pas juste pour ces photos de mannequin qu'elle fait, même si je vois bien que les autres filles l'épient comme si elle avait un secret qu'elles rêvent de découvrir pour l'imiter. On a l'impression qu'elles rêvent toutes de se glisser dans sa peau.

C'est comme ça que je la regardais. Exactement comme ça. C'était plus fort que moi.

Sam m'a donné un coup de coude, puis il a passé le doigt dans la languette de ma canette de bière pour me la piquer en riant.

« Attention, ils vont finir par te sortir de ta tête. »

Je ne l'ai même pas regardé.

« Quoi ?

– Tes yeux, mec. »

Il se moquait de moi, mais je savais que, lui aussi, il la regardait. Tout le monde la regardait. Elle était tellement...

VIOLET

Belle.

PEACHES

La salope.

ELLIE

J'attendais le feu d'artifice. Ambereve, ça se déroule toujours de la même façon : toute la journée, les stands dans la rue principale, les manèges pour les enfants, les vigiles qui empêchent les lycéens qui ont bu trop de vin chaud de monopoliser les chevaux de bois. Le vin aux épices dans des gobelets en carton, ainsi que sa version sans alcool. Les pommes d'amour. Les caramels en nid d'abeilles dans des sachets à rayures. Et pour finir, la procession.

VIOLET

Tous les habitants d'Amberside participaient à la procession. Surtout cette année.

ELLIE

L'an dernier, ça n'avait pas eu lieu, ni la procession ni le festival, alors là, on a tous poussé un soupir de soulagement en se rassemblant au point de départ. On n'était probablement pas plus nombreux que d'habitude, pourtant, c'était comme s'il n'y avait jamais eu autant de monde et que tous les cœurs battaient à l'unisson. C'était beau.

PEACHES

On vous donne une torche devant l'hôtel de ville, et ensuite, vous la plongez dans la braise. C'est le seul jour de l'année où ça ne dérange personne de confier des flambeaux à des ados en colère, quand bien même un gars du lycée s'est un jour cramé les cheveux avec.

JOE

Un jour, Dougie a pris feu. C'était génial. Il s'en est bien sorti, sauf qu'il n'a pas eu de sourcils jusqu'à Noël.

ELLIE

Puis, comme chaque année, on s'est mis en route vers Hearne House.

PEACHES

« Hearne House, demeure historique », prétendent les panneaux. Nous, on a un nom moins pompeux pour ça.

VIOLET

La maison sur la colline.

ELLIE

Tout le monde assiste à la procession ou en fait partie. Y compris les élèves de Clifton et de Sefton, même ceux qui se prétendent trop vieux pour ça. Les parents aussi, sous prétexte de surveiller. Les enfants se suspendent aux bras des adultes pour supplier qu'on les laisse tenir le flambeau.

Je me suis demandé quel spectacle ça devait donner depuis le ciel. Ce serpentin de points lumineux au milieu d'un océan obscur. Plein de petites comètes. J'avais rejoint mes parents un peu par hasard dans la procession. Maman a déclaré qu'un feu de joie par une soirée où on peut encore exposer un peu de peau à l'air libre, c'est toujours bon à prendre.

Papa m'a désignée du coin de l'œil en disant: «Arrête de l'encourager.»

J'ai éclaté de rire, puis je les ai perdus de vue. Au pont, j'ai retrouvé mes potes: Jessa, Cori, Sutton et quelques autres qui rêvaient d'intégrer notre petite bande. Les gens se sont précipités dans le parc. On aurait dit une bouffée de chaleur qui se lance à l'assaut du froid sitôt une porte ouverte. On a couru vers la scène.

VIOLET

On a dû faire la queue pour franchir le pont qui enjambe l'eau. La maison se dresse au milieu de plusieurs hectares de terre, et il n'y a qu'un seul accès: le pont. Un bras de la rivière passe dessous avant de longer les murs d'enceinte, mais à l'intérieur, un peu comme des douves inversées. J'avais fait un dossier là-dessus l'an dernier. Les murailles sont hautes et épaisses, et la maison ressemble à une forteresse. À se demander qui on cherche à tenir à distance.

PEACHES

C'est à se demander qui on cherche à garder à l'intérieur.

Je ne participais pas à la procession aux flambeaux. Moi, j'étais à Hearne House depuis neuf heures du matin avec l'équipe technique et quelques bénévoles du théâtre municipal. Le club théâtre d'Amberside peut donner trois représentations par an à Hearne House en échange d'un coup de main pour les événements qui y sont organisés, essentiellement des mariages et des conférences, Ambereve étant le point d'orgue. On avait monté un portique en métal pour suspendre les projecteurs au-dessus de la scène et, à l'arrivée de la foule, on était encore en train de faire les dernières vérifications. La moitié de la ville était là, alors ça faisait un goulet d'étranglement au pont, mais ça a fini par se résorber quand les habitants sont passés à la queue leu leu avant d'être guidés par le service d'ordre jusqu'au feu de bienvenue pour y jeter leurs flambeaux.

Le feu, c'est censé être un symbole d'unité, mais je pense qu'il n'y a pas beaucoup de gens qui prennent le temps de réfléchir au fait que si cet acte pyromane les réchauffe, ça leur fait aussi un peu tourner la tête.

JOE

Cette année, le feu était immense. S'il y a vraiment un domaine où Amberside excelle, c'est celui de l'incendie volontaire. Mais l'attraction principale, ça n'était pas le feu de bienvenue. Le parc était plein de gens qui attendaient le concert et le feu d'artifice. Dougie, Sam et moi, on s'est dépêchés de récupérer notre spot habituel, dans la pente sud, adossés au mur qui sépare le parc des jardins.

Quand Sam m'a rendu ma canette de bière, elle était vide, mais je m'en foutais. De toute façon, je faisais juste semblant de boire. Je suis très fort pour faire semblant – vous n'imaginez pas l'argent que j'ai dépensé en cigarettes dont je n'ai jamais inhalé la fumée. Je comptais reprendre sérieusement l'entraînement le lendemain et m'y tenir, cette fois. Au mois d'octobre, et même sans gueule de bois, ce n'était pas toujours facile, au petit matin. Cette année, il faisait déjà plus frais que d'habitude. J'ai enfoncé la canette dans la terre et j'ai regardé Ellie danser au milieu d'un groupe de filles qui faisaient tout pour attirer son attention. On attendait le feu d'artifice.

VIOLET

Ma mère disait qu'elle venait surtout pour le spectacle après le concert. Certains, c'était pour danser et voir leurs amis. Moi, je venais pour voir maman, et je n'en éprouvais aucune honte. À la maison, il y avait toujours tellement de choses à faire : les devoirs, s'occuper de papa, des milliards de corvées. C'était un miracle quand j'avais un moment de liberté pour regarder les gens danser. Et regarder maman attendre le feu d'artifice.

PEACHES

En général, le feu d'artifice est assez impressionnant. En tout cas, plus qu'Eric Stone. Mais bon, un spectacle pyrotechnique, ça ne m'intéressait pas vraiment, malgré le spot d'observation génial où j'étais. Si j'avais passé ma journée à supplier qu'on me laisse me percher sur le portique au-dessus de la scène, ce n'était pas pour ça.

Il m'avait fallu des heures pour convaincre le régisseur que je devais être chargée de la rampe d'éclairage, autrement dit, avoir le droit de passer le concert au-dessus de toutes les têtes pour pointer le vieux projecteur de poursuite sur le crâne d'Eric Stone. Il m'avait jeté un regard comme si je risquais de faire ployer l'installation sous mon poids. Pas très cool. Mais ça valait le coup pour avoir le monde entier à mes pieds, tellement plus petit et moins important qu'il paraissait d'habitude. Même regarder Ellie Kimber danser, ça n'était pas si mal, de là-haut – une inversion radicale de nos statuts sociaux. De là, je me sentais libérée. Y compris de moi.

JOE

« Ils en mettent, du temps, s'est plaint Dougie en scrutant le ciel. D'habitude, ils commencent pendant le dernier rappel, non ? »

Eric Stone chantait *Rock Saw Us*, son grand tube, celui qui lui avait valu le surnom de Rocksaurus de la part de ceux qui assistaient à ses concerts à l'époque de la préhistoire.

« Peut-être qu'il a un nouveau morceau, j'ai dit. Peut-être qu'un musicien correct va finir le concert.

– Ou peut-être que l'artificier en chef est fasciné par ce cul, a dit Sam en tendant le doigt. Regarde-moi ça. »

Mais je regardais ailleurs.

Ellie Kimber portait une robe courte avec des paillettes qui reflétaient la moindre lumière. Une robe qui avait sans doute été passée à la bombe à paillettes. En temps normal, j'aurais sans doute été capable de vous détailler combien de mèches dorées avaient échappé à cette queue-de-cheval haute qu'elle faisait tournoyer en dansant, mais les médecins disent que je dois m'attendre à avoir des troubles de la mémoire.

Je ne sais pas du tout de quel cul Sam me parlait. Mais ça, ce n'est pas mon cerveau qui me joue des tours. Même sur le moment, je ne l'ai jamais su.

J'ai fait des yeux morts à Dougie et Sam, ça, je m'en souviens. Ils ont souri.

« Alleeeeeeeeeez..., a grogné Sam. Participe. »

Ce n'est pas comme si j'avais le choix, si ? Dougie s'est agrippé à Sam en riant. Je me suis tourné vers les nombreuses paires de fesses qui s'agitaient dans notre direction et j'ai fait semblant d'avoir trouvé le cul en question pour lui attribuer une note sur dix.

VIOLET

La première fusée a illuminé le ciel et le visage de ma mère. Je l'ai observée et j'ai mémorisé la tête qu'elle faisait. Elle souriait si rarement que je retenais chacun de ses sourires. Mon petit frère a crié en se blottissant contre moi, et j'ai posé la main sur ses cheveux épais pour le rassurer.

« Ne t'inquiète pas, Ade, ça fait du bruit mais ça n'est pas dangereux. Regarde les couleurs. »

Pas très rassuré, il s'est dressé sur la pointe des pieds pour atteindre mon visage, puis il m'a dit que j'étais toute bleue.

ELLIE

Le ciel a déversé une pluie d'étincelles. La nuit toute bleue illuminait les spectateurs. Une grande explosion et une série de crépitements moins forts ont suivi. C'était mieux que les vibrations de la musique. J'ai rejeté la tête en arrière pour attendre la suite.

PEACHES

Au début du feu d'artifice, j'ai coincé mes jambes et un bras autour du rail du portique pour me pencher. Là, j'ai senti mon assez considérable centre de gravité se déplacer dans le vide. Il y avait deux mille visages tournés vers moi. Ce n'était pas banal car à Clifton, en général, je me sens surtout une moins-que-rien.

J'ai dû être la première à voir qu'il se passait quelque chose. Il faut dire que j'avais un point de vue idéal. Et puis, je ne regardais pas le feu d'artifice, mais la foule qui passait par toutes les couleurs de l'arc-en-ciel à mes pieds. J'en ai même oublié un instant mon projecteur, ce qui a plongé le dinosaure du rock dans la pénombre.

JOE

Sam a tiré sur ma chemise en disant: «Mais c'est quoi, ce truc?»

VIOLET

«Toi aussi, tu es tout bleu, j'ai dit à Ade en faisant glisser un doigt sur sa joue alors qu'un spectre de couleurs électriques défilait sur notre visage. Maintenant, tu es marron. Orange. Marron. Et moi, je suis de quelle couleur?»

PEACHES

Les gens avaient les bras en l'air et les yeux rivés au ciel. Comme ils continuaient à se balancer sur la musique, il a fallu quelques instants pour remarquer qu'une nouvelle ondulation les parcourait. Quelque chose clochait. Quelque chose allait à l'encontre du mouvement.

ELLIE

Le monde n'était plus que bruit et fureur.

JOE

Sam m'a attrapé par la chemise. Tout à coup, il était à genoux derrière moi. Il a dit: «Joe, regarde.»

VIOLET

Ade a souri en levant les doigts jusqu'à mon menton. «Vi, tu es de toutes les couleurs.»

PEACHES

Au début, ça n'avait pas de forme. On aurait dit le vent qui souffle sur les blés et quelques tiges qui se couchent au passage. Puis la foule s'est agitée. Elle a cessé de suivre le rythme de la musique. Tout le monde se regardait, l'air désemparé.

Tout à coup, quelque chose fauchait les gens à travers la foule.

DEUX

PEACHES

Les gens tombaient. Ils se tortillaient sur place, puis ils s'effondraient. Au début, je n'ai pas compris ce qui se passait. Le feu d'artifice continuait dans le ciel. J'entendais son écho et je voyais des gens s'écrouler au milieu de la foule. Pas comme des dominos qui tombent les uns sur les autres, plutôt un par ici, l'autre par là. Au hasard. Au début, j'ai cru que c'était une blague. Un flash mob. Quelque chose d'organisé.

JOE

« Mais qu'est-ce qui se passe, putain ? » Je m'étais relevé et je tendais la main à Doug parce qu'il y avait une fille qui titubait vers nous comme si… Vous savez, les zombies dans les films d'horreur de série Z ? Les bras tendus sans qu'on sache vers quoi. C'était ça qu'elle faisait.

VIOLET

Il y a eu une sorte de bruit de pétards, mais si fort que c'était presque comme si quelqu'un les lançait juste à côté de mes oreilles. Ade m'a comprimé la main – je lui avais dit que les feux d'artifice étaient très loin, qu'il n'avait pas à en avoir peur.

JOE

Elle marchait vers Sam, Doug et moi. La chemise imbibée d'un liquide sombre.

ELLIE

J'ai été poussée si fort que ça m'a coupé le souffle. Pas par une seule personne. D'un coup, toute la foule s'est jetée en avant. Et m'a plaquée contre la barrière.

PEACHES

Tout le monde allait dans tous les sens, alors la seule chose qu'on voyait encore du chemin tracé dans la foule, c'étaient les corps de ceux qui ne pouvaient plus courir. Et au bout de ce chemin: deux individus. Vêtus de noir, la tête cachée par une capuche et une écharpe sur le bas du visage. Dans leurs mains, des armes monstrueuses: des fusils ou un truc comme ça. Tellement gros qu'ils faisaient à peine vrais, du genre qu'on voit dans les films ou les jeux vidéo.

Je ne peux rien vous dire sur eux, ni leur âge ni leur couleur de peau. De là où j'étais, ils paraissaient à la fois minuscules et capables de changer le monde.

Ils sont partis chacun dans une direction. En tirant et en creusant de nouveaux chemins dans la foule.

VIOLET

Ade me serrait la main très fort.

Puis il l'a lâchée d'un coup.

JOE

C'est Doug qui l'a rattrapée. Moi, je me disais juste *je la connais*. Elle avait un an de moins que moi. Je cherchais son nom. Allez savoir pourquoi, mon esprit a bloqué là-dessus : son nom. Je l'ai retrouvé depuis, grâce aux photos, mais sur le moment, elle avait l'air tellement… ahurie.

« On peut t'aider ? Je… »

Elle s'est effondrée dans les bras de Doug. Sam avait les yeux blancs de terreur. J'ai cherché mon téléphone, parce que c'est ce qu'on fait quand quelqu'un vient mourir dans vos bras. On appelle les secours.

ELLIE

Les gens escaladaient la barrière. Ils m'escaladaient. Dans la panique, je n'avais pas la moindre idée d'où venait le bruit. N'avoir qu'une seule oreille en état de marche, ça perturbe tout. Pour moi, le bruit vient toujours de la droite. Alors, plus par instinct que par raison, je suis partie vers la gauche. Je voulais franchir la barrière à mon tour. J'ai essayé d'entraîner Jessa, mais elle m'a balancé un coup de coude dans l'épaule puis appuyé une main sur la tempe en me comprimant la mâchoire d'une main poisseuse et en me donnant quelques coups de pied au passage. Elle ne s'est même pas retournée pour voir si je la suivais.

Là, j'ai senti quelque chose de chaud éclabousser ma nuque.

PEACHES

Une balle a touché le métal du portique dans un jet d'étincelles.

ELLIE

Le feu d'artifice avait cessé, mais il y avait toujours des petites explosions partout. Des bruits qui secouaient le sol. La barrière s'est effondrée.

PEACHES

Les gens se sont précipités vers la scène, ce qui n'a fait que les transformer en cibles faciles. Les musiciens rampaient vers les bords en se protégeant derrière leurs instruments. Stone a chuté dans un tourbillon dramatique avant de se traîner par terre.

ELLIE

C'était comme si je continuais à danser, sauf que ce n'était pas moi qui commandais mes membres. J'étais ballottée d'un côté à l'autre comme une marionnette.

VIOLET

Ade était blessé à l'épaule et au mollet mais, sur le moment, je ne le savais pas. Je savais juste qu'une partie du corps de mon frère avait explosé et qu'il saignait. Ma mère l'a attrapé en hurlant son nom. Ça faisait plus d'un an qu'il était trop lourd pour qu'on le prenne dans les bras, mais elle l'a quand même serré contre elle. Elle criait plus fort que les coups de feu.

JOE

Ça n'avait duré qu'une seconde. Cette fille – Hannah, elle s'appelait Hannah – est tombée, et là, tout le monde s'est mis à hurler. Le parc tout entier hurlait. C'était à devenir dingue. Ça n'avait pas plus de sens que quand je les ai aperçues pour la première fois, ces silhouettes sombres et armées, mais au moins, là, j'ai compris ce qui se passait. Je me suis senti lucide et froid. Quelqu'un tirait. Une fille était morte dans les bras de Doug. On était contre un mur.

Aucun de nous trois n'a rien dit. On s'est mis à courir.

VIOLET

Il n'y a qu'un seul accès à Hearne House. À l'évidence, tous ces gens qui couraient dans tous les sens ne le savaient pas. Mais ma mère ne courait pas. Elle ne bougeait pas. Elle était immobile, Ade dans ses bras.

J'avais envie de faire pareil, pourtant, je savais qu'il n'y avait qu'un seul moyen de quitter Hearne House et ce parc où se promenaient des hommes armés.

Alors je lui ai donné une claque. J'avais un jour entendu dire que la douleur chasse la peur. Je ne sais toujours pas comment j'ai pensé à faire ça. Je ne sais pas comment j'ai eu ce courage, mais apparemment, ça lui a rappelé de respirer à nouveau. Elle m'a regardée, et je lui ai dit qu'on devait partir. Elle portait Ade comme s'il ne pesait rien. On s'est mises à courir vers la rivière.

PEACHES

J'aurais sûrement dû rester là où j'étais, au-dessus de la scène. J'aurais sûrement dit à n'importe qui d'autre : « Reste où tu es, espèce d'idiote. Personne ne va regarder en l'air. » Mais sur le moment, je me sentais trop visible.

ELLIE

Tout bougeait sans cesse autour de moi. Je ne voyais plus personne que je connaissais. Les filles qui dansaient près de moi s'étaient volatilisées comme par magie. Je me sentais plus agressée par les gens qui me marchaient dessus que par tout le reste. On m'a fait tomber à genoux. J'ai reçu un coup de pied dans la figure, qui m'a laissé un hématome. Je continuais à chercher l'origine du bruit: d'où il venait, ce que c'était. Au fond de moi, je savais sans doute déjà, mais dans ces cas-là, on ne pense pas *arme*, on pense *feu d'artifice*. On se dit que quelqu'un a peut-être lancé des fusées sur la foule.

Quelque chose en moi bloquait toute capacité à accepter la réalité. Comme si mon esprit voulait me protéger en faisant mine de ne pas savoir.

Puis j'ai été saisie par les épaules. C'était un vigile en gilet jaune. J'ai cru qu'il m'aidait à me relever. Au lieu de ça, il a mis fin à mon déni.

« Mais pourquoi ils nous tirent dessus ? » il a demandé dans un râle. Puis il m'a craché du sang au visage. J'imagine que quand on se prend une balle dans les poumons, votre corps essaie de l'expulser comme si c'était de l'air.

PEACHES

L'idée, c'était qu'une fois en bas, je n'aurais plus à voir tout ça.

Ils avaient arrêté de tirer au hasard sur la foule, qui était moins dense à certains endroits, et plus à d'autres. En descendant l'échelle du portique, je les ai vus changer de tactique. Ils se sont mis à cibler des gens. Ils choisissaient leurs victimes. C'était comme s'ils chassaient.

JOE

J'ai perdu Doug en route, j'ai perdu Sam en route. Je n'avais qu'une idée en tête : *Tire-toi, tire-toi, tire-toi.* C'était la seule chose que je pensais.

PEACHES

Je ne saurai jamais si c'est vrai, mais j'aurais juré que l'un d'eux avait regardé dans ma direction. J'ai senti le duvet se dresser sur ma nuque.

VIOLET

Ade pleurait, mais il était en vie. Il allait s'en sortir. Il fallait juste courir.

PEACHES

C'est là que j'ai paniqué. Mes mains moites glissaient sur les barreaux métalliques, et je savais que je ne pourrais jamais esquiver une balle de là où j'étais. Je me trouvais encore à un mètre cinquante du sol quand j'ai sauté.

JOE

J'aimerais avoir des souvenirs plus précis. Je voudrais vous décrire les corps que j'ai piétinés, les bras et les jambes que j'ai évités comme dans un jeu pourri de cour de récréation. J'aimerais… j'aimerais vous dire que je savais qu'ils étaient déjà morts, que je ne pouvais rien pour eux, mais c'est impossible. Parce que je n'en sais rien. Je ne sais pas si la mort les a emportés vite ou lentement, ni à quel point ils ont souffert.

Selon moi, il faudrait qu'on puisse savoir, mais je ne peux raconter que mon histoire. Je ne connais pas la leur.

Peut-être que c'est pour ça que je m'en veux. Pour moi, les gens n'étaient qu'une masse floue, des obstacles. C'étaient des humains, mais… je devais rejoindre la rivière. Alors je ne me suis pas arrêté.

PEACHES

C'est ma cheville qui a tout pris. En tout cas, elle a cédé sous mon poids. J'avais peur qu'elle soit cassée, mais même dans ce cas, je devrais courir. Heureusement, quand je me suis relevée, elle a tenu bon.

En me retournant, je me suis dit que je m'étais trompée, ou alors que le tireur ne m'avait pas vue. Il était parti.

ELLIE

Ce besoin instinctif de courir n'avait rien à voir avec une course dans un stade. Tout en moi voulait que mon corps bouge, mais j'étais tétanisée. Le vigile m'était tombé dessus, et les gens qui avaient cherché à monter sur scène s'écroulaient tout autour de moi, on aurait dit qu'ils explosaient comme des bouteilles qu'on lance contre un mur. Je me suis dégagée comme j'ai pu. J'avais les mains couvertes de sang, le ventre retourné, mon cœur battait à tout rompre entre mes côtes, mais je devais me sortir de là.

VIOLET

Les gens nous bousculaient, certains voulaient atteindre la rivière, d'autres s'en éloigner. J'avais l'impression d'être assaillie de toutes parts, mais je tenais fort la main de ma mère. Il fallait qu'on se tire de là.

JOE

Tire-toi, tire-toi, tire-toi, voilà les mots qui résonnaient dans ma tête comme si c'étaient les seuls que je connaissais.

PEACHES

Il n'y avait aucun endroit pour courir autrement qu'à découvert. Je savais qu'il y avait deux tueurs, et je n'en voyais qu'un seul.

ELLIE

Je me suis dégagé les jambes, et enfin, j'ai pu bouger. J'ai relevé la tête. Il avançait vers moi.

VIOLET

Les gens couraient partout autour de nous. Ils ont percuté nos mains jointes et nous ont séparées, ma mère et moi.

PEACHES

Monter sur scène, ce n'était pas une option: j'avais vu ce qui s'y passait. Alors je me suis glissée dessous. Je n'étais pas la première à avoir eu cette idée.

Il y faisait sombre, ce qui était étrangement rassurant, et tout y était silencieux. Les yeux fermés, je n'aurais jamais pu me douter que cet endroit était bondé. Je devinais les gens à la pâleur de leur peau, au blanc de leurs yeux, mais c'était comme s'ils s'étaient fondus les uns dans les autres. Je me suis blottie dans le plus petit espace que j'ai trouvé. Sur les jambes de quelqu'un. Bientôt, quelqu'un d'autre s'est à moitié étalé sur mon dos. On était comme des cartes empilées au hasard.

ELLIE

Je n'oublierai jamais ces yeux. Tout le reste en lui était tellement dépourvu d'humanité : cette épaisse silhouette noire avec son extension métallique au bout du bras. Entre sa capuche et l'écharpe sur sa bouche, il y avait une bande de peau claire. Et des yeux bleus. Son regard a croisé le mien. Je me suis demandé si je devais prier, et qui. Ça ne m'a pas paru très utile. J'ai pensé à mes parents et je leur ai dit : *Je suis désolée,* le plus fort possible dans ma tête.

PEACHES

Je voyais une paire d'yeux sombres et terrorisés qui appartenaient à un corps couché le long du mien. On était presque assez près pour s'embrasser. Puis mes yeux se sont accoutumés à l'obscurité, et j'ai pu deviner les contours de son visage.

ELLIE

Il s'est détourné.

JOE

Je courais droit sur elle.

ELLIE

Je n'ai jamais compris pourquoi. Il a croisé mon regard, puis il a rechargé son arme et il est parti.

JOE

Je l'ai percutée de tout mon poids. Et je l'ai fait tomber. Mais cette fois, ça n'était pas un corps mort ou en train de mourir comme les autres. Je ne pouvais pas la laisser comme ça. Elle m'aidait en maths depuis le début de l'année. C'était une fille discrète qui donnait l'impression de manquer de confiance en elle. Je connaissais son nom. Je lui ai tendu la main et elle m'a agrippé le bras très fort pour se relever. « Violet ? »

VIOLET

Ça n'avait pas d'importance si je griffais Joe. Je n'y pensais même pas. Je ne le voyais même pas pendant que je lui hurlais à la figure.

JOE

Je l'ai prise par la main, j'ai essayé de lui dire qu'on devait rejoindre le pont. Mais elle hurlait, c'est tout, et ses mots faisaient comme un long gémissement aigu.

VIOLET

« J'ai perdu ma famille. Mon Dieu, aide-moi, j'ai perdu ma famille. »

TROIS

PEACHES

Il avait le même âge que moi. Le garçon à qui appartenait ce visage. On avait en commun l'appel du matin et aussi plusieurs cours. J'étais en avance en anglais, comme lui. Mais lui, le petit salaud, j'avais l'impression qu'il était en avance dans toutes les matières.

Désolée. On a le droit de jurer pendant qu'on témoigne, j'espère ? Parce que, je dois vous prévenir, ça risque de se reproduire. Ce qui s'est passé là-haut... ça ne peut pas être décrit avec des jolis mots.

Je sais qu'on est là pour vous aider à mieux comprendre cette fameuse nuit, mais vous devez savoir que ce n'est pas en discutant avec nous que vous apprendrez quoi que ce soit sur les types qui ont fait ça. Ça ne vous donnera même pas une idée du début du pourquoi ou du comment, ni explication ni mobile. Et tant mieux, parce que je m'en fous, de ces types et de ce qu'ils voulaient. J'ai lu assez de choses dans les journaux pour toute une vie, et tout ça m'est totalement égal. D'ailleurs, j'aimerais que, vous aussi, vous vous en foutiez, de ces types armés. En revanche, ce que je veux, c'est que vous vous intéressiez à nous, et à ceux qui étaient là avec nous. Ceux qui n'ont pas eu autant de chance que nous.

Ce sont eux qui comptent. Tout ce que je peux vous dire sinon, c'est que rien ne justifie ce qui s'est passé. Que rien ne peut rendre ces actes pardonnables. Tout ça n'a aucun sens, et si vous êtes des gens sensés, alors vous ne pourrez jamais les comprendre. Moi, je ne les comprendrai jamais. Alors que j'étais sur place.

Coincée sous l'armature métallique d'une scène que j'avais aidé à monter la veille, face à une paire d'yeux sombres que je connaissais. Le petit génie. J'ai ressenti du soulagement rien qu'à l'idée de reconnaître quelque chose au milieu de ce chaos.

Mais il m'a fallu quelques longues secondes avant de retrouver son nom. Pas à cause du choc, en tout cas pas seulement, même si sur le moment j'aurais pu oublier mon propre nom. Mais il était l'un de ces élèves qu'on ne remarque pas. Ce qui aurait été mon rêve. À son arrivée, il ne parlait pas bien anglais. De toute évidence, il avait fait de sacrés progrès, pourtant, sans que je sache pourquoi, personne ne lui adressait jamais la parole. Le truc, c'est qu'il passait inaperçu. Il était assez discret et bizarre, et trop bon en tout pour jamais se faire engueuler. C'est pour ça que son nom m'a échappé sur le moment. Mais j'ai fini par le retrouver.

Il s'appelait March.

JOE

« Tu ne peux pas les chercher maintenant », j'ai hurlé à Violet en lui attrapant les mains uniquement pour qu'elle cesse de m'écorcher vif. Tous mes instincts me poussaient à la lâcher pour gagner la rivière, à l'exception d'un seul.

VIOLET

Il essayait de me protéger. Ce qui était tout ce que je ne voulais pas.

JOE

« C'est un truc de malade, ce qui se passe. Ta famille est sans doute de l'autre côté du pont, maintenant. Viens, on la cherchera plus tard. » Mais tenter d'être logique dans un monde qui avait perdu toute sa logique, ça ne marchait pas. Je ne connaissais pas sa famille, pourtant, toute personne avec une moitié de cerveau essayait de fuir par là où on était arrivés. Plus on restait plantés au même endroit – et j'avais l'impression que ça faisait déjà une heure –, plus il y avait de gens qui nous dépassaient avec la même idée : rejoindre la rivière pour se tirer de là. Des parents poussaient leurs enfants devant eux en nous bousculant au passage. J'ai titubé, puis je l'ai entraînée avec moi.

VIOLET

Mes souvenirs sont flous maintenant, mais je sais que je me suis débattue jusqu'à ce que quelque chose nous sépare. Exactement comme j'avais été séparée de ma mère. On me marchait dessus, on me faisait tomber quand j'essayais de me relever. J'avais l'impression de ne saisir que du vide entre mes mains.

JOE

L'instant d'après, je ne la voyais plus. Je n'en suis pas fier, mais, je l'avoue, je ne l'ai pas cherchée. Mon corps exigeait que je m'enfuie. Moi, je voulais m'enfuir. Je n'y voyais rien à travers les arbres, pourtant j'ai entendu des éclaboussures, et j'ai deviné que les gens se jetaient à l'eau. Par le pont, il n'y avait que quelques personnes qui pouvaient traverser à la fois.

VIOLET

Ce dont je me souviens très bien, c'est que les cris des gens changeaient entre le moment où ils craignaient de mourir et celui où ils mouraient.

JOE

Les coups de feu ne sont pas venus de derrière mais de quelque part sur notre droite. Ils ont claqué dans l'air comme un fouet.

Un peu comme des coureurs qui atteignent le virage dans un stade, la foule a viré sur la gauche.

PEACHES

« Ça va ? » m'a demandé March, tapi du mieux qu'il pouvait dans ce petit espace tandis que quelqu'un de deux fois plus costaud se glissait de l'autre côté. C'est sans doute la question la plus stupide qu'on m'ait jamais posée – en tout cas, c'était le moment le plus stupide pour la poser. Mais cette normalité a été pour moi un immense soulagement. On était en lieu sûr. Quel que soit l'enfer qui se déchaînait dehors, on ne pouvait être qu'en lieu sûr.

« Je suis quasiment certaine de ne plus avoir de sang qui

circule dans la jambe gauche, et le type à qui appartient l'entrejambe où j'appuie mon pied risque de ne jamais avoir d'enfants, mais sinon… »

J'ai laissé ma phrase en suspens. Même moi, je n'avais plus assez d'humour pour prétendre que tout allait bien.

Je crois qu'il a presque souri avant d'expulser de l'air d'un coup quand on l'a poussé vers moi. Un nouveau corps est venu s'empiler juste à côté, si bien qu'il faisait encore plus sombre.

March a tourné la tête en direction des membres entrelacés autour de nous.

« On dirait que personne n'a jamais joué à *Tetris*, ici. On n'optimise vraiment pas l'espace disponible.

– *Tetris* ? » Ce gars était donc non seulement discret et bizarre, mais aussi adepte des vieux jeux vidéo, dont il était capable de tirer une application en cas de crise.

Il a tourné la tête vers moi et a haussé un sourcil.

« Tôt ou tard, on va finir par déborder. »

Il y a eu quelques gémissements et sifflements de protestation quand un autre corps s'est glissé au sommet de la pile. J'ai compris de quoi il parlait : chaque nouveau venu pouvait attirer l'attention sur notre cachette, et quand l'espace serait plein, eh bien, ça sonnerait la fin du jeu.

VIOLET

C'était comme si j'étais aveugle. Je regardais les visages mais je ne retenais pas leurs traits, je me disais juste : *Pas cette couleur de peau, pas cette taille, pas ce genre. Pas lui, pas lui, pas lui. Pas elle, pas elle, pas elle.* Le reste n'avait aucune importance pour moi.

Quelqu'un a couru vers moi en hurlant puis s'est laissé glisser au sol comme une feuille morte. J'ai regardé l'angle étrange que formaient ses membres. Pas lui.

JOE

Ça n'avait rien d'une débandade organisée, si jamais ça existe. Personne ne savait où aller. Il y en avait encore qui essayaient de rejoindre la rivière avec l'espoir d'échapper aux coups de feu. Je me suis posé la question, moi aussi, jusqu'à voir une personne fauchée en plein élan. Là, j'ai écarté cette possibilité.

Juste devant moi, il y avait le mur qui sépare le parc des jardins fermés au public, ceux qu'on ne pouvait visiter qu'avec un guide. Ils s'étendaient derrière une grille en métal en forme d'ogive. Que des gens avaient déjà forcée.

Je me suis dit que par là, il y avait peut-être des sorties, elles aussi fermées au public en temps normal.

VIOLET

S'il n'y avait pas eu tous ces gens qui couraient autour de moi, je crois que je me serais arrêtée net. J'avais envie de ne plus bouger. J'avais envie qu'on me gifle.

JOE

J'ai heurté quelqu'un. Encore elle. Je ne sais pas comment c'était possible, au milieu de cette foule. Peut-être que c'était le destin.

VIOLET

C'était un Blanc. Donc pas lui.

JOE

Cette fois, j'ai passé un bras autour de sa taille en continuant à courir.

VIOLET

Personne n'habite à Hearne House, même si deux gardiens s'y relaient et que le conservateur a une chambre dans ce qui était autrefois le quartier des domestiques. Les lampes sont programmées pour s'allumer quelques heures chaque soir sans que personne ait besoin d'actionner d'interrupteurs. Tout autour, il y a un endroit protégé par un mur qui s'appelle les jardins familiaux, avec des parterres de fleurs magnifiques et des roses souvent primées en concours. Et des légumes anciens qui ne poussent que là. J'ai fait un devoir là-dessus, un jour.

JOE

Je ne sais pas ce que j'espérais. Trouver une issue, sans doute. On raconte toujours que dans les vieilles maisons, il y a des labyrinthes, des choses comme ça. Mais ces parterres de fleurs étaient encore plus inutiles qu'en temps normal. Il n'y avait là que de la terre plongée dans le noir. Je l'ai attirée vers l'étang.

VIOLET

L'étang, avec ses carpes d'ornement, est caché du jardin par des haies en forme d'arches et d'alcôves.

JOE

Des gens couraient vers la maison, mais je savais que, nous, on n'aurait jamais le temps de l'atteindre.

VIOLET

Les coups de feu se rapprochaient. Il y en a eu cinq dans le jardin. Au bord de l'étang, trop loin pour qu'on lui vienne en aide, un homme s'est mis à hurler en attrapant son pied. Le sang coulait par sa chaussure.

JOE

Je l'ai plaquée par terre derrière la haie et je me suis couché sur elle.

VIOLET

Allez savoir comment, j'ai réussi à ne pas crier. Je n'avais plus d'air dans les poumons, c'est peut-être pour ça.

JOE

«Mais pourquoi ils nous tirent dessus?» j'ai sifflé. Il est possible qu'à ce stade, j'aie pleuré. Je commençais à accepter la réalité, j'avais arrêté de vouloir mettre tout ça à distance. J'étais conscient de chaque partie de mon corps, de chaque centimètre de ma peau qui attendait qu'une balle la troue. J'étais presque sûr que mes pieds dépassaient de la haie.

VIOLET

Ça faisait tellement de bruit. Pas les balles, mais l'écho des coups de feu contre les murs, qui résonnaient comme des coups de tonnerre. Le sol tremblait. Il y avait des cris, et des bruits pires que ça. De plus en plus proches.

«Parce qu'ils veulent nous tuer», j'ai répondu, trop bas pour être entendue dans cette tempête.

JOE

Puis le silence.

VIOLET

Mais pas le moindre abri.

JOE

Soit ils étaient partis, soit ils rechargeaient leurs armes. J'ai pressé mon visage dans l'épaule de Violet pour ne pas faire de bruit. Ma peur voulait absolument se matérialiser par un cri.

VIOLET

Je sentais son souffle contre mon cou. Il avait le visage tout mouillé.

Je n'avais jamais connu une telle intimité avec un garçon, mais je n'ai mis qu'une seconde à accepter qu'il n'y avait rien de dangereux là-dedans. Que ça apportait juste du réconfort. J'ai posé une main sur son dos et j'ai risqué le plus petit des mouvements. Avec des mots aussi légers qu'un souffle. « On est sauvés. »

À cet instant, c'était vrai.

JOE

Les coups de feu ont recommencé, mais ils ne tiraient plus dans la même direction. J'ai regardé Violet, toujours sans oser bouger, à part pour plaquer mon front contre le sien en murmurant : « On est sauvés, on est sauvés, on est sauvés. »

PEACHES

La fille couchée sur moi s'était mise à pleurer.

« Elle est blessée ? » a demandé March.

J'ai tenté de hausser les épaules en aventurant une main vers ce que je pensais être le poignet de cette fille.

« Hé, t'es blessée ? »

Et là, ça a remué de l'autre côté de la scène. Il y avait trop de gens entassés pour que je voie ce qui se passait, mais je crois que notre cachette était en train d'atteindre sa capacité maximale, et pourtant, d'autres personnes continuaient à vouloir la rejoindre.

« T'es blessée ? » j'ai insisté. Les gens n'étaient plus aussi silencieux qu'avant. Des murmures s'élevaient de toute part.

« Ma jambe. Et mon petit ami, mon petit ami... »

Elle a éclaté en sanglots, et je ne lui ai pas posé plus de questions. Tout à coup, j'étais contente d'avoir toujours été célibataire.

« Qu'est-ce que je dois faire ? » j'ai soufflé à March, mais je ne crois pas qu'il avait plus que moi réfléchi à la suite. L'instant d'après, je ne le voyais plus à cause du genou qui m'a percuté le visage. J'ai insulté le propriétaire en essayant de trouver un peu d'air sous l'amas de corps.

Mais ce n'était que le premier coup d'une longue série. Les gens sur la gauche de la scène se sont brusquement poussés vers la droite. Le niveau de bruit est passé des murmures aux hurlements.

Puis j'ai vu des bottes noires, et là, j'ai compris.

Ils se sont penchés et ils se sont mis à tirer sous la scène.

ELLIE

Debout devant la barrière toute tordue, j'ai regardé le type aux yeux bleus s'éloigner. Et se remettre à tirer. Les balles allaient trop vite pour que je les distingue, en revanche, je les voyais atteindre leurs cibles. Je voyais les gens s'effondrer.

J'attendais qu'il se retourne pour m'abattre.

J'attendais. Immobile. Mes pieds ne m'avaient jamais trahie, mais là, c'était comme si mon cerveau ne savait plus leur communiquer des ordres.

Le type ne s'est pas retourné. Je n'ai jamais su pourquoi. Il ne s'est pas retourné, et d'autres gens sont morts à ma place.

Quand il a disparu, je me suis accroupie au pied de la barrière presque pliée en deux et j'ai appelé mon père.

QUATRE

ELLIE

Ça a sonné et sonné jusqu'à ce que j'aie envie de casser mon téléphone contre quelque chose pour ne plus voir cet écran.

PEACHES

Maintenant, elle était vraiment blessée. La fille avec la jambe et le petit ami. Pendant que j'essayais de protéger ma cage thoracique de l'assaut de ceux qui me rampaient dessus, je sentais son sang imbiber mes vêtements. Il était chaud, ça n'était pas le mien, mais je pouvais très bien être la victime suivante. Je me suis sentie mal. Mal et impuissante. J'étais une poule descendue de son perchoir pour s'offrir au couteau du volailler.

ELLIE

Papa n'a pas répondu. Maman ne décrochait pas. Mes amis avaient disparu, sans que je sache où. Aucun ne m'avait attendue. Le numéro d'urgence sonnait dans le vide.

PEACHES

Bien sûr, je faisais comme tout le monde, je m'agitais, je poussais et j'essayais de me sortir à coups de griffes de ce piège à rats.

ELLIE

Pour finir, une standardiste a pris mon appel. Elle m'a passé une policière qui n'avait pas l'air aussi calme qu'elle aurait dû, mais qui m'a annoncé qu'une intervention était en cours. « Vous êtes en lieu sûr ? elle m'a demandé. Pouvez-vous vous mettre en lieu sûr ? »

C'est sans doute là que je me suis mise à hurler.

PEACHES

March était le seul point fixe dans la masse mouvante dont j'étais prisonnière. En me retournant pour vérifier qu'il n'était pas mort, j'ai vu qu'il me regardait. Puis il a observé derrière moi, vers le bord de la scène. Les bottes noires avaient fait le tour, si bien que des gens en sang et en panique se ruaient à nouveau vers nous.

Il m'a attrapée par le coude.

« Vite. Par ici. »

ELLIE

Vous allez bien ?
J'ai envoyé un SMS à papa.
J'ai envoyé un SMS à maman.
Dis-moi que vous allez bien.

PEACHES

Peut-être que c'est son talent pour jouer à *Tetris* qui nous a sortis de là. Il semblait capable de trouver une issue même à travers ces gens qui bougeaient sans cesse autour de nous. Il m'a tirée hors de la scène et il m'a dit de courir.

J'ai voulu l'entraîner avec moi, mais il s'est dégagé de mon emprise. J'ai froncé les sourcils. « Qu'est-ce que tu fais ? » j'ai demandé.

ELLIE

J'ai écrit : Je suis en lieu sûr. Ne me cherchez pas. NE VENEZ PAS ME CHERCHER.

PEACHES

« Je retourne en aider d'autres », il a dit.

Et il a disparu sous la scène, comme si c'était normal.

ELLIE

Je vous aime.

PEACHES

Comme si c'était normal de ramper vers la mort alors que je venais de me rappeler son nom, tellement présent dans ma tête que je savais qu'il y resterait gravé à jamais.

Comme si c'était normal que tous ceux que je connaissais soient peut-être morts. Tous ceux qui comptaient pour moi. Je n'avais aucune idée de ce qu'était devenue l'équipe des techniciens. Sally, Robin, Kirsty, Moz. Je ne savais pas où les trouver. Je n'avais aucune idée d'où ils étaient.

Rien n'était normal.

J'ai couru au hasard. Avant que les bottes noires apparaissent à nouveau, comme dans un cauchemar, j'ai couru.

Je ne savais pas combien ils étaient. Au moins deux.

Je ne savais pas où ils étaient.

Tout ce que je voyais dans le parc, c'étaient des gens qui, je l'espérais, faisaient juste semblant d'être morts. Et plus loin, d'autres qui s'éparpillaient comme ils pouvaient. Le feu de joie était le point le plus lumineux.

Alors j'ai couru dans cette direction.

ELLIE

Mes parents se mettaient toujours près de la maison pour assister au feu d'artifice, bien à l'écart de cette foule et de ce bruit que j'adorais. Ça devait être la direction qu'ils avaient prise quand je les avais perdus de vue. La maison devait être un lieu sûr.

PEACHES

Après le feu, il y avait des bosquets au bord de la rivière qui longe le mur d'enceinte. Si j'arrivais à les atteindre, je pourrais rejoindre le pont sans être à découvert. C'était la seule solution.

ELLIE

En longeant le mur, j'ai piqué un sprint vers la maison.

PEACHES

J'ai piqué un sprint vers la rivière.

VIOLET

Je voulais chercher ma mère et Ade, mais Joe m'a obligée à rester couchée jusqu'à ce que l'écho des coups de feu soit trop loin pour présenter encore une menace. Puis il a tenté de me convaincre de gagner le pont avec lui.

JOE

Je ne comprends toujours pas comment elle n'avait pas juste envie de se tirer. Je n'ai pas de frère, mais Sam et Dougie, c'était presque pareil pour moi. Leur visage ne cessait d'apparaître dans ma tête, et je savais qu'ils s'en étaient sortis. Je le savais, un point c'est tout. Alors je devais faire pareil. Puis je partirais à leur recherche.

VIOLET

Ma mère et Ade ne pouvaient pas être près du pont parce que j'avais vu tout le monde s'en éloigner à cause des coups de feu. Et s'ils ne s'en étaient pas éloignés, eh bien, je ne voulais pas penser à ce que je risquais de découvrir.

Je devais les retrouver *en vie*.

JOE

Je ne pouvais pas lutter contre elle. J'avais déjà essayé. Ce n'était pas comme si notre tranquillité momentanée allait durer. J'ai choisi le pont.

VIOLET

J'ai choisi la maison. Je la connaissais bien. Il y avait de la lumière, et de là où on était, on aurait dit un havre de paix. Dedans, les gens devaient être en lieu sûr.

JOE

J'ai hésité à la forcer. J'ai pensé que je pourrais peut-être la sortir de là de gré ou de force. Allez savoir comment.

« Prends soin de toi », je lui ai dit, et je l'ai lâchée.

Puis j'ai rebroussé chemin. J'ai traversé les parterres de fleurs jusqu'à la grille. À pas lents, parce que j'avais peur que quelque chose m'attende de l'autre côté. À pas lents parce que, cette fois, j'ai pris le temps de regarder les gens qui n'avaient pas eu ma chance. Certains étaient couchés le visage vers le ciel, d'autres vers le sol. Ils n'étaient pas tous morts, mais je ne me suis pas arrêté. Qu'est-ce que j'aurais pu faire pour eux ?

Ils étaient moins nombreux que je l'aurais pensé, vu le nombre de coups de feu. La plupart des balles n'avaient pas atteint leurs cibles, ou alors ne les avaient pas arrêtées. Mais quand même.

Est-ce que j'aurais pu les aider ? Je n'arrête pas de me poser cette question. Personne ne le sait.

PEACHES

En fait, on ignore à quel point on peut se sentir mal jusqu'à se retrouver à courir pour sauver sa peau pendant que votre sauveur tente de récupérer d'autres gens au péril de sa vie. En général, je me considère comme quelqu'un de bien. C'est ce que je me dis, quand on me regarde d'un mauvais œil à cause de mon poids, de mes vêtements, ou du reste : je suis quelqu'un de bien. Je prends soin des autres. Je ne suis pas toujours gentille, mais ça ne veut pas dire que je ne souhaite pas le bonheur des gens, en tout cas qu'ils vivent, au lieu d'être en train de se vider de leur sang sous une scène.

Moz faisait partie de l'équipe technique au club théâtre d'Amberside depuis aussi longtemps que moi. Il me connaissait mieux que personne. Il disait toujours qu'un jour, il m'offrirait un badge «Je suis une belle personne».

Là, je n'avais pas du tout l'impression d'être une belle personne.

JOE

Au bout d'une minute de sueurs froides, j'ai osé passer la tête par la grille. Je m'imaginais quelqu'un en train de m'attendre. Une arme pointée sur mon torse.

PEACHES

Mais la beauté de l'âme, ça n'était pas le sujet pour l'instant. J'ai couru vers le feu. Qui crépitait encore.

JOE

Il n'y avait personne.

PEACHES

Tout à coup, je me suis sentie plus exposée que quiconque, ma silhouette éclairée comme une ombre chinoise sur le feu. La fusillade avait cessé, ce qui était une bonne chose, mais pas si bonne que ça, parce que, du coup, je ne savais plus où étaient les types. J'ai fait le tour du feu, et je ne sais pas si je l'ai vu ou senti en premier.

JOE

J'ai vu des gens se regrouper pour se rapprocher de la rivière.

PEACHES

Des fois, je me dis que j'ai dû imaginer cette odeur. Il devait être près du feu quand la balle l'a atteint et précipité dedans.

J'ai dû vomir toute ma culpabilité et toutes mes questions. Et quand je me suis redressée, je suis partie en courant.

JOE

Je suis parti en courant.

PEACHES

Il y avait plein de gens sur le pont, à tel point qu'on pouvait craindre qu'il s'effondre. Je me suis arrêtée net. Quelqu'un était en train de tuer des gens, et on devait *faire la queue* ?

Qui avait pu croire que regrouper des centaines de personnes dans un endroit dont la seule issue était une passerelle branlante, c'était une bonne idée ?

Je connais la réponse à cette question : personne ne peut croire qu'une chose pareille puisse se produire.

JOE

Quand j'ai vu les gens se bousculer autour du pont, j'ai ralenti en jurant. Et j'ai cherché d'autres options. La rivière qui coule au pied de Hearne Hill à l'intérieur des murs d'enceinte est large et profonde, mais si je réussissais à descendre sa rive boueuse et pentue indemne, ou que je me contentais de prendre mon élan pour sauter, je pourrais sans doute nager, puis remonter de l'autre côté et ramper le long du mur jusqu'à la sortie.

PEACHES

J'avais presque atteint le pont, je voyais ma porte de sortie quand, de l'autre côté du mur d'enceinte, la route a été balayée par des phares. Pour avoir travaillé aux préparatifs du concert, je savais une chose : les véhicules n'ont pas le droit de pénétrer sur les terres de Hearne House, où il n'y a pas de route digne de ce nom. Sauf ceux des gens qui travaillent là. Il faut une autorisation, et tout ça. Mais là, une voiture approchait, et les gens qui avaient franchi le pont ont couru vers elle. J'ai sans doute eu la même idée qu'eux : ça devait être des secours, non ?

J'ai lu dans les journaux que cinq personnes ont été fauchées par la voiture. Avant que le type en sorte.

JOE

Je ne sais pas ce qui m'a traversé l'esprit quand les coups de feu ont retenti de l'autre côté de l'eau. De l'autre côté du mur d'enceinte. J'ai entendu les cris de gens qui pensaient être tirés d'affaire.

Mais ils sont combien ? La situation paraissait désespérée. Si on ne pouvait pas s'échapper, alors…

PEACHES

On ne s'habitue pas au chaos, mais au bout d'un moment, c'est comme si on n'avait jamais connu que ça. Je courais, et pourtant, j'avais l'impression d'être immobile. Je sais que je n'ai pas pu voir la balle, mais dans mon esprit, je suis capable de rembobiner la scène puis de la dérouler jusqu'à sentir l'impact.

JOE

Je me suis dit : *à quoi bon?*

PEACHES

Je la vois trouer mon pull. Je sens sa brûlure quand elle frôle mes côtes. Qu'elle me ronge la peau. Je suis tombée à cause du choc, pas de l'impact. Et j'ai dévalé la rive presque à pic.

JOE

Le plus étrange, c'est que quand je pensais renoncer, ce qui était l'option la plus simple, mon corps refusait. Mon esprit a changé de registre. *Tire-toi, tire-toi, tire-toi* a été remplacé par *Cherche un moyen de survie.*

Je me suis accroupi dans le plus petit trou que j'ai pu trouver entre les arbres.

PEACHES

Je ne sais pas nager: le résultat de toute une scolarité à sécher les cours de natation. Je me débattais comme un chiot avec dans l'idée qu'un corps, ça flotte sans avoir besoin de s'humilier à agiter les bras et les jambes. J'ai essayé l'immobilité. Dans ce cas, peut-être qu'ils m'ignoreraient. Peut-être qu'ils me croiraient morte.

Puis le courant m'a emportée, et j'ai compris qu'un corps, ça coule.

JOE

Quand les choses se sont calmées autour du pont, je me suis avancé plus profondément entre les arbres. Je rampais.

Maintenant, il leur suffisait d'attendre les gens qui continueraient à vouloir fuir, non ? Ceux qui ignoraient que même hors du mur d'enceinte, ils n'étaient pas sauvés. J'ai entendu des coups de feu de ce côté du parc, cinq d'affilée. Le pont se dressait, vide, silencieux, comme un leurre.

Je me suis dit que c'était juste une question de temps avant que l'un des tueurs décide de s'intéresser aux ombres entre les arbres.

Alors, la tête basse, je me suis dirigé vers la rivière.

PEACHES

J'aimerais dire que j'ai pensé à l'ironie de la situation – mourir noyée au milieu d'un carnage. Mais je ne pensais à rien, sauf à quel point ça fait mal d'avoir de l'eau dans les poumons.

JOE

J'étais calme, très calme, j'avançais sans un bruit en essayant de ne pas regarder les corps emportés par la rivière. Je ne pouvais rien faire pour eux.

Jusqu'à ce que l'un d'eux se mette à tousser.

CINQ

TÉMOIGNAGE DE SIMEON BURNETT, CHEF DE LA POLICE, COMMISSARIAT D'AMBERSIDE

Le standard a commencé à nous envoyer des messages peu après vingt-deux heures. Le premier qu'on m'a transmis indique 22 h 18. J'avais de la paperasse en retard, alors quand les premières infos sont arrivées, j'étais encore au poste. Des appels confus, la plupart interrompus avant qu'on dispose de renseignements précis. En rassemblant les pièces du puzzle, on a commencé à comprendre que des coups de feu avaient été entendus sur la colline.

Je ne me suis pas trop inquiété. C'était le feu d'artifice. Chaque année, on a ce genre d'appels. Le festival d'Ambereve est une tradition locale qui date, maintenant, mais certains nouveaux arrivants mettent un peu de temps à s'habituer. Il y en a toujours un pour penser que la situation est plus inquiétante qu'elle ne le devrait pour une petite ville. Surtout de nos jours.

Mais bon. J'ai demandé au standard de contacter nos agents sur place. Il n'y en avait que quelques-uns. Il faut dire qu'il n'y a jamais rien de plus grave que quelques beuveries adolescentes, et puis, la maison et les organisateurs du festival ont leurs vigiles pour le tout-venant, notamment le contrôle de la foule. Ils n'ont pas répondu, ce qui a été le premier vrai signal d'alerte.

J'ai demandé qu'on insiste.

Mais c'était déjà trop tard. Ces types avaient prévu de descendre les policiers dès le début. L'agent Danny Locke a été le premier à être tué, selon nous, en même temps qu'un bénévole près du feu. Son corps a été retrouvé par la suite. En raison de son état, l'heure du décès n'a pu être établie avec précision.

L'agente Sally Ashford a été abattue à bout portant. D'après les estimations, ça s'est produit au moment où le deuxième tireur a commencé à se déplacer à travers la foule.

Presque tous les vigiles de la maison ont été repérés et éliminés très vite. Ces types savaient qui abattre. Il n'y avait aucune chance de leur échapper.

Alors, entre le silence radio et les incessants appels au secours, j'ai compris que j'avais sous-estimé la situation. On avait deux voitures en patrouille ce soir-là. Je les ai envoyées sur la colline pendant que je faisais remonter l'information au niveau divisionnaire.

On ne s'attend pas à vivre ce genre de choses dans une petite ville.

Et on n'arrive jamais à sortir assez vite les gens de leur lit.

SIX

VIOLET

«Je cherche ma mère. Je cherche une femme et un petit garçon noirs. Vous les avez vus ?»

ELLIE

Le parc où il y avait encore des centaines de personnes quelques instants plus tôt n'en contenait plus que quelques-unes. Tout le monde essayait de se cacher : les gens se pressaient dans les trous des murs et des haies ou se couchaient les uns sur les autres.

VIOLET

Pour une fois, c'était un avantage de ne pas être nombreux en ville à avoir ma couleur de peau. Quelqu'un devait les avoir vus. «Je vous en supplie, je cherche ma famille.»

ELLIE

Elle ne faisait rien comme tout le monde. Elle restait à découvert pour accoster les inconnus qui tentaient de rejoindre la maison avec l'insistance de ces bénévoles qui collectent de l'argent par un samedi animé en ville. Elle m'a pris les mains quand je me suis approchée et j'ai presque failli les lui arracher tellement son désespoir faisait peur.

On avait tous peur, mais ma peur était égoïste et intérieure. La sienne transpirait par tous les pores de sa peau.

Ses mains tremblaient.

VIOLET

Je voyais plus clairement maintenant que j'avais un but, mais elle a été la première que j'ai reconnue, après Joe. Combien de temps s'était écoulé depuis le moment où je la regardais danser avec jalousie ? J'ai tourné la tête en direction de la scène plongée dans le noir comme si elle pouvait y être encore. Comme si ce moment-là était réel, et celui-ci un cauchemar.

ELLIE

Elle posait la question à tout le monde, mais quand elle m'a vue, elle s'est contentée de regarder derrière moi. Je me suis retournée, certaine que le type était là et que cette fois il ne se détournerait pas.

VIOLET

La scène était déserte, mais le parc brillait de plein de petites lumières.

ELLIE

Il y avait des petites lumières un peu partout. Dans la panique, les gens avaient perdu leur téléphone ou le tenaient encore dans des mains en train de se raidir. Il devait y avoir des centaines de gens qui appelaient sans cesse avec l'espoir que la personne décroche pour dire qu'elle allait bien.

La nouvelle avait dû commencer à se répandre.

Mon téléphone était dans ma poche, lourd et silencieux. J'essayais de ne pas me demander pourquoi il ne sonnait pas.

VIOLET

«Je dois retrouver ma famille.» J'ai extrait de ma tête le souvenir d'Ellie Kimber pour observer la fille qui était vraiment devant moi. On la regardait danser. J'avais la main de ma mère sur mon épaule. Et maintenant, le sang de mon frère sur ma chemise. «Ade, mon petit frère, il...»

ELLIE

Sa bouche a remué pendant quelques secondes sans qu'aucun son en sorte.

VIOLET

«Je crois qu'il va mourir.»

ELLIE

Elle a aspiré de l'air avec une sorte de gémissement, puis elle a lâché mes mains pour poser les siennes sur sa bouche.

VIOLET

Comme si je pouvais reprendre ces mots. Comme si je craignais que les prononcer, ça déclenche une malédiction. Mais je les avais employés, alors c'était trop tard. «Il saignait beaucoup.»

ELLIE

Elle était couverte de sang. Moi aussi, j'avais sur les bras du sang froid qui formait déjà une croûte épaisse. Le sang de quelqu'un d'autre, mais pas celui de mon frère. J'ignorais à quoi pouvait ressembler la peur de cette fille : j'étais trop jeune quand mon frère était mort.

Je l'ai attrapée par le coude. On était dans l'ombre de la maison, mais quand même trop exposées. Un peu plus loin, des gens essayaient d'ouvrir la grande porte d'entrée. J'avais vu des garçons donner des coups d'épaule par groupes de deux ou trois, mais les battants refusaient de bouger. Les verrous étaient sans doute tirés de l'intérieur. Il y avait des fenêtres hautes et étroites avec des petits carreaux encadrés par du plomb. Tout semblait être fait pour garder les gens soit dedans soit dehors, et le parc avait plongé dans un calme très inquiétant.

« Moi, je cherche mes parents. J'ai cru qu'ils seraient dans la maison, mais c'est impossible. »

VIOLET

Elle n'a pas cherché à me réconforter. Je préférais ça. Mais sa main me serrait fort le bras. Ce qui m'a permis de me ressaisir.

J'ai chassé les larmes sur mon visage avec des mains sans doute plus sales que ma peau, mais je ne voulais pas penser à ce qu'il y avait dessus.

« Il y a peut-être un autre moyen pour entrer. »

JOE

La fille est remontée à la surface comme une baleine qui

vient respirer. Oui, je sais, ce n'est pas très sympa, comme description, mais… sur le moment, c'est l'image qui m'est venue. Elle a recraché un peu d'eau et j'ai vu ses bras tenter d'agripper un rocher avant de replonger sous la surface.

Un instant plus tard, elle est réapparue en se débattant. Elle toussait fort, et j'ai vu qu'elle allait continuer comme ça. En vain.

Ma première impulsion, ça n'a même pas été de l'aider mais de la faire taire pour éviter d'attirer l'attention. J'ai regardé derrière moi en essayant d'évaluer la distance que j'avais parcourue dans le noir. Est-ce qu'on était assez loin du pont pour ne plus être visibles ?

PEACHES

Se noyer, c'est douloureux. On m'avait raconté des conneries en prétendant que c'est paisible, voire euphorique, de se sentir à court d'air. C'est peut-être vrai, mais avant ça, c'est juste lent et douloureux. Je venais d'échapper à une mort brûlante et instantanée au milieu des gens pour affronter une agonie glacée, et toute seule.

JOE

Elle était peut-être blessée à un endroit que je ne voyais pas. Ça ne servait à rien de plonger pour me rendre compte qu'elle avait la moitié du torse arraché. Mais si elle n'était pas blessée, pourquoi elle n'arrivait pas à se sortir de là ? Je ne pouvais pas la regarder se noyer, mais je ne pouvais pas la rejoindre au risque d'être repéré depuis la rive opposée, et abattu.

PEACHES

À la fin, j'ai arrêté de vouloir respirer. De toute façon, que j'aie la tête dans l'eau ou en dehors, tout était noir.

JOE

Je n'ai pas pris de décision jusqu'à ce qu'elle arrête de s'agiter.

Et là, sans comprendre comment, j'étais au bas de la rive. J'avais réussi à descendre sans me briser le cou malgré la boue glissante et les touffes de roseaux. Un jour, alors qu'il faisait beau, j'avais eu du mal, mais là, j'ai réussi dans le froid et l'obscurité.

En mettant une jambe dans l'eau, j'ai réussi à l'attraper par la cheville. Un centimètre de plus, et c'était foutu. Je l'ai tirée. Elle flottait. Son corps ne bougeait plus, à part ses cheveux roux étalés à la surface de la rivière.

Je ne l'ai pas retournée. J'ai juste prié pour qu'elle soit intacte quand j'ai passé mes bras autour de son corps pour la traîner dans la vase jusqu'à la rive.

PEACHES

J'ai un trou de mémoire, puis je me souviens qu'on me donne de grandes claques dans le dos.

JOE

Je ne savais pas comment faire sortir l'eau de ses poumons.

PEACHES

Je n'ai même pas eu droit à du bouche-à-bouche, vous voyez le genre ? Mais avec ce que j'ai vomi ensuite – pour la deuxième fois de la soirée – par terre et partout sur moi, je ne pouvais pas lui en vouloir. Et puis, comme j'étais sans doute déjà couverte de bleus, quelques coups de plus ou de moins...

C'était bon de respirer autre chose que des algues.

Il a continué, même quand j'ai recraché la moitié de mes organes.

JOE

J'ai continué à la frapper dans le dos jusqu'à entendre sa voix. Jusque-là, je ne savais pas si je faisais bien ou si j'étais juste en train de tabasser un corps inanimé avec l'espoir qu'il se réveille.

PEACHES

« Arrête de me *frapper*, putain. » J'ai dit ça trop fort, mais une seconde plus tôt, j'étais morte, alors ne pas faire de bruit, c'était le cadet de mes soucis.

JOE

Plus loin, j'ai entendu comme des cris. J'ai paniqué et j'ai plaqué ma main sur sa bouche. Remonter la rive tous les deux a été cent fois plus dur que de la descendre tout seul. Chaque instant a été un supplice.

PEACHES

J'avais l'impression qu'on me kidnappait. Qu'on me volait mes affaires. Mais vu les circonstances, ce n'était pas le pire qui puisse arriver.

JOE

Peut-être qu'on n'est pas censé imposer ça à quelqu'un qui ne respirait plus une minute plus tôt. Mais ce n'est pas comme si j'avais un mode d'emploi. Une fois sous les arbres, j'ai retiré ma main de sa bouche et je me suis agenouillé pour lui murmurer à l'oreille: «Tais-toi, il y a des types avec des armes.»

PEACHES

«JE SAIS», j'ai murmuré aussi fort que j'ai osé en regardant qui pouvait bien m'avoir sauvée. Pour la deuxième fois de la soirée, je venais d'échapper à une mort certaine.

JOE

Elle s'est mise à genoux, puis s'est affalée contre un arbre. J'ai vu qu'elle m'observait. Moi, je ne quittais pas son torse des yeux.

Il y avait tout le nécessaire. Pas de trou béant.

PEACHES

Mon chevalier en armure étincelante n'aurait jamais dû être Joe Mead. Lui, c'est l'un de ces types parfaits dont on a l'impression qu'il a été dessiné à l'aérographe.

On dirait qu'il est né avec des extensions de cils, sans parler du reste, et sans oublier son profil. Ce type est beau, tout simplement.

JOE

Elle ressemblait à un monstre des marais.

PEACHES

Il est aussi très prétentieux.

JOE

Elle avait des cheveux partout sur le visage, la tête couverte d'algues et d'allez savoir quoi d'autre. Tout son corps en était couvert. Et elle était trempée.

PEACHES

Tout ce que je savais de Joe, c'est qu'il traînait toujours avec deux potes aussi prétentieux que lui, et même si ça faisait quelques années qu'ils avaient arrêté de s'en prendre à moi, je sentais toujours cette éventualité en suspens quand je passais près d'eux. Ou alors, j'entendais leurs rires quand je les croisais.

JOE

Trempée de la tête aux pieds. Bref. Je savais à peu près qui elle était. L'une des filles du club théâtre.

PEACHES

Tout le monde le connaissait. Si Ellie Kimber était la star de l'école, Joe Mead était le type qui avait le plus de chances de sortir avec elle. J'ai compris pourquoi il avait évité le bouche-à-bouche.

Mais pour une fois, il avait l'air aussi mal foutu que moi. Enfin, presque.

JOE

Elle ne tremblait pas quand je l'avais sortie de l'eau, mais ça a commencé d'un coup. Il faut dire que j'avais moi-même l'impression d'avoir extrait ma jambe de la glace, alors que je ne l'avais plongée que jusqu'au genou… J'entendais ses dents s'entrechoquer. Jusque-là, je ne m'étais pas rendu compte qu'il faisait froid.

VIOLET

Je n'avais jamais adressé la parole à Ellie Kimber avant ça.

PEACHES

Joe Mead ne m'avait jamais adressé la parole de toute sa vie.

VIOLET

Et là, j'avais mes mains sur les siennes. J'ai regardé en direction de la maison. Au moins, ça, je connaissais. J'ai dit : « Suis-moi. Il y a une autre porte. »

PEACHES

Accroupi près de moi, il s'est penché pour me dire tout bas : « Tu devrais retirer tes vêtements. »

SEPT

PEACHES

J'ai dû lui cracher à la figure ce qui restait d'eau dans mes poumons. « QUOI ? »

JOE

Elle n'a pas compris tout de suite.

PEACHES

Les dents serrées pour qu'elles ne claquent pas, et en parlant tout bas comme lui, j'ai désigné mon corps. « La dernière chose dont je me souviens, c'est que des types se promenaient partout avec des armes. Ce qui signifie qu'on va devoir attendre sur place qu'ils nous trouvent, ou pas. Et toi, tu penses que c'est une bonne idée de faire ça *nu* ? »

JOE

« Si l'autre option, c'est de mourir de froid ? Peut-être. Tu t'es vue ? »

PEACHES

Je ne me suis pas regardée. Me regarder, c'était presque en tête de la liste des choses que je détestais faire. Mais je me suis écoutée. Mes dents, que j'essayais de garder serrées, faisaient comme des claquettes sur une estrade. Me noyer, ça avait été douloureux, mais depuis que Joe m'avait sortie de l'eau, mes membres s'engourdissaient. La sensation rampait sur ma peau couverte de chair de poule pour faire comme des décharges électriques en provenance de mes nerfs. Dans l'eau, j'avais froid, mais j'avais aussi d'autres priorités.

Là, j'étais frigorifiée.

JOE

Elle a eu l'air de comprendre au bout d'une minute, mais elle ne bougeait pas, elle me regardait de ses grands yeux barbouillés de noir en serrant ses bras autour de son corps. C'était comme si elle se faisait un câlin à elle-même, ou qu'elle voulait se faire toute petite, mais ce n'était pas le problème. Ses lèvres étaient en train de bleuir.

« Tu n'arriveras pas à te réchauffer comme ça, j'ai dit en tirant sur une manche de son pull trempé. C'est comme vouloir faire fondre de la glace sans la sortir du congélateur. »

PEACHES

Il a tiré sur mon poignet, et je l'ai laissé faire. Mon pull était gorgé d'eau.

JOE

C'était étrange d'être là avec elle. Comme si plus rien n'existait pendant une minute, alors que partout autour de nous, des gens continuaient à mourir. La situation était dingue et insupportable, mais le cirque s'est apaisé. Là où on se trouvait, tout était silencieux. Ça faisait presque du bien d'avoir à s'inquiéter d'autre chose que de savoir si la prochaine balle serait pour nous. Pendant cinq minutes, j'ai réussi à chasser de mon esprit ces coups de feu et la vision des gens qui s'effondraient.

« Écoute, je sais que c'est bizarre, mais ce n'est pas non plus ce dont je rêvais, tu sais. »

PEACHES

J'aurais aimé lui demander de quoi il rêvait. Le truc mensonger qu'on vous raconte sur la mort imminente, c'est que vous ne pensez qu'à ça. Alors qu'en fait, votre esprit saisit chaque occasion pour éviter de s'attarder sur l'impensable. Je me suis questionnée là-dessus, et je me suis aussi demandé si je l'avais déjà entendu parler d'une voix aussi gentille.

JOE

Elle devait quand même garder ses grosses bottes, au cas où elle devrait courir. Et sa jupe-culotte noire, ça passait. Mais ce pull l'alourdissait trop. « Tu sécheras plus vite sans ça. »

PEACHES

Je l'ai observé un long moment en silence. Et j'ai commencé à tirer sur les manches de mon pull.

ELLIE

Violet m'a encouragée quand j'ai voulu m'arrêter. Il y avait de la lumière en provenance de Hearne House qui filtrait par les rideaux et s'étalait sur le chemin, ce qui, par contraste, rendait les ombres encore plus noires. Je commençais à me dire que c'était peut-être mieux de rester contre le mur plutôt que de traverser une flaque de lumière jaune, même en courant.

VIOLET

Je me suis revue devant cette maison avec ma mère, par une belle journée, en train de noter dans un carnet tous les détails donnés par le guide. Je pouvais me rappeler chaque mot et je me les suis récités comme pour un devoir.

Les ouvertures étaient soit des impostes, soit des fenêtres à meneaux dont les panneaux de verre étaient partagés en petits carreaux encadrés par des lignes de plomb. La maison avait la forme d'un fer à cheval, si bien que la sécurité qu'offraient ses ombres était trompeuse.

Elle était pleine de recoins, aussi, et on ne savait pas ce qui nous attendait dans chacun d'eux.

J'ai attrapé Ellie par le bras. On devait gagner l'arrière tant que tout était calme.

ELLIE

La façade de la maison paraissait sans fin. Il y avait une succession d'arches et des fenêtres toutes droites avec des rideaux tellement épais qu'on s'attendait à ce qu'à l'intérieur tout soit couvert de poussière.

Les gens qui n'avaient pas réussi à ouvrir la porte principale s'étaient blottis entre les fenêtres ou plaqués contre les piliers des arches. Ils attendaient.

VIOLET

Il paraît que George III habitait ici à l'époque où il avait perdu la tête. C'était un pavillon de chasse.

ELLIE

Tout avait l'air si calme. On aurait pu croire que c'était fini.

VIOLET

Je me demande ce qu'ils y chassaient, à l'époque.

ELLIE

On a couru le long de la maison. Les jardins se sont ouverts devant nous, plus vastes que je l'aurais cru. Des treilles formaient comme une cage thoracique jusqu'à un amphithéâtre en herbe, sa pelouse grise à la lueur des spots disposés dans les plates-bandes pour que les visiteurs ne s'y cassent pas la figure. Des buissons décoratifs avec des formes étranges ressemblaient à des gens accroupis.

VIOLET

De temps en temps, quelqu'un tentait de courir à découvert vers une cachette plus sûre. J'ai vu la lumière du téléphone d'une personne couchée sous un banc.

ELLIE

C'est là que j'ai compris que mes parents pouvaient être n'importe où.

VIOLET

Ils pouvaient être partout.

ELLIE

Avec un peu de chance, ils avaient réussi à se mettre en lieu sûr. Il devait bien y avoir des centaines de cachettes sur un terrain aussi vaste. Les tueurs ne pouvaient pas trouver tout le monde. Mais ça signifiait que, moi non plus, je ne les trouverais jamais, dans ces immenses jardins. Je ne savais même pas par où commencer.

VIOLET

Si j'imaginais mon frère ici, sous un banc, en train de se vider de son sang, alors je le voyais mort. Il était tellement petit, comment pouvait-il avoir autant de sang dans le corps ?

Je ne devais pas penser à ça.

ELLIE

Alors on devait commencer par la maison.

VIOLET

Il y aurait plus de possibilités dans la maison. Ellie m'a regardée, et je sais qu'elle s'interrogeait sur ces jardins. Elle se demandait s'ils ne risquaient pas de se transformer en piège. J'y ai pensé, moi aussi. En plus, je connaissais bien Hearne House. Je savais me repérer entre ses murs. Si la mort venait nous y chercher, elle serait plus facile à éviter.

Ellie a glissé ses doigts entre les miens.

ELLIE

Violet m'a conduite jusqu'à une issue de secours sur le côté. Je ne sais pas comment elle connaissait si bien le bâtiment, mais elle avait raison : même si des gens n'étaient pas déjà passés avant nous en débloquant la barre anti-panique, on aurait de toute façon pu entrer par là.

Les portes étaient ouvertes quand on les a atteintes, la lumière orange et accueillante. Un panneau d'alarme sur le mur à gauche dans le couloir clignotait en rouge, mais il n'y avait pas de bruit de sirène. Les alarmes devaient être reliées à une entreprise de sécurité ou au commissariat. D'ailleurs, où était l'intervention policière qu'on m'avait promise ? Je ne comprenais pas. Depuis le temps, il aurait dû y avoir des alarmes et des sirènes partout, avec des secours en chemin.

C'était comme si on nous laissait mourir pendant que les gens chargés d'assurer notre protection prenaient le temps de la réflexion. Mais moi, je ne voulais pas de ça, je voulais que des policiers en uniforme nous sortent de là en nous disant de ne pas regarder autour de nous. Je voulais que quelqu'un mette fin à tout ça.

VIOLET

J'étais à la fois soulagée et inquiète que l'issue de secours soit ouverte. Il y avait une troisième porte un peu plus loin qui donnait sur les cuisines, presque aussi solide que la porte principale. Je savais que la sortie de secours constituait notre meilleur espoir.

Tout à coup, j'ai eu peur que les portes ouvertes ne cachent un piège. On ne pouvait pas savoir ce qui nous attendait à l'intérieur. Mais je n'étais pas seule. Je n'ai pas lâché la main d'Ellie, et je suis passée devant.

ELLIE

Comme si on nous attendait, un visage est apparu dans le couloir.

VIOLET

Une petite dame blonde avec des lunettes rouges cassées qui serrait son cardigan contre elle. Mademoiselle Ewell.

ELLIE

La professeure d'éducation religieuse de Clifton.

VIOLET

Elle était toute nerveuse, comme en classe. Elle nous a fait signe avec ses mains très blanches. « Elliot. » Elle a mis un instant avant de retrouver mon nom. « Violet. »

Mais elle paraissait aussi soulagée pour l'une que pour l'autre.

« Ils ne sont pas là... Ils n'ont pas encore essayé d'entrer. »

Elle bredouillait, mais on avait compris qu'elle parlait des types armés. « Pour l'instant, on est en sécurité. On songe à se barricader. »

En suivant son regard, j'ai vu que le petit bureau derrière elle était rempli. J'ai reconnu quelques professeurs. Et des parents.

ELLIE

Violet m'a regardée et j'ai lâché sa main, puis je l'ai suivie en direction de la petite pièce. Elle était pleine, mais j'ai l'avantage de mesurer un mètre quatre-vingts pieds nus. J'ai tout de suite vu que mes parents ne s'y trouvaient pas. Violet pouvait faire le même constat, pour d'autres raisons.

«Une femme noire», disait-elle, la description la plus simple et la plus évidente – Amberside n'est pas vraiment réputée pour sa diversité. «C'est ma mère, elle portait un manteau vert et un pull noir. La veste de mon petit frère est bleue. Je vous en supplie, il saignait beaucoup...»

Une femme a posé la main sur l'épaule de Violet, que j'ai vue s'écarter d'un coup, comme si elle refusait qu'on la console. «Quelqu'un a bien dû les voir.»

VIOLET

«Les filles», a dit Mademoiselle Ewell derrière nous. Elle essayait de prendre le même ton que quand elle voulait calmer la classe, mais sa voix tremblait. «Violet, je n'ai pas vu les tiens, ils ont pu entrer avant mon arrivée.»

Je me suis détournée de la pièce remplie de tous ces gens qui pouvaient me prendre en pitié mais pas m'aider. «Peut-être. Je les ai perdus juste après le début de la fusillade.»

ELLIE

«Mais pourquoi ils nous tirent dessus?» C'était plus fort que moi. La question flottait dans mon esprit depuis que j'avais été plaquée contre la barrière au pied de la scène. «Qu'est-ce qui se passe? Pourquoi on nous fait subir ça?»

VIOLET

Mademoiselle Ewell s'est décomposée, comme si la seule explication qu'elle avait, c'étaient des larmes.

ELLIE

« On ne sait pas, a répondu un père en agitant son téléphone au-dessus de sa tête. La police ne sait pas. Personne ne sait.

– Vous avez besoin d'un téléphone ? a proposé une mère.

– Non merci, j'ai déjà essayé d'appeler », j'ai répondu.

VIOLET

« Pas moi. » Cette pensée m'a traversé l'esprit comme un arc électrique. Je n'avais pas mon téléphone avec moi. La plupart de mes appels étaient destinés à ma mère, alors ça ne servait à rien de gaspiller de la batterie. Mais elle, elle avait son téléphone, au cas où mon père ne se sentirait pas bien et aurait besoin d'elle. « Je n'ai pas essayé d'appeler. »

ELLIE

C'était comme si quelque chose venait de s'illuminer en Violet. J'ai placé mon téléphone entre ses mains pendant que Mademoiselle Ewell nous entraînait un peu plus loin dans le couloir. « On conseille à tout le monde de s'enfoncer dans la maison. Trouvez-vous un endroit qui ferme à clef, si vous le pouvez. »

Derrière nous, deux hommes étaient en train de tirer des chaises dans le couloir. On était arrivées juste avant qu'ils se barricadent.

VIOLET

J'ai atteint le couloir la première. Le téléphone me glissait entre les mains. En composant le numéro de ma mère, je n'ai pu que voir le sang sur l'écran. Mes doigts en étaient couverts, mais l'écran tactile fonctionnait quand même.

Ça a sonné plusieurs fois.

Et quelqu'un a décroché.

HUIT

PEACHES

J'ai jeté mon pull par terre, où il a formé un gros tas humide. Ma chemise était partie avec, collée comme de la pâte. Voilà où on en était: Joe Mead et moi, assis sous un arbre, sans que je pense ne serait-ce que vaguement à un B.A.I.S.E.R.

Je songeais à mes bras. Maintenant, je trouve ça absurde, mais là, en jupe-culotte et débardeur blanc, mes bras devenaient la partie la plus exposée de mon corps. Comme je les trouvais trop blancs et trop gros, je les cachais toujours à partir des coudes.

Voilà où j'en étais de la peur de mon propre corps. Voilà ce qui comptait le plus pour moi depuis si longtemps que, même dans l'attente de savoir si j'allais vivre ou mourir, je trouvais encore le temps de ne pas vouloir exposer mes bras. Mais des bras nus, c'est impossible à cacher, non? Les envelopper l'un autour de l'autre, ça ne fait qu'attirer l'attention. J'avais tellement l'habitude de me soucier de ce genre de détails, à l'époque.

J'ai regardé Joe, qui essayait de ne pas me regarder. «Pour l'instant, je n'ai pas moins froid.»

JOE

« Tu sécheras plus vite. Crois-moi, j'ai regardé des centaines de vidéos où des types avec des barbes de malade survivent à un naufrage en larguant leurs vêtements et en buvant de la pisse. » Puis je me suis agenouillé et j'ai entrepris de déboutonner ma chemise.

PEACHES

Je n'avais jamais vu de vidéo où les gens boivent de la pisse, et je dois admettre que je n'étais pas séduite par l'idée. « Si c'est ta suggestion suivante, laisse-moi t'opposer tout de suite un non de principe. »

Je ne sais pas à quel point je parlais de façon compréhensible à travers mes dents qui claquaient. Quand il a commencé à se déshabiller, je suis sûre d'être tout à coup devenue beaucoup plus claire. « Attends, qu'est-ce que tu fabriques ? »

JOE

Il faisait froid, mais je n'avais pas aussi froid qu'elle. J'ai retiré ma chemise. « J'ai un T-shirt en dessous. »

Elle a secoué la tête comme si j'étais en train de lui offrir la dernière boîte de conserve en plein milieu d'une famine. « Je… je ne peux pas accepter. »

PEACHES

Ce n'était pas seulement parce que j'avais peur qu'il ait trop froid sans sa chemise. C'est aussi que je craignais de ne pas réussir à l'enfiler.

JOE

Je la lui ai tendue quand même. Si elle refusait de l'enfiler, j'avais l'intention de la laisser pendre au bout de mon bras jusqu'à ce qu'elle comprenne qu'il était hors de question que l'un de nous n'en profite pas, et comme ça ne serait pas moi… Mais quand elle a déplié ses bras, j'ai remarqué quelque chose.

« Tu es blessée ? »

PEACHES

La balle qui ne m'avait pas tuée avait glissé le long d'une côte. Je ne sentais pas la blessure, trop engourdie par le froid pour que mon corps s'intéresse à d'autres douleurs.

J'ai baissé la tête. Il y avait sur mon débardeur une tache couleur rouille et une déchirure de plusieurs centimètres à hauteur de ma taille. Quand j'ai posé les doigts dessus, je me suis rendu compte que la peau y était plus chaude.

JOE

Quand elle a tiré sur le trou dans son débardeur, j'ai compris que ça n'était pas profond. Elle ne saignait même pas.

« Pas vraiment, elle a dit en relevant la tête vers moi. Mais à combien de centimètres de la mort je suis passée, d'après toi ? »

PEACHES

J'ai fait avancer mes doigts sur mon ventre jusqu'au premier organe vital. Ça ne faisait pas beaucoup de centimètres.

JOE

Et là, elle a accepté ma chemise.

PEACHES

J'ai réussi à l'enfiler. Je ne sais pas comment ça avait pu le garder au chaud, mais pour moi, ça changeait quand même quelque chose d'avoir une partie de mon corps un peu moins humide et glacée. J'allais le remercier quand on a entendu un bruit. On a bondi comme si c'étaient des coups de feu.

JOE

« C'est un téléphone qu'on entend ? » Ce qui était une question idiote, bien sûr, mais plus personne n'a de téléphone qui sonne comme un téléphone, de nos jours. Je n'ai même pas ça dans mes sonneries préenregistrées.

« Je crois », a répondu Peaches en tâtonnant dans l'herbe. Les feuilles mortes n'avaient pas encore recouvert le sol à cette période de l'année, mais ça paraissait être la seule partie de la propriété à ne pas être entretenue. « Ici. »

PEACHES

Quelqu'un devait avoir perdu ce portable en fuyant. Je l'ai tenu un instant dans mes mains, puis je l'ai posé, écran vers le sol, en couvrant le haut-parleur avec mes mains. Il continuait à faire un bruit et une lumière de dingue.

JOE

On aurait dit un phare, une sirène et un gyrophare, tout ça en même temps, pour signaler : « On est là, on est là. »

J'ai paniqué en voulant le lui prendre des mains. J'ai dit : « Éteins ça, putain de bordel. »

PEACHES

Je l'ai laissé faire. Je n'avais jamais entendu un téléphone sonner aussi fort. « Et si c'est quelqu'un qui appelle sa famille ? »

Il m'a regardée d'un air pénétrant : « Même si c'est le cas, qu'est-ce que tu veux qu'on fasse ? »

JOE

J'ai décroché par erreur en l'attrapant. Une demi-seconde, j'ai entendu une voix, puis j'ai raccroché. J'ai montré l'écran à Peaches avant que ça disparaisse : c'était un numéro inconnu. Si ça avait été un membre de la famille, il y aurait eu un nom.

Avant que la personne puisse rappeler, j'ai enfoncé un pouce sur le côté pour éteindre le téléphone, et je l'ai lâché. Mais j'étais à nouveau sur le qui-vive. La bulle où on avait espéré être presque en lieu sûr venait d'éclater.

PEACHES

Même dans le nouveau silence, on pouvait deviner notre présence, maintenant. J'ai dû forcer ma gorge serrée à chuchoter : « Quelqu'un a pu entendre. »

JOE

La sonnerie du téléphone était si forte que je ne concevais pas que les types ne l'aient pas entendue. Il pouvait y avoir n'importe qui dans les arbres. « On va devoir bouger », j'ai dit.

VIOLET

« Maman ? » Le téléphone s'est tu entre mes mains. J'ai rappelé en manquant de faire tomber l'appareil dans la précipitation. Quelqu'un avait décroché, mais un seul instant. « Non, non ! Maman ? »

ELLIE

De là où j'étais, j'ai entendu la boîte vocale. Les brèves instructions d'une voix féminine préenregistrée proposant de laisser un message. *Bip*. Et plus rien.

VIOLET

« Elle a décroché », j'ai dit d'un ton frénétique. Puis j'ai encore essayé, mais je suis tout de suite tombée sur la messagerie : *Je ne peux pas vous répondre pour l'instant.* « Elle a décroché, pourquoi elle ne veut pas me parler ? »

ELLIE

Je ne savais pas comment la calmer. Peut-être que ce n'était pas une bonne idée que sa mère fasse du bruit… ce qui n'était pas du tout une pensée rassurante. « Tu veux lui envoyer un texto ? Mes parents n'ont pas décroché. Alors c'est ce que j'ai fait. »

VIOLET

Je n'y avais pas pensé. J'ai ouvert l'application de SMS. Celui qu'Ellie avait envoyé à ses parents est apparu. Sans réponse.

ELLIE

Violet m'a jeté un coup d'œil. C'était comme si un fil de

compréhension nous reliait tout à coup. J'ai hoché la tête en disant : « Ils répondront quand ils pourront. »

VIOLET

J'ai composé mon message en essayant d'être le plus concise possible puis je l'ai envoyé avec l'espoir qu'il atteigne ma mère.

Maman, c'est Violet. On est dans la maison. Je t'en supplie, cherche-moi si toi aussi, tu es là. Je t'en supplie, réponds-moi.

J'avais envie d'envoyer une centaine de messages comme ça, juste pour taper encore et encore *je t'en supplie,* comme une prière. *Doux Jésus, je t'en supplie, aie pitié.*

ELLIE

Elle m'a tendu mon téléphone entre ses deux mains serrées. J'ai regardé pour voir si j'avais du réseau, même si je savais qu'on était trop loin de la ville pour ça, puis je l'ai rangé. Je me suis dit que je les rappellerais une fois en lieu sûr.

Violet contemplait le couloir comme si elle imaginait tout un univers derrière ces murs. Cette demi-seconde d'espoir lui avait peut-être fait plus de mal que de bien, mais je ne pouvais pas savoir que ça se passerait comme ça. Je l'ai observée quelques instants.

Violet, ce n'était pas quelqu'un que j'observais d'habitude. Déjà, parce que dans les rares cours qu'on avait en commun, je ne voyais que ses tresses depuis le premier rang où elle s'asseyait toujours. Mais je savais qui elle était. Une fille intelligente et plus jolie qu'elle ne le laissait voir : l'élève qui levait toujours la main avec la bonne réponse, mais seulement quand tout le monde avait renoncé. Elle faisait partie de l'équipe des tuteurs, aussi. J'avais repéré son sourire timide sur le panneau le jour où j'avais compris qu'à cause de l'entraînement je négligeais trop mon travail scolaire – avant que je me rende compte que tout le monde se foutait de mes notes.

Cette année, j'avais pensé lui demander de l'aide dans les matières où j'étais le plus nulle, mais j'hésitais à prendre pour tuteur quelqu'un qui, techniquement, était dans une classe inférieure à la mienne, même si on avait certains cours en commun. Peut-être que, quand on serait de retour au lycée, cette fois, j'oserais.

« Alors comme ça, tu es déjà venue ici ? » Ma question l'a poussée à se retourner vers moi. Elle avait déjà l'air un peu moins hantée. Moi aussi, j'étais déjà venue à Hearne House, mais à part pour le concert d'octobre, ma dernière visite remontait à une sortie scolaire en sixième. Violet semblait connaître les lieux bien mieux que moi. « Parce que pour cette petite partie de cache-cache, moi, je ne sais pas où aller. »

VIOLET

Elle ne pouvait pas le savoir, mais sa question m'a permis de me ressaisir. Ça m'a rappelé que cet endroit m'était familier. J'avais dessiné les plans de cette maison pour un devoir d'histoire. J'avais parcouru chacun de ses couloirs. J'avais fait des recherches sur chaque objet exposé dans ses galeries. En revanche, je ne savais pas quelles portes fermaient à clef.

Ça ne me paraissait pas une bonne idée de se cacher dans l'une des salles d'exposition où les conservateurs faisaient des rondes pendant la journée pour rappeler aux visiteurs de ne pas laisser de traces de doigt sur les tables ni de s'asseoir dans les fauteuils vieux de deux siècles. Il y avait des cuisines face à la salle à manger, mais elles étaient trop grandes pour être sûres.

« Moi non plus. » Ça aurait été plus facile si j'avais pu prendre ça pour un jeu. « On va essayer à l'étage. »

JOE

« Tu crois qu'on doit essayer la maison ? » Quitter la protection des arbres paraissait la chose la plus dingue à faire, mais après ce coup de téléphone, l'endroit ne paraissait plus sûr du tout. J'avais l'impression qu'on m'avait accroché une cible dans le dos.

PEACHES

On a observé ce labyrinthe compliqué et frustrant que constituaient les jardins ornementaux. J'avais catégoriquement refusé de passer près du feu, ravalant la bile dans ma gorge rien qu'à cette idée. Je savais ce qu'on y trouverait : l'odeur de chair brûlée et, sous la scène, une fosse remplie de corps. Je savais que j'aurais envie de voir si March était parmi eux.

Mais si j'avais échappé à ce piège à rats, ce n'était pas pour me jeter dans un autre. « Seulement si tu aimes les parties de cache-cache géantes au milieu d'objets antiques. »

Il n'avait pas l'air convaincu. « Tu trouves que le jardin, c'est mieux ? »

Pour moi, le jardin valait mieux que la seule autre option : la maison.

« Je pense que si on doit courir, il y a plus de place dehors. »

JOE

Je me souvenais trop bien de ce qui était arrivé aux gens qui couraient pendant que j'étais caché derrière une haie. «Tu peux pas aller plus vite qu'une balle.»

PEACHES

C'est vrai. C'est d'ailleurs l'une des raisons pour lesquelles personne ne me prend jamais dans son équipe, en sport. «Mais…»

JOE

«Et puis, là-bas, tu pourras te réchauffer. Il y en a qui ont réussi à gagner la maison, non? Alors un toit, la force du nombre…» J'ai commencé à énumérer les avantages sur mes doigts.

PEACHES

«C'est vrai que la force du nombre, ça a bien marché, quand ils tiraient sur tout ce qui bougeait dans le parc!»

Ce n'était pas très sympa de le tacler comme ça, et là, c'était un peu différent. Au début, dans le parc, personne ne comprenait ce qui se passait. Maintenant, on le savait trop bien, même si d'une certaine manière, c'était paralysant – il n'y avait qu'à nous voir tous les deux, coincés entre ces arbres. Mais c'était plus simple d'être salope que de détailler tout ce qui me faisait peur. Bref, je savais qu'on devait tous les deux penser la même chose.

JOE

Le pont n'était pas très loin.

PEACHES

Peut-être que les types armés n'y étaient plus. Peut-être qu'ils avaient été arrêtés, ou qu'ils étaient passés à autre chose, peut-être que tout ça était fini et que personne n'avait encore pu nous avertir. Des gens continuaient à aller dans cette direction. On avait vu des ombres se déplacer, quelques-unes à la fois, pas la troupe compacte d'avant. Ils tentaient le coup. Alors, nous aussi, on pouvait le faire.

JOE

La rengaine *Tire-toi* venait de reprendre dans ma tête quand elle a été balayée par de nouveaux coups de feu.

Impossible de dire où ça tirait. C'est le problème des fusillades : quand on ne voit pas le tireur, le son a l'air de venir de toutes les directions. Hearne House était entourée d'un mur d'enceinte qui amplifiait cet écho. On avait l'impression que le bruit était partout.

PEACHES

Ça avait l'air tout près.

JOE

On s'est jetés par terre et on a rampé.

NEUF

ELLIE

Le premier étage paraissait plus sûr pour mettre de la distance entre ce qui se passait dehors et nous. Cette nouvelle mesure de sécurité a tenu jusqu'aux nouveaux coups de feu.

Une fois qu'on se sait traqué, on se met à réagir comme une proie. Tant que les claquements et les explosions pouvaient ne provenir que d'un individu qui déclenchait des feux d'artifice au bout du parc, j'avais attendu que la foule m'oblige à bouger. Là, mes réactions dépendaient d'un instinct qui signalait à mes membres de se mettre en action avant que mon esprit sache pourquoi.

Et là, mon instinct me commandait d'emmener Violet avec moi.

VIOLET

Ellie a poussé la première porte, qui était verrouillée. Alors on s'est blotties dans l'embrasure et on a écouté les fenêtres trembler sous les coups de feu. Elle avait les bras autour de moi.

ELLIE

Chez moi, tout est disproportionné. Je suis reconnaissante envers ce corps et mes longues jambes qui me propulsent sur la piste de course un quart de seconde avant toutes mes concurrentes, envers mes bras qui me font gagner quelques centimètres en eau libre. Mais parfois, j'aimerais être toute petite pour qu'on puisse me prendre dans les bras. Je dépasse mon père en taille depuis que j'ai quatorze ans.

J'ai serré Violet contre moi, mes bras autour de ses épaules, et j'ai plongé la tête dans son cou en me faisant aussi petite que possible.

VIOLET

À part Ade, je n'avais jamais serré quelqu'un aussi fort. Jusqu'à cet instant, ça ne me paraissait pas naturel. J'entendais mes poumons essayer de suivre le rythme de ma panique et l'écho du souffle d'Ellie. En fait, c'est ça, je crois, qui m'a permis d'écouter avec plus d'attention. Et là, j'ai compris.

« C'est dehors. Ils ne sont pas à l'intérieur. Les coups de feu proviennent de dehors. »

ELLIE

J'ai murmuré contre son cou : « Tu en es sûre ? »

Violet est restée silencieuse, elle a retenu son souffle un instant de plus, puis elle a lâché dans un soupir : « Oui, c'est juste l'écho. »

VIOLET

Les coups de feu n'étaient peut-être pas aussi proches

qu'ils en avaient l'air, mais ça tirait tout de même pas très loin. Autrement dit, le cauchemar continuait. Chaque balle, c'était un espoir en moins, peut-être la mort de quelqu'un qu'on aimait.

Mais ils n'étaient pas dans la maison.

ELLIE

Je n'avais jamais eu à ce point l'envie de me blottir dans les bras de mes parents. J'ai fermé les yeux et j'ai écouté les coups de feu. Dehors. Violet avait raison, en tendant l'oreille j'ai compris qu'ils venaient d'ailleurs, même si je ne savais pas où. C'était l'écho contre les murs de la maison qui donnait l'impression qu'ils étaient si près.

J'étais contente d'être à l'intérieur. Même si j'avais très peur pour ceux qui se trouvaient encore dehors.

De l'autre côté de la porte verrouillée contre laquelle j'étais plaquée, j'entendais la panique des gens, et d'autres qui essayaient de les faire taire. J'aurais juré avoir reconnu au moins une voix. J'ai à nouveau essayé d'ouvrir en tirant sur la poignée. « Sutton ? Cori ? »

VIOLET

Secouer la porte, ça n'a fait que déclencher d'autres cris derrière. Personne ne nous laisserait entrer.

J'ai posé la main sur son poignet.

ELLIE

Elle m'a touchée puis elle a retiré sa main, comme si elle avait besoin d'une permission pour ça.

VIOLET

« Ils viennent d'entendre les coups de feu, eux aussi. Ils ne vont pas ouvrir maintenant. »

Est-ce que nous, on l'aurait fait ? J'y ai réfléchi depuis, et je sais que si j'avais été là-dedans avec ma mère, non, je n'aurais pas ouvert. Avec mon frère ? Je n'aurais pas ouvert non plus, même si une fille avait pleuré derrière. Si j'avais été dans cette pièce avec Ellie, et qu'on ne savait pas ce qu'il y avait de l'autre côté, je ne pense pas que j'aurais ouvert. Mais je crois qu'elle, si.

C'était la première porte dans le premier couloir en haut du premier escalier qu'on avait trouvé. Les gens enfermés là-dedans étaient ceux qui avaient eu trop peur pour chercher une meilleure cachette. « Il y a d'autres pièces. Où quelqu'un nous laissera sûrement entrer. »

ELLIE

C'était sa façon de dire « allez, viens, on y va ensemble » sans que ça sonne comme un ordre. J'avais compris ça sur Violet : elle ne dit pas aux autres ce qu'ils doivent faire, elle laisse son interlocuteur comprendre que c'est elle qui a la meilleure solution.

J'ai jeté un coup d'œil dans le couloir. Qui, avec ses portes et ses alcôves abritant des vases sur piédestal, semblait s'étirer à l'infini.

« Apparemment, il y en a plein d'autres. »

Elle m'a fait un sourire.

VIOLET

Hearne House comporte cinquante-sept pièces. Vingt

d'entre elles sont là depuis l'origine, le reste a été construit au cours des deux siècles suivants. Quatorze ont été modernisées ou divisées en deux.

Alors, oui, il y en avait plein d'autres.

J'ai souri. « C'est vraiment une grande maison. »

PEACHES

La maison se dressait en plein milieu du parc. En fuyant les coups de feu, on s'était rapprochés sans le vouloir de la porte principale. Il y avait des lumières qui s'éteignaient puis se rallumaient au rythme des coups de feu. De toute évidence, il y avait des gens à l'intérieur. Ce qui ne signifiait pas qu'on devait les rejoindre.

JOE

On avait presque atteint l'allée qui conduit à la porte principale quand les coups de feu ont cessé. On avançait pliés en deux. J'ai fini par me laisser tomber à genoux, sans doute à côté d'un buisson de roses de concours, et je me suis pris la tête entre les mains. « Il faut qu'on entre là-dedans. »

PEACHES

Mon instinct me disait le contraire. Même si une petite part de mon esprit rêvait de mettre des murs entre moi et toute personne qui tenterait à nouveau de me tirer dessus, le reste savait que se retrouver dans la maison avec ces types, ça serait pire.

Joe s'était arrêté. Je suis revenue vers lui en rampant derrière des buissons de roses qui ne cachaient pas grand-chose.

Et là, j'ai fondu en larmes. Quand j'y repense, je n'ai aucune idée de pourquoi ça ne m'était pas arrivé plus tôt. «Il y a plusieurs hectares de terrain. Ces types ne peuvent pas être partout, ils ne sont pas assez nombreux. Les gens qui vont s'en sortir, ça sera ceux qui se cachent dans ce parc débilement immense. Pigé ?»

JOE

Je ne savais pas quoi faire de ses larmes. Ça m'a juste mis en colère, de me sentir impuissant pour plein de trucs. Comment la sortir de là, me sortir de là, tout ça. Il y avait tellement de choses pour lesquelles je ne pouvais rien et j'étais tellement en colère, putain. «Les gens qui vont mourir, c'est ceux dont ils vont trouver les cachettes. Tu veux rester dehors à courir d'un buisson à l'autre comme une cible mouvante ? Très bien, alors vas-y. Moi, je veux une position que je puisse défendre.»

PEACHES

Ce n'était pas la pire des choses qu'on m'avait dites, mais ça m'a quand même fait l'effet d'une gifle. Ma réaction, ça a été de pleurer encore plus fort, comme si, maintenant que j'avais lâché des larmes, je ne pourrais plus m'arrêter tant qu'il m'en resterait. J'ai pressé mes mains sur ma bouche pour assourdir ma voix. «Défendre une position avec quoi ? Un vieux fauteuil ? T'es pas en train de jouer à un jeu vidéo chez toi, là.»

JOE

«Tu sais rien de chez moi.»

Elle ne savait rien de ma vie, rien de mon père. Rien sur les pensées qui m'assaillaient : que je pouvais mourir sans savoir s'il serait fier de moi. Alors au moins, si en découvrant mon corps, on comprenait que je m'étais battu…

Elle n'avait aucune idée de tout ça.

La colère m'a poussé à me relever. Les tueurs pouvaient être en train de me suivre au viseur, je m'en foutais. J'allais remonter l'allée de cette maison comme si c'était la mienne.

C'est là que j'ai entendu mon nom.

PEACHES

Il y avait une petite lumière sous l'un des bancs près duquel Joe est passé. Un téléphone. Quand il s'est retourné et qu'il a plongé, deux personnes sont sorties de l'ombre. J'ai essayé d'arrêter de pleurer pour mieux voir.

JOE

Quand je les ai rejoints, le visage de Sam était vert à cause de l'écran de son téléphone mais Dougie, lui, avait vraiment l'air mal. « Qu'est-ce qui se passe ? » J'étais à genoux, une main posée sur son épaule pour l'empêcher de se lever. *Qu'est-ce qui se passe ?* Une question tellement stupide.

Ce que je voulais dire, c'est : qu'est-ce qui se passait *pour lui* ? Pourquoi ça devait arriver à quelqu'un que je connaissais ?

J'étais parti du principe que tout mon entourage s'en était sorti sauf moi. Doug a essayé de bouger. J'ai incliné la tête, et il a roulé les yeux pour voir mon visage dans le noir.

« Tout va bien. Doug, c'est Joe. C'est moi. »

Il a prononcé mon nom dans un murmure rauque.

Sam parlait en continu derrière nous, sa voix faisait une sorte de fond sonore. Il m'a fallu une minute pour comprendre qu'il était au téléphone. « C'est Joe, il nous a retrouvés. On va s'occuper de lui. Oui, c'est promis. On va le conduire quelque part. Je pense… Il a l'air d'aller mieux. »

Doug ne pouvait pas avoir l'air d'aller plus mal. « La… euh… »

Plus tard, à l'hôpital, ils ont dit que l'une des balles était entrée par la hanche pour ressortir par la base de sa colonne. Qu'une autre lui avait transpercé le bras. Peut-être que c'était normal, mais partout sur son flanc, il y avait du sang épais et froid. On aurait dit qu'un pot de colle s'était déversé. Sur sa chemise, sur ses cheveux, partout où je touchais, il y avait du sang.

Quand j'ai relevé la tête vers Sam, j'ai vu que la main sur son téléphone n'était pas normale. Il lui en manquait un tiers. Je ne savais pas d'où provenait le sang, juste qu'il y en avait partout. Je n'en avais jamais vu autant.

PEACHES

Joe s'est assis en plein milieu de l'allée, là où n'importe qui pouvait le voir.

JOE

C'était comme si un camion avait déchargé une tonne de ciment sur moi. Une tonne de « qu'est-ce que je dois faire, putain ».

« Il faut que je raccroche. Le téléphone n'a presque plus de batterie, et je n'ai plus le mien. Non, ne rappelez pas. » Sam parlait à la belle-mère de Doug. Elle a encore la moitié de la conversation enregistrée sur son répondeur. « Mais si vous pouviez me rendre le service de prévenir mon père ? »

Après avoir raccroché, il n'a plus rien dit. Il était enfin réduit au silence. « Cinq pour cent de batterie », il a lâché comme si c'était tout ce que je voulais savoir, et il a rangé le téléphone dans sa poche.

Il ne me regardait pas, il regardait Doug, dont la bouche s'articulait autour de mots pour lesquels il n'avait pas assez de voix. « Il faut qu'on trouve de l'aide. » La voix de Sam n'était pas vraiment calme, elle était juste… vide. « Il peut pas marcher. »

PEACHES

Il avait choisi une autre option, très bien. Mais qu'est-ce qu'il foutait ?

JOE

Sam m'a expliqué où Doug avait été touché : au flanc et au bras. Il ne savait pas pour la colonne, mais il le craignait. Moi, je savais juste comment ça se passe dans les films : soit une balle vous fait exploser le torse et vous mourez, soit elle vous touche à un endroit moins vital, un endroit qu'on peut ligaturer.

La main de Sam, pas grave. Mais qu'est-ce qu'on peut faire à quelqu'un qui s'est pris une balle dans la hanche ?

« On doit le déplacer ? » Je savais qu'il ne faut normalement pas le faire, mais ça, c'est quand on a eu un accident de voiture ou qu'on est tombé d'un arbre. « Si on reste là… » Là, il n'y avait aucune aide à attendre. C'était comme si personne n'allait jamais venir à notre secours. Si on restait là à regarder Doug se vider de son sang, les types allaient finir par arriver et nous envoyer le rejoindre. « Et si on essayait de comprimer la blessure ? »

Je n'étais d'aucune aide. Totalement inutile. Désespérant.

Je n'ai vu Peaches que lorsqu'elle s'est accroupie près de moi.

PEACHES

Qu'est-ce que je pouvais faire d'autre ? Il y avait un seul endroit où on pouvait espérer obtenir l'aide d'un adulte, et aussi, avec un peu de chance, une infirmerie.

« Vous le soulevez en le gardant à l'horizontale. Je vais appuyer sur la blessure jusqu'à ce qu'on soit dans la maison. »

DIX

PEACHES

Voilà comment je voyais les choses : à quoi bon avoir été sortie de l'eau glacée si c'était pour mourir ailleurs ? À quoi bon avoir réussi à fuir une horreur pour une autre ? À quoi bon avoir été secourue deux fois si, la troisième, je jouais de malchance ?

JOE

Sam avait passé un bras sous les genoux de Doug et l'autre sous ses reins. Je l'ai attrapé par les épaules en calant sa tête contre mon ventre.

PEACHES

Avec Dieu, j'ai à peu près le même rapport qu'avec mes amis virtuels. Ça a l'air de gens assez cool, mais je ne suis pas certaine de leur existence, en tout cas, j'ignore si la fille avec qui j'échange des comédies musicales de Broadway piratées sur Tumblr n'est pas en fait un vendeur de glaces itinérant de quarante piges avec une barbe pleine de graisse qui lui arrive aux genoux. Alors, qu'est-ce que j'en sais, si le destin existe ? Mais cette fois, je devais y croire. Parce que l'espoir, c'était la seule chose qui me restait.

Je ne pouvais pas avoir été sauvée à deux reprises pour mourir juste après. Je pouvais donc me montrer à découvert avec Joe Mead et Sam Hollander, qui ne m'auraient jamais décroché un regard avant ça, à part pour se foutre de ma gueule.

JOE

Peaches était entre nous. Elle avait retiré la chemise que je lui avais donnée pour la nouer autour de la taille de Doug, et elle pressait sur sa hanche avec ses mains. Je voyais le sang couler entre ses doigts.

PEACHES

Je voulais bien aider à porter Douglas Clark jusqu'à Hearne House, même si j'avais l'impression de me diriger droit en enfer, parce que je ne pouvais pas mourir maintenant. Le destin m'avait rendue invincible, alors, rien que par ma présence, je les protégeais tous.

Allez savoir… Je me suis raconté tellement de conneries pendant cette lente et terrifiante marche autour de Hearne House. Mais en tout cas, ça m'a empêchée de tout lâcher pour partir en courant.

JOE

J'avais envie de lui dire que j'étais désolé.

PEACHES

En fait, ce n'est pas à ce moment-là que j'ai eu le plus peur.

JOE

Mais aucun de nous n'a rien dit.

PEACHES

Et là, j'ai vu quelqu'un que je connaissais.

JOE

La porte principale : impossible, à moins d'avoir un bélier. Les vieilles maisons sont construites comme des forteresses, ce qui m'aurait rassuré si je n'avais pas été du mauvais côté des murs. On a suivi des ombres qui progressaient le long de la maison en espérant qu'il y ait une entrée moins solide par-derrière. J'essayais de surveiller Dougie sans le regarder de trop près. Il devait avoir mal à chacun de nos pas, mais s'arrêter, ça n'était pas une option.

PEACHES

« Moz ? »

Je l'avais vu pour la dernière fois une demi-heure avant le concert. Il était monté sur le portique pour vérifier les gélatines sur les spots avec moi et on avait regardé la fin de la procession aux flambeaux se presser autour du pont. On aurait dit que la rivière était en feu.

Les spots étaient OK, alors il aurait dû redescendre aussitôt pour mettre son casque audio et faire les derniers réglages avec le directeur, mais s'il avait cinq minutes de libres, Moz en prenait dix. Je me souviens de comment il avait coincé les genoux sous une poutre métallique et écarté les bras en se penchant en arrière jusqu'à ce que je manque de perdre l'équilibre pour tenter de le récupérer.

Il ne serait pas tombé. C'était un acrobate-né. C'était ça, le truc. Il était agile comme un chat et il ne se mettait jamais en danger. Mais ça me terrifiait quand même chaque fois. Je lui avais soufflé que la seule personne qui devait mourir sur cette scène ce soir-là, c'était Eric Stone. Mot pour mot.

« Lui ? » avait dit Moz en rattrapant un garde-corps d'un geste paresseux – ce qui m'avait rassurée sur le fait qu'il n'allait faire le saut de l'ange vers la grosse caisse sur scène. « Ce type peut pas crever, ça fait déjà des années qu'il est fossilisé. »

Je l'avais regardé redescendre, aussi souple que d'habitude. Je savais qu'il allait me sourire, et que tout irait bien. Il restait dix minutes avant le début du concert. Je crois pouvoir dire que ce moment a été le début de la fin.

JOE

Il y avait quelqu'un assis contre un pilier sur le chemin. Peaches a prononcé son nom. Pas fort, mais elle était assez près pour qu'il l'entende.

PEACHES

« Moz ! »

C'était mon éternel casse-bonbons, mais sans doute aussi mon meilleur ami. Il s'était mis dans le pire endroit au monde, invisible uniquement si on approchait depuis le côté opposé.

Il m'a entendue. Je sais qu'il m'a entendue. Je l'ai vu sursauter.

JOE

Elle s'est arrêtée un instant, et j'ai cru qu'elle allait tout lâcher pour lui.

PEACHES

Je ne pouvais pas aller le voir. J'avais une main sur la hanche de Doug pour essayer de contenir l'hémorragie, mais aussi pour le garder horizontal entre Joe et Sam. Si je lâchais, le choc pouvait le tuer. Ce n'était pas possible, tout simplement pas possible.

JOE

Le type a parlé une fois qu'on a été trop loin pour l'entendre.

PEACHES

Je crois qu'il a dit: «Ils vous laisseront pas entrer.»

VIOLET

La porte devant laquelle on s'est finalement arrêtées n'était pas différente des autres, à part l'écriteau dessus.

«Et là? C'est fermé?»

J'ai ouvert le battant.

«Il n'y a pas de clef. Mais on peut peut-être verrouiller de l'intérieur.»

Ellie ne semblait pas sûre d'elle, pourtant je trouvais que c'était plutôt un bon choix. Je n'imaginais pas même un tueur entrer dans les toilettes pour femmes.

ELLIE

Dans les toilettes au lycée, il y a une ouverture d'une

vingtaine de centimètres au pied de chaque cabine, alors quand on est debout face aux miroirs des lavabos, on peut voir la série de chaussures noires réglementaires à l'intérieur. Parfois, je soulève les pieds contre le battant pour qu'ils ne soient pas visibles.

Je fais ça les jours où je sais que les filles vont parler de moi.

Je pensais à ça quand j'ai suivi Violet dans les toilettes. Les battants étaient peut-être minces, mais pour des filles invisibles, ça n'avait aucune importance.

VIOLET

Pendant qu'Ellie m'expliquait comment se rendre invisible, je me suis surprise à sourire.

« Pourquoi tu souris ? elle m'a demandé.

– Je n'aurais jamais pensé que quelqu'un doive faire des efforts pour passer inaperçu. »

ELLIE

« Tu n'as pas idée. »

Je ne me sens remarquable en rien, et ça depuis toujours. Pourtant, ce mot me poursuit : Elliot Kimber et son ascension remarquable. Les débuts remarquables de sa carrière d'athlète. Ses remarquables photos de mannequin. J'ai remporté des victoires remarquables. J'ai remarquablement survécu.

Et maintenant, on peut dire que ça fait *deux* survies remarquables. Même si la méningite qui a rendu sourde mon oreille gauche n'a tué, elle, qu'une seule autre personne. Ce dont je ne suis pas censée me sentir coupable.

« Le fait de mesurer plus d'un mètre quatre-vingts et d'être blonde, ça peut aider à se faire remarquer. »

VIOLET

Ça, et aussi quand sa photo était en une du journal, bien sûr. J'ai ajouté une autre raison, la plus évidente : « Et le fait d'être aussi belle. »

ELLIE

Ce mot, *belle*, me poursuit moins. Quand j'ai les pieds coincés contre la porte de la cabine, j'ai plus de chances d'entendre : « Elle n'est même pas *jolie*. »

« Je ne suis pas la seule fille belle du lycée. » J'avais envie de dire à Violet que j'avais face à moi quelqu'un de bien plus beau, mais quand on le pense vraiment, ce n'est pas le genre de choses qui se dit.

VIOLET

« Il n'y a que trois autres Noires au lycée, pourtant, la moitié des profs se trompent de prénom quand ils s'adressent à moi. Alors si tu veux, je peux te donner des leçons d'invisibilité… »

Se faire petit, mais pas seulement en taille. Garder le silence sauf pour répondre à une question. Avoir une part de l'esprit à l'extérieur de l'école et une autre à son travail scolaire. S'arranger pour que vos camarades ne sachent pas comment vous aborder, au cas où vous seriez différente d'eux. Avoir l'air différente. Être différente. Il y avait plein d'invisibles dans les couloirs du lycée.

Bien plus qu'il n'y avait d'Ellie Kimber.

« Mais je ne savais pas que tu faisais ce truc avec les pieds sur la porte des toilettes. »

ELLIE

Parler avec Violet, ça donnait l'impression que la menace s'éloignait. On était dans la maison, en lieu sûr, même si une petite voix me murmurait *pour l'instant* dès que j'y réfléchissais trop longtemps. Les toilettes, ça n'avait pas l'air d'un mauvais choix. De toute évidence, une pièce moderne, car il y avait peu de chances que les Tudor disposent de distributeurs de savon et de Tampax, ni qu'ils aient recouvert les murs de carrelage blanc. Les lumières étaient vives, mais si je m'asseyais sur le rebord du lavabo, je pouvais tourner mon oreille valide vers Violet sans craindre de voir ma tête ensanglantée dans la glace.

Mon téléphone a vibré dans ma poche. La sonnerie était coupée, mais j'ai failli faire une crise cardiaque en regardant l'écran.

Appel de Jennifer Kimber.

Je savais que le cœur de Violet devait battre aussi fort que le mien, alors j'ai secoué la tête.

« Ma tante. »

VIOLET

Je l'ai vue prendre une bouffée d'air, la garder dans ses poumons puis souffler avant de rejeter l'appel.

ELLIE

Ça avait certainement l'air d'être un geste sans cœur. Si la nouvelle s'était répandue, des gens allaient bien sûr tenter de nous joindre. Ma tante était sans doute aux abois. Pourtant, j'ai repris la liste des appels et j'ai bloqué son numéro.

«Je ne supporte pas de dire à quiconque que je vais bien. Elle a pu avoir des nouvelles de mes parents, ou pas, et dans ce cas, je devrais lui dire que, moi, je ne sais rien et je... J'en suis incapable, c'est tout.» Ma voix était étranglée, ma gorge se nouait autour de chaque mot.

J'ai refait le numéro de maman. Puis celui de papa. Les deux ont sonné dans le vide.

VIOLET

Elle avait l'air si seule. Je me suis dit que je devais m'approcher, lui prendre la main, mais ce n'est pas le genre de geste qui me vient facilement.

Quand ses appels sont restés sans réponse, elle m'a à nouveau proposé son téléphone. «Il y a quelqu'un d'autre que tu as besoin d'appeler?»

ELLIE

Elle a hésité.

VIOLET

Il y avait une personne que j'avais très envie d'appeler. Mais j'ai pensé à ce que ma mère aurait dit, à quel point elle était fière de ne jamais rien demander à personne. J'ai fait signe que non.

«Mon père est très malade. Ça l'inquiéterait pour rien. C'est mieux qu'il ne soit pas au courant.»

ELLIE

« Jusqu'à ce que tout ça soit fini », j'ai ajouté.

Elle a répondu très vite. « Oui. »

J'ai compris. Et je me suis dit que si cette histoire se terminait mal pour nous, au moins, on n'aurait pas à la raconter.

Mais on est là.

ONZE

ELLIE

Évidemment, juste au moment où je rangeais mon téléphone, il s'est remis à vibrer.

PEACHES

Ils avaient bloqué la porte. Il y avait *un seul* accès facile à Hearne House, demeure historique, une issue de secours bizarrement peinte en blanc, mais des connards réfugiés à l'intérieur l'avaient bloquée avec un gros bureau en bois et allez savoir quoi d'autre. Je n'avais peut-être pas envie d'entrer dans la maison, mais j'étais quand même furieuse de ne pas pouvoir.

JOE

« Putain de merde ! » a hurlé Sam en direction de la porte. On n'était pas les seuls à vouloir entrer par là. Plusieurs visages terrorisés se sont tournés vers lui. Pourtant, il n'était pas en train de trahir une cachette, non ? Où que soient les tueurs, ils ne pouvaient rater la grande et belle maison qui se dressait en plein milieu du parc.

Certains parlaient de casser les fenêtres, mais elles étaient très hautes, et étroites. Peut-être que, moi, je pourrais escalader, même si je risquais de me couper ensuite sur du verre brisé, mais Doug, c'était impossible.

PEACHES

« On va crever dehors ! Vous laissez des gens crever dehors ! » criait Sam en direction de la porte. Il aurait tapé dessus, s'il n'avait pas eu les mains autour des chevilles de Doug. D'autres s'en sont chargés à sa place. Quelques-uns se sont approchés pour le faire taire. Ni Joe ni moi on n'y arrivait. On était incapables de le raisonner.

JOE

Les gens autour de Sam lançaient des murmures furieux, juste assez fort pour que je les entende. Il y avait Ed et James, de l'équipe de foot du lycée. Et deux autres personnes que je ne connaissais pas.

« Ça doit pas être bloqué avec tant de trucs que ça. »

« Si on réussit à faire passer quelqu'un par-dessus… »

« Pousser assez fort pour… »

« Ça fait pas longtemps qu'ils ont laissé entrer Ellie.

– Ellie ?

– Kimber. Il paraît qu'elle est là-dedans. »

Sam m'a jeté un coup d'œil pour voir si j'avais entendu. En effet.

« Tu peux dégager un bras ?

– Si quelqu'un me donne un coup de main, oui. »

Il n'a fallu qu'une minute pour nous organiser, même si on se demandait combien de temps de tranquillité on avait encore devant nous. James a récupéré les jambes de Doug le plus lentement et le plus doucement possible.

Et Sam a appelé son ex.

ELLIE

Sam Hollander. Je m'attendais à tout sauf à ça. On était amis. Plus ou moins.

JOE

À l'entrée en sixième, il racontait que c'était sa petite amie. On avait mis un trimestre à comprendre que ça datait de l'époque où ils portaient encore tous les deux des couches.

ELLIE

Enfin, on *était* amis il y a très longtemps. En fait, au début, on était voisins et il était gentil, puis on ne l'a plus été, et il ne l'a plus été, alors on ne se parlait plus vraiment.

JOE

Depuis cette époque, Ellie, on l'appelle «l'ex».

ELLIE

Mais je savais qu'il serait au concert ce soir-là. Ses potes et lui étaient connus pour foutre le bordel à Ambereve, une réputation surtout due au fait que l'un d'eux s'était fait cramer les sourcils un ou deux ans plus tôt.

Bref, je connaissais Sam depuis mes trois ans. Son père m'appelait ElsAngel. Sa famille envoyait toujours une carte pour mon anniversaire, et moi pour Noël.

VIOLET

« C'est un ami », elle m'a dit, et le battement frénétique dans ma poitrine s'est apaisé. Elle a décroché.

ELLIE

« Sam ? Tu es... ? Parle moins vite. Oui, oui, je suis à l'intérieur. »

JOE

Sam a relevé la tête, puis il a annoncé : « Elle a dit qu'elle venait nous chercher. »

PEACHES

Ellie Kimber obtient toujours tout ce qu'elle veut. Il n'a pas fallu longtemps avant qu'on les entende démonter la barricade à l'intérieur.

VIOLET

La conversation a dû durer trente secondes à peine. Ensuite, Ellie a serré son téléphone contre sa poitrine et m'a fait le compte rendu de ce que je n'avais pas pu entendre. Je n'avais pu percevoir que l'urgence dans sa voix.

« Ils ont bloqué la sortie de secours, et j'ai des amis dehors. Je crois que l'un d'eux est blessé. Ils veulent... Je vais voir s'il y a un moyen de les faire entrer. »

Elle n'a même pas hésité à ouvrir cette issue de secours que j'aurais eu trop peur d'approcher.

J'ai proposé de l'accompagner, quand bien même l'idée de revenir sur mes pas me tétanisait. Si on quittait cette pièce, alors je voulais inspecter toutes les autres. Je n'avais toujours pas retrouvé ma mère, et si ça n'était plus une option de se raccrocher à l'immobilité et à la sécurité, revenir sur ses pas, c'était encore pire. J'ai quand même proposé mon aide.

ELLIE

Je ne voulais pas qu'elle m'accompagne. Quoi qu'il y ait de l'autre côté de cette issue de secours, ça pouvait empirer d'un instant à l'autre. Sam avait l'air désespéré. J'ai repensé à ses mots. Il mentait très mal, mais est-ce que ça aurait pu changer à cause d'une arme braquée sur sa tête ? Je ne savais pas ce que je risquais, à lui ouvrir.

« Il vaut mieux que l'une de nous reste là. Ça évitera que notre cachette se remplisse de gens qui ne voudront plus nous laisser entrer, ensuite. Je vais les amener jusqu'ici. »

VIOLET

C'était sa façon de m'indiquer clairement que celle qui resterait, ça serait moi. Ça me paraissait logique de faire des toilettes notre point de ralliement. Au cas où on aurait un blessé, il y avait au moins là des surfaces carrelées. « Peut-être qu'il y a une trousse de premiers secours dans le placard. »

En tout cas, au moins des chiffons et de l'alcool, ainsi que ces produits destinés aux objets anciens et fragiles. Ça serait déjà ça. Je me suis dirigée vers le placard. « Il est fermé à clef. »

Il y avait peut-être même d'autres clefs dedans. Ellie avait raison : l'une de nous devait garder cet endroit.

ELLIE

« On essaiera de le forcer à mon retour. » Je suis descendue du lavabo et je lui ai laissé mon téléphone.

« Au cas où l'une de nos familles appellerait. »

C'était un déchirement, mais comme ça, au moins, je reviendrais pour le téléphone, et pour Violet. Aucune de nous ne devait se retrouver totalement toute seule.

VIOLET

J'ai pris ça pour la promesse que c'était.

PEACHES

Bien sûr, il avait suffi d'un mot magique prononcé par Ellie. Un « Sésame, ouvre-toi », et les portes s'écartaient comme par enchantement. Joe la connaissait, évidemment. Ils incarnaient les deux pôles contraires de Clifton. Joe Mead, le type qui donnait l'impression de se foutre de tout, de n'avoir jamais envie de rien, et Ellie Kimber, à qui tout le monde était prêt à tout offrir. Si certains donnent l'impression de voguer dans la vie, eh bien, ils ont tous deux le pied marin.

Je vous en prie, acceptez ma vision des choses telle qu'elle était sur le moment, et ce que j'ai ressenti en les regardant pousser l'immense bureau derrière la porte. Je n'ai pas honte de dire que j'étais amère. J'ai mes raisons. Sur le moment, elles me semblaient importantes. N'oubliez pas qu'il y a beaucoup de choses que j'ignorais.

Mais je continuais à ne pas vouloir entrer dans cette maison. Et quand j'ai vu cette grande fille blonde à l'intérieur, je ne savais plus trop quoi penser.

JOE

Vous n'imaginez pas le soulagement quand le bureau a été poussé et qu'on a vu Ellie apparaître.

PEACHES

Tout le monde s'est précipité vers la porte. James, le footballeur qui aidait Sam à tenir Doug, l'a quasiment lâché pour s'enfuir. Ou plutôt, pour s'engouffrer à l'intérieur. « Il faut le manipuler avec précaution », j'ai dit en voyant les bras de Joe trembler.

JOE

Parfois, les humains adoptent un comportement de meute. Ils courent sans réfléchir en espérant juste ne pas être la gazelle qui va se faire bouffer. Peaches avait raison : on est entrés lentement, et en dernier.

Dedans, ça n'était pas aussi plein que je l'aurais cru.

ELLIE

Mademoiselle Ewell et la plupart des gens entassés dans le bureau des vigiles avaient disparu, ils étaient sans doute eux aussi un peu plus loin dans la maison. J'avais secoué plusieurs portes, jusqu'à trouver assez de gens pour m'aider à dégager la barricade. Deux d'entre eux étaient partis en courant avant de voir ce qu'il y avait dehors.

Les autres avaient voulu remettre le bureau en place à la seconde où tout le monde était entré.

PEACHES

La porte allait se refermer, et tous ceux qui n'avaient pas la chance d'être dans les petits papiers de la princesse de Clifton devraient rester dehors.

ELLIE

À sa voix et à ses mots assourdis dans le téléphone, j'avais cru que le blessé, c'était Sam. Oui, il était touché, mais on remarquait à peine les dégâts à sa main par rapport à la blessure du garçon ensanglanté qu'il portait avec une fille et Joe.

JOE

« On doit allonger Doug », j'ai dit d'un ton aigu en cherchant des yeux les adultes que j'espérais trouver à l'intérieur. En fait, mon esprit avait reconstitué un épisode de série télé avec des médecins pile où il fallait quand il fallait, qui sortaient une blouse blanche et du matériel de leur sac. Ou au moins quelques profs qui sauraient nous donner des conseils. Mais non. Il n'y avait que des jeunes comme nous qui empilaient des chaises dans un couloir. « Il y a quelqu'un qui a des notions de secourisme ici ? »

ELLIE

Tout ce sang, ça me paralysait. J'avais vu des gens saigner dans le parc, et des croûtes rouge foncé sur nos vêtements et notre peau depuis, mais rien comme ce trou profond qu'une balle avait creusé dans la hanche de Doug. La main de Peaches, la fille qui était avec eux, était à peine assez large pour le recouvrir.

PEACHES

Le comité d'accueil se limitait à Ellie. J'ai regardé vers la porte. « On peut le mettre où ? »

ELLIE

« Il y a… Je crois qu'il y a une table au pied de l'escalier. » Tout avait été déplacé pour la barricade, mais je me souvenais de m'être cogné la hanche contre cette table en bondissant depuis les dernières marches.

JOE

Ce n'était pas le top, mais on a pu étendre Doug sur la table. J'aurais aimé avoir quelque chose à lui donner à mordre tellement il hurlait d'avoir été autant bousculé. Moi aussi, j'aurais bien aimé avoir quelque chose à mordre, d'ailleurs.

PEACHES

Ils étaient déjà en train de remettre le bureau en place pour bloquer la sortie de secours, ce qui réduirait à néant mes chances de me tirer de ce trou à rats. J'ai entendu les pieds en bois grincer sur le sol et je me suis précipitée vers la sortie.

DOUZE

JOE

Tout le monde s'est immobilisé. Je l'ai regardée courir vers la porte.

PEACHES

C'était comme dans *Indiana Jones*, comme si un gros rocher roulait derrière moi. Doug était vivant. J'avais fait le job. J'avais agi de façon à ne pas m'en vouloir.

JOE

« PEACHES ! »

PEACHES

J'allais m'en sortir.

Mon nom a retenti dans mon dos alors que je contournais le bureau qu'ils étaient en train de remettre en place.

J'ai franchi la porte, qui s'est refermée derrière moi.

JOE

Sam m'a rappelé. J'avais dévalé la moitié du couloir sans

même m'en rendre compte, mais c'était quand même trop tard. Même si j'obtenais qu'on retire à nouveau le bureau, les autres ne laisseraient la porte ouverte qu'un instant. Ils avaient trop peur pour me laisser poursuivre une idiote qui pouvait être n'importe où dehors. Et qui courait vite, en plus.

Je ne pouvais pas non plus me contenter de regarder la porte avec les poings fermés, même si c'était exactement ce que j'étais en train de faire. J'ai rebroussé chemin. J'avais le souffle court, comme si je venais de courir un marathon et pas simplement quelques foulées inutiles.

ELLIE

J'ignorais pourquoi ils avaient détalé comme ça. Sam avait pris le relais de la fille en pressant une chemise sur la hanche de Doug. Il avait l'air aussi éberlué que moi.

« C'est une amie à toi ? »

Sam a grogné. « Peachy ? Ouais, on traîne avec les petites grosses, maintenant. »

JOE

« Elle s'appelle Peaches. » Je l'ai dit plus durement que je l'aurais voulu, mais ma colère n'était toujours pas passée. Elle avait juste trouvé une autre cible. « On n'aurait jamais réussi à amener Doug ici, sans elle. »

Même si ça n'avait peut-être servi à rien. J'ai posé les mains sur l'épaule de Doug, qui n'a même pas bronché. Ses paupières tressautaient, mais je ne savais pas s'il était conscient ou non. Qu'est-ce qu'on est censé faire, quand les pires scénarios se produisent tous en même temps ?

« Je l'ai envoyée chier tout à l'heure. Elle avait peur d'entrer ici. C'est sans doute à cause de ça qu'elle est partie. »

Et sans doute aussi pour ça que je me sentais si mal. Il fallait que je me sorte cet épisode de la tête.

J'ai pris une bouffée d'air. « On doit trouver de l'aide pour Doug. Il n'y a pas une infirmerie ici, quelque chose comme ça ? »

ELLIE

« On n'est pas au lycée..., a commencé Sam, mais j'ai levé une main pour l'interrompre.

– On a trouvé un placard en haut qui contient peut-être une trousse de secours, mais il est fermé à clef. Vous croyez que vous pourriez le fracturer ? »

JOE

Je me suis dit que ça ne devait pas être très dur. J'aurais mieux fait d'examiner l'épaisseur des portes de cette maison avant de penser ça.

« J'y vais. On trouvera bien un outil. »

ELLIE

J'ai commencé à monter l'escalier puis je me suis retournée quand j'ai senti que Joe ne me suivait pas. Sam le retenait par le poignet.

JOE

Il a incliné la tête vers moi. Il parlait tout bas, et j'ai compris qu'il ne voulait pas qu'Ellie voie à quel point il avait peur. Malgré tout ce qui se passait, ça avait l'air important pour lui. Le pire, c'est que je comprenais.

Il a dégluti et baissé les yeux vers Doug. « Et s'il était en train de mourir ? Et s'il meurt pendant que je suis seul avec lui ? »

Doug n'était pas en train de mourir. Ça n'était pas possible. Ça, c'est les mensonges qu'on se raconte dans ces moments où la vérité risque de nous faire dérailler.

Tant pis pour la honte. J'ai passé un bras sur les épaules de Sam et j'ai posé mon front contre le sien. « Il va s'en tirer. Pour ça, il faut juste qu'il soit pas seul.

– Il va s'en tirer, murmurait Sam quand je l'ai laissé. Il va s'en tirer. »

ELLIE

Joe m'a rattrapée au milieu des marches avec un sourire penaud. « Il m'a juste dit de pas essayer de draguer sa meuf. »

J'ai haussé un sourcil. « Vous savez que vous êtes pas mon genre, ni l'un ni l'autre ? » Mais j'ai continué à monter les marches. Je devais aller retrouver Violet.

VIOLET

Être seule et avoir peur, c'est atroce. C'était incroyable à quel point la compagnie d'une seule personne m'avait réconfortée.

Pendant un moment, je suis restée à la place d'Ellie sur le rebord du lavabo, son téléphone au creux de mes cuisses, comme si elle était encore là et qu'on occupait toutes les deux exactement le même espace. La pièce était froide et blanche, les portes des cabines entrouvertes, ce qui laissait une petite portion dans l'ombre. Ça ne m'avait pas gênée jusque-là, mais tout à coup, j'ai commencé à imaginer qu'il y avait quelque chose derrière. Alors je me suis levée pour aller les fermer sans oser vérifier derrière.

Puis j'ai arpenté la pièce carrelée de long en large. Il y avait du bruit dans la maison, à moins que ça soit dehors. C'était difficile à dire. Des portes ont claqué. Il y a eu des voix, aussi. J'ai entendu, au loin, deux claquements qui étaient peut-être des coups de feu.

On est plus attentif quand on est tout seul.

J'ai eu envie de me rasseoir. Pas sur le rebord du lavabo mais en dessous, par terre. Le petit tressautement désapprobateur des lèvres de ma mère m'est apparu, et j'ai songé à ce qu'elle dirait de quelqu'un qui s'assied par terre dans des toilettes publiques. Les microbes, la saleté.

Je l'ai fait quand même.

En remontant mes genoux contre ma poitrine, j'ai fermé les yeux et j'ai essayé de faire venir l'image de ma mère dans ma tête. De sentir sa douceur, son parfum de savon et d'orange. J'ai pensé à combien j'aimais voir ses lèvres passer d'une incurvation vers le bas à un sourire.

J'ai repensé à quand j'étais petite et qu'elle me prenait sur ses genoux. À ce jour où j'étais rentrée de l'école et où j'avais pleuré parce qu'elle refusait de me couper les cheveux. Une fille m'avait dit que des oiseaux allaient y fabriquer un nid, et tout le monde avait ri.

Si je ne faisais pas de bruit, je pouvais encore entendre résonner sa voix dans mon oreille, contre sa clavicule. *Violet, la seule chose que je souhaite, c'est ton bonheur. C'est tout ce que je veux pour toi dans ce monde et le suivant. Quand je te dis non, tu te dis peut-être « maman est injuste ». Quand je te dis de travailler plus dur à l'école, de mettre tes chaussures du dimanche ou de garder tes magnifiques cheveux, tu te dis peut-être « maman n'est pas gentille ». Quand je te dis non, ça ne te rend peut-être pas heureuse sur le moment. Mais sache que je fais ça pour que tu sois heureuse demain.*

Le lendemain, elle avait accepté de me faire des tresses.

Peut-être que les refus de ma mère n'étaient pas toujours justifiés. Mais sur le moment, elle était convaincue de faire ce qui était bien pour moi.

Deux explosions ont retenti dehors, ce qui a fait voler en éclats l'image dans ma tête. Je ne savais pas si c'étaient des coups de feu, car les bruits étaient moins rapprochés qu'avant. Il n'y en avait eu que deux. Bien distincts.

Je rêvais de retrouver ma mère et mon petit frère. De les serrer à nouveau contre moi.

J'ai posé les mains sur le sol carrelé et je me suis relevée à genoux. « Notre père, qui êtes aux cieux... »

JOE

Personne ne m'avait prévenu qu'on allait dans les toilettes pour femmes. Quand Ellie a franchi la porte, il y avait une fille à genoux. Ça non plus, je ne m'y attendais pas.

VIOLET

« ... délivre-nous du mal, amen. » J'avais entendu la porte s'ouvrir, mais je refusais d'interrompre ma prière.

ELLIE

Pendant une seconde, j'ai cru...

Je l'ai aussitôt prise dans mes bras. Elle ne m'a pas repoussée. « Quelqu'un a appelé ? Tout va bien ? »

En prononçant un dernier « amen », elle a à son tour passé les bras autour de moi d'un geste brusque mais chaleureux. « Je suis désolée, non. J'avais juste trop peur, à force d'attendre sans que personne appelle. »

VIOLET

Quand je prie, je ne suis pas seule. Avec Ellie non plus, je n'étais pas seule. Pour des raisons différentes, les deux représentaient une bénédiction pour moi.

Un garçon l'accompagnait.

« Joe ? »

JOE

« Putain d'enfer de merde. » J'avais oublié qu'elle avait filé dans cette direction quand on s'était séparés. En fait, j'avais fait tout ce détour pour finir exactement au même endroit qu'elle.

Mais sans ça, je n'aurais pas retrouvé Doug. Ni Peaches.

ELLIE

Comme moi, Joe retapait son année de maths dans le cours de Violet. Je ne m'attendais pas à ça, mais Violet n'a eu l'air surprise qu'une seconde avant de hocher la tête en détachant soigneusement ses bras de mon cou. Elle s'est relevée.

« C'est ça, c'est l'enfer. Ravie que tu t'en sois sorti, Joe. »

JOE

Tout ça pour finalement me retrouver face à elle. Un long

frémissement de culpabilité a parcouru mes veines. Je n'aurais jamais dû l'abandonner.

«Ça, j'en sais rien. On a entendu quelque chose qui ressemble à des coups de feu dans le couloir. Et mon pote est vraiment… dans un sale état. Ellie m'a dit qu'il y avait peut-être quelque chose ici qui pourrait servir?» J'ai désigné la porte du placard. De l'extérieur, on pouvait craindre qu'il contienne plutôt des serpillières et des araignées qu'une trousse de secours, mais ce n'était pas comme si on avait une autre solution.

VIOLET

J'ai aidé Ellie à se relever, puis j'ai tourné la tête vers le placard. Maintenant, je me sentais stupide d'avoir suggéré ça.

«Je n'en suis pas sûre, pas du tout, même, mais il doit bien y avoir du matériel médical quelque part. C'est un endroit qui accueille du public. S'il n'y a rien ici, on peut aussi inspecter l'autre partie de la maison, qui est plus récente.»

JOE

J'étais en train de secouer la porte du placard – une bonne occasion de ne pas la regarder dans les yeux. «Je sais pas si on aura le temps.»

J'ai tiré sur la poignée. Qui n'a pas bougé. «Nom de Dieu, elles sont solides, ces portes.»

Je ne pense pas que ça ait dérangé Violet. Que je jure comme ça. Si elle pouvait trouver du réconfort dans la foi, tant mieux, mais je n'imaginais pas un être tout-puissant se vexer qu'on utilise son nom de cette façon.

ELLIE

«Peut-être qu'avec un objet lourd, un presse-papiers ou quelque chose dans le genre...» Je pensais à l'une des pendules que j'avais vues lors de la sortie scolaire, mais je ne voulais pas choquer Violet en proposant de casser des antiquités, sauf si c'était la seule solution.

VIOLET

«Une pendule en marbre.» Il y en avait une belle dans le couloir, l'un des objets les plus lourds que j'avais eu l'occasion de voir. Elle remporterait certainement le combat contre une porte.

Ellie m'a regardée d'un air surpris.

J'ai fait la même tête.

«Quoi?»

JOE

Je me suis un peu éloigné de la porte pour mieux l'évaluer, et j'ai secoué la tête. «On peut essayer la pendule en dernier recours, mais je pense que si on met nos forces en commun, ça peut marcher aussi.»

Je rêvais de balancer un coup de pied dedans. Ça donnerait enfin un but à ma colère.

TREIZE

PEACHES

Le destin avait repris son cours. Si Joe et Ellie étaient dans la maison, ils n'avaient plus besoin de mon invincibilité. L'énergie brute que dégageaient chaque mèche de leurs cheveux et leur peau parfaite suffirait à créer un champ de force autour d'eux.

Je pouvais maintenant utiliser mes pouvoirs protecteurs là où ils seraient plus utiles. « Moz ! »

Il était toujours avachi dans sa tenue noire de technicien contre un pilier qui ne pouvait pas le cacher. Ses boucles rousses, de toute façon indomptables, étaient en bataille. Il m'a regardée quand j'ai couru vers lui, mais sans faire preuve de la moindre réaction.

La défaite, ça ne convient pas à un garçon capable de se pendre tête en bas au sommet d'un portique. Moz était la dernière personne que j'imaginais renoncer à quoi que ce soit, à commencer par la vie.

« Tu es blessé ? » Je me suis accroupie à côté de lui, trop consciente que le pilier ne lui offrait qu'une mince protection, et à moi, aucune. « Qu'est-ce qui t'est arrivé ? »

Il n'avait pas l'air d'aller bien, pourtant je devais moi-même avoir l'air à moitié noyée et frigorifiée. À ce stade, on avait tous l'air de navires échoués mais pas encore coulés.

Il avait du sang sur le visage, comme presque tout le monde – personne n'avait pu se sortir de la première attaque sans au moins ça. Mais on était tous les deux encore vivants. Il ne me faisait pas le même effet que Doug, que la vie semblait quitter à chaque souffle. Doug était juste en train de… s'éteindre. J'ai voulu le tâter pour comprendre ce qu'il ne me disait pas. « Qu'est-ce qui t'est arrivé ? »

Il n'a pas bronché jusqu'à ce que je touche sa jambe. Là, il a sursauté. Il l'a un peu soulevée, assez pour que je voie qu'il y avait un trou dedans, sans savoir à quel point c'était grave. Il n'y avait pas d'épaisse mare de sang par terre.

« T'étais où ? il a finalement demandé d'une voix chevrotante, comme une vieille version de lui-même. Quand on a rampé sur la scène, t'étais où ?

– Dessous. » Je me suis mordu les lèvres en regrettant de ne pas l'avoir retrouvé et suivi sur le moment, malgré tous ces gens que j'avais vus sur scène agiter les bras avant de s'écrouler, comme les ailes d'oiseaux en train de chuter du ciel. « Ce n'était pas la meilleure décision. Alors j'en suis ressortie. Puis j'ai tenté la rivière, puis je suis venue ici. »

Je me suis tue en attendant qu'il me raconte à son tour. Mais il n'a rien dit, alors j'ai demandé : « Et toi ?

– J'ai… suivi Eric Stone. » Sa respiration était hachée. Il a fermé les yeux très fort, comme s'il voulait garder tout ça hors de lui. « Il… hurlait qu'il allait faire venir son hélicoptère. On a été plein à le suivre. Il avait l'air de savoir ce qu'il faisait. »

Pourquoi le dinosaure du rock donnait-il toujours l'impression d'en savoir plus que les autres ? Quand est-ce que Moz ne savait pas mieux que tout le monde ? J'ai eu la réponse avant que mon esprit ne formule la question : sous le coup de la peur. Dans les premières minutes de la fusillade, aucun de nous ne savait ce qui se passait. Trouver une échappatoire, ça n'avait pas été le résultat d'une décision intelligente, mais tout simplement de la chance.

« Alors j'ai... pris Kirsty par la main, et on l'a suivi. »

Kirsty, la fille blonde la plus gentille que je connaissais. Minuscule et délicate comme une poupée, trop sympathique pour qu'on lui en veuille de quoi que ce soit. Cette fille, c'était comme la personnification du printemps. Depuis que je le connaissais, Moz était amoureux d'elle. En avril dernier, il avait découvert que cet amour était partagé, et ils étaient devenus inséparables.

« Il a couru jusqu'à sa caravane puis il nous a claqué la porte au nez.

– Quoi ?!

– On était une bonne douzaine dehors. Son batteur, les techniciens. On frappait pour qu'il nous laisse entrer. Mais il nous a laissés dehors. Et là, ils sont arrivés. »

Il n'y a pas de mots pour exprimer ce que je ressens à propos d'Eric Stone, et pourtant j'ai cherché longtemps. Si j'avais trouvé quoi que ce soit, j'aurais hurlé ces mots et je les hurlerais encore. Tout ce qui me venait, c'était « salaud ». Le *salaud*.

La voix de Moz n'était plus qu'un murmure. Il a tourné la tête comme s'il revoyait la scène sous ses paupières closes.

« J'ai allongé Kirsty par terre. Elle me tenait par les mains, elle me serrait si fort. Et je me suis couché sur elle pour qu'ils m'abattent en premier. »

Et là, j'ai compris pourquoi il avait refusé de parler jusqu'à présent : j'étais en train de lui faire revivre cette scène. Maintenant que j'avais deviné la fin, je voulais qu'il arrête. Pour nous protéger tous les deux.

« Moz, tu peux...

– Non. J'ai senti la balle filer près de mon oreille. La balle qui l'a atteinte à... » Il avait les yeux humides – ses larmes débordaient malgré ses cils serrés. « Ses mains sont tout d'un coup devenues toutes molles. J'ai continué à serrer, mais elle ne bougeait plus, et quand je l'ai regardée... »

C'est là qu'il s'est tu. Mais je crois que le bruit de ses pleurs était pire.

Kirsty Lansdown était morte d'une balle dans la tête. Une balle avait atteint ses cheveux, sa peau, ses os pour lui faire exploser le crâne. Cette fille belle comme un cœur. J'aurais tellement aimé que vous la rencontriez. Je suis heureuse de l'avoir connue. Je n'imagine pas ce que Moz a vécu quand on la lui a prise au moment où il la serrait si fort.

Et pourtant, il a survécu. Quand les tireurs sont repartis, ils n'ont été que trois ou quatre à se relever du tas de cadavres devant la caravane.

Qui était criblée de balles, bien sûr. Se comporter en salaud, ça lui a rien rapporté, en fin de compte. Mais ça, la presse en a parlé. En revanche, personne ne parlera jamais assez de Moz et de Kirsty.

Moz avait dû abandonner sa bien-aimée, laissant avec elle une partie de lui-même. Il avait longé le mur à tâtons jusqu'à la maison.

Et là, il s'était rendu compte qu'on lui avait de nouveau fermé la porte au nez.

Je n'allais plus le laisser seul, maintenant. Il s'est enfin blotti contre moi en mouillant de ses larmes les fines bretelles de mon débardeur qui commençait à peine à sécher. Je savais que se cacher dans les buissons ne servait à rien. Mais il avait une balle dans la jambe. Alors je ne pouvais pas l'entraîner dans le parc où le seul espoir, apparemment, c'était de ne pas être visé par les chasseurs.

Parce que c'est ça qu'ils faisaient : une chasse à l'homme.

J'ai réfléchi à comment entrer dans la maison avec un téléphone au fond de la rivière et pas d'amis parfaits qui, au premier coup de fil, accompliraient le miracle d'ouvrir une porte barricadée.

Il y a eu deux coups de feu, bien trop proches pour que ça soit rassurant. Entre les deux, on aurait dit que le tueur prenait le temps de viser.

Quelqu'un dont les cauchemars devenaient également réalité en est arrivé à la même conclusion que moi, mais il a réagi plus vite. Je ne sais pas qui c'était, mais j'ai relevé la tête à temps pour apercevoir son ombre.

Il a jeté une pierre. Une lourde pierre plate en provenance du contour du bassin d'ornement.

L'une des vieilles fenêtres de Hearne House aux petits carreaux encadrés de plomb a volé en éclats.

QUATORZE

JOE

Pas de trousse de premiers secours, mais Ellie a quand même trouvé un paquet de chiffons propres. Il y avait aussi des draps, du film plastique et une bouteille d'alcool à quatre-vingt-dix degrés que je rêvais de m'enfiler, histoire d'oublier un peu tout ça…

Ça allait quand même servir, et si ça ne suffisait pas, il y avait sans doute d'autres réserves plus loin, d'après Violet. Elle était une sorte de Wikipédia humain de Hearne House. Les toilettes, c'était pas mal comme endroit. Le sol lisse et blanc sous ces lavabos avait l'air bien pour allonger Doug.

On avait presque atteint le palier quand on a entendu la fenêtre se briser.

ELLIE

Le bruit venait d'en bas, mais ça m'a fait sursauter comme s'il était juste à côté. J'ai tourné la tête vers la droite. Ils ont tourné la tête vers la gauche.

VIOLET

On s'est tous immobilisés avec la même question : qui c'était ?

Il y avait dans la maison quelqu'un qui n'y était pas une minute plus tôt. Soit des gens qui avaient besoin d'un refuge, soit des gens qui nous voulaient du mal. En tout cas, il y avait des nouveaux venus, sans qu'on sache qui.

JOE

« Repartez dans les toilettes », j'ai dit. J'ai vu que les filles cherchaient aussitôt des arguments. « Je suis pas en train de me sacrifier pour vous, c'est logique, c'est tout. Retournez-y. Et cherchez de quoi bloquer la porte si nécessaire. Je descends récupérer Doug et Sam, puis on vous rejoint. »

Je n'avais pas vraiment réfléchi à la façon dont on pourrait porter Doug à deux dans l'escalier sans briser les derniers fils qui le retenaient encore à la vie. Il faudrait bien. Une sale petite voix me disait que je ne savais même pas si j'allais le retrouver vivant, mais ce bris de fenêtre avait balayé cette crainte pour la remplacer par d'autres.

VIOLET

Ellie avait l'air prête à contester. Moi, je tendais l'oreille en cherchant à savoir si ça tirait au rez-de-chaussée, mais on n'entendait que le bruit de pieds paniqués dans les couloirs. « Je crois que la fenêtre brisée, c'était un peu plus loin. »

On pouvait aller chercher l'ami de Joe tous ensemble. C'était peut-être le seul moment où ça serait encore possible.

ELLIE

Joe a secoué la tête d'un air énervé. « J'ai peut-être encore le temps d'y aller mais seul. On pourrait avoir besoin de bloquer la porte dans l'urgence, alors s'il vous plaît, occupez-vous plutôt de ça. »

En laissant cet argument faire son chemin, il a descendu les premières marches d'un pas décidé. J'ai vu Violet l'imiter, comme moi, puis s'arrêter. Comme moi. On est restées indécises. Partagées entre l'envie de savoir et celle de ne pas savoir ce qui se passait en bas.

Je m'attendais à ce que quelqu'un vêtu de noir surgisse dans l'escalier pour me tuer après m'avoir épargnée un peu plus tôt. Je me souvenais – je me souviens encore – du bleu de ces yeux. C'était la seule partie apparente de son visage, et ces yeux ne paraissaient pas du tout effrayés. Dans ce regard, il n'y avait rien.

Comment on peut tuer des dizaines de gens sans rien ressentir ?

« Pourquoi ils sont là, d'après toi ? » j'ai demandé d'un ton calme.

VIOLET

Ellie ne quittait pas l'escalier des yeux, même si on savait que Joe ne pouvait pas être déjà de retour. « Pourquoi ils ont choisi Amberside ? » elle a demandé, même si ce n'était pas vraiment à moi qu'elle posait la question. « On n'est... rien. Ce genre d'événements, ça se passe à Paris ou à Londres. Il n'y a même pas un seul cinéma, ici. On est une petite commune à vingt minutes de la grande ville. Pourquoi nous ? »

Les choses comme ça, ça se produit toujours ailleurs. Je savais pourquoi elle pensait ça. Je savais ce qu'elle voulait dire par « ce genre d'événements », mais en réalité, aux infos, ça n'était jamais pareil. Chaque fois, c'était une situation différente. Chaque fois, un nouveau couteau et de nouvelles cicatrices.

« Même quand c'est dans une grande ville, ils frappent au hasard. Il y aura toujours quelqu'un pour se demander pourquoi il est allé à ce restaurant, pourquoi il a inscrit ses enfants dans cette école, pourquoi il a pris ce train ce jour-là. La réponse, c'est qu'il n'y a jamais de raison de s'attendre à une tragédie pareille. »

Là, c'était à la fois différent et pas différent. Je ne savais pas qui avait décidé de s'en prendre à nous, ni quelles étaient les motivations de ces assassins. Mais une chose est sûre, ils voulaient notre mort. C'était le seul point commun de « ce genre d'événements ».

J'ai attrapé Ellie par la main. « Tu ne trouveras pas ces réponses en nous. Ces réponses, elles sont en eux. Et elles n'ont aucune importance. »

L'important, c'est qu'on n'était pas d'accord pour mourir. Il fallait qu'on trouve un moyen de bloquer cette porte.

PEACHES

Je n'avais convaincu Moz d'entrer qu'en le menaçant de rester dehors avec lui sinon. D'autres coups de feu avaient suivi les deux premiers. Encore deux, puis un seul dans le noir, bien plus proche. Quand Moz s'était levé pour me suivre, j'avais été submergée par le désespoir. Il avait une jambe totalement inutile. S'il mettait le moindre poids dessus, il tombait. Ça lui a demandé un effort immense rien que pour s'approcher de la maison.

Il s'est appuyé de tout son poids sur mes épaules, ce qui nous a permis d'aller un peu plus vite, même si ça donnait quand même l'impression de progresser dans la mélasse. Entre-temps, des gens s'étaient rassemblés autour de la fenêtre brisée. Ils sortaient du bois – sans vouloir faire un mauvais jeu de mots – de peur que leur cachette ne soit plus assez sûre.

On pense toujours que dedans, c'est mieux que dehors, non ? Qu'on est toujours mieux avec un toit au-dessus de la tête.

JOE

Sam attendait près de la table au pied de l'escalier.

J'ai dévalé les dernières marches. « Il respire encore ?

– À peine. »

PEACHES

Trois personnes ont tiré un banc jusqu'à la fenêtre et brisé un peu plus les carreaux sans vraiment prendre la peine de retirer les bris de verre. On n'était plus très loin quand ils ont entrepris de l'escalader. J'ai fait passer Moz en premier et j'ai frémi au cri qu'il a poussé en atterrissant de l'autre côté.

Il y a eu de nouveaux coups de feu derrière moi. Plus proches. Plus rapides. Quand j'ai jeté un coup d'œil dans les jardins, j'ai vu des gens quitter leurs cachettes pour partir en courant.

J'ai franchi la fenêtre à mon tour.

JOE

On avait décidé que je passerais mes bras sous ses aisselles et que Sam tenterait de garder le bas de son corps le plus horizontal possible entre les hanches et les genoux quand les coups de feu qui semblaient jusque-là à une distance raisonnable ont retenti juste à côté de nous.

PEACHES

De nouvelles fenêtres ont volé en éclats, cette fois sous une salve de balles. Tout ce qu'on entendait, c'était du verre qui se brisait et le son mat des balles contre les murs. Pas dans la pièce où on avait atterri, mais pas loin.

JOE

Ça provenait de l'aile gauche de la maison.

PEACHES

On n'était pas en lieu sûr, mais si on était restés de l'autre côté du mur, on aurait déjà été morts. Une seconde, je me suis demandé si je n'avais pas juste permis de reculer l'échéance, puis j'ai relevé Moz et on est partis à moitié en boitant, à moitié en courant.

JOE

On s'est précipités vers la droite.

C'était bête. Pourquoi on n'est pas montés ? L'escalier était en face de nous. On n'avait pas le temps de réfléchir, alors pourquoi notre instinct nous a fait courir dans le couloir sans savoir vers quoi ?

Sans doute parce que l'escalier, ça paraissait trop compliqué à monter à découvert.

Sans doute qu'on voulait juste se tirer.

En fait, j'en sais rien, putain.

PEACHES

La porte était ouverte sur un couloir qui ressemblait à n'importe quel autre couloir de ce putain d'endroit. Moz et moi, on avait fait les lumières pour une pantomime de Noël l'année précédente. Je me souvenais ensuite vaguement d'une virée sur le toit pour prendre l'air pendant la fête avec l'équipe, mais je me rappelais surtout les tapisseries sur les quatre murs de la salle de bal.

Les coups de feu venaient de la gauche. Il n'y avait qu'une option.

JOE

On nous claquait toutes les portes au nez. Sam gueulait en courant mais je m'en foutais, parce que ce bruit permettait de noyer les hurlements de Doug. Je l'avais calé sur mon épaule, sinon on n'aurait jamais pu se déplacer assez vite.

Sam a essayé d'ouvrir une porte, il a juré, il est passé à la suivante.

PEACHES

En atteignant l'escalier, je me suis laissé trois secondes pour choisir entre me battre ou renoncer. Je savais qu'il y avait un accès au toit, mais j'ignorais où. Pourtant ça m'a paru une évidence.

On a pris l'escalier.

JOE

Dans le couloir, les gens pétaient les plombs. Ils se précipitaient de la partie gauche de la maison vers la droite. Tout le monde nous dépassait pour ensuite nous claquer la porte à la figure.

PEACHES

Deux volées de marches, c'est tout ce qu'on avait réussi à gravir avant que Moz me glisse à l'oreille : « J'en peux plus. »

JOE

« Attendez ! » Sam a atteint une porte avant qu'elle se referme sur nous et il a réussi à passer son épaule dans l'entrebâillement jusqu'à ce que la personne de l'autre côté cède.

PEACHES

C'était l'affaire de quelques instants. Si on s'arrêtait, ils nous rattraperaient. Si on s'arrêtait, on était foutus. J'ai jeté un coup d'œil à Moz. Il avait les jambes tremblantes, l'épaule affalée contre la mienne.

« OK. On cherche un endroit d'où on peut se défendre. »

JOE

La petite pièce était déjà à moitié pleine. Les grandes salles imposantes se trouvaient dans l'aile plus ancienne de la maison. Là, on était dans la partie récente, celle qu'on ne visitait pas en temps normal. Un bureau.

Cinq personnes se sont glissées après nous avant de fermer la porte pour de bon. Dès que j'ai entendu le bruit de la serrure, j'ai eu envie de me tirer de là. L'endroit était trop petit, la fenêtre étroite et très haute: on ne pouvait plus fuir.

C'était un piège à rats. On était faits comme des rats. Comme des rats.

La porte s'est quand même rouverte sur une grappe de gens. On était tassés les uns contre les autres.

Doug commençait à peser très lourd. Sam a trouvé de la place sous le bureau, où je l'ai rejoint. J'ai tiré Doug avec nous. Ça ne servait plus à grand-chose de le déplacer avec prudence, pourtant, je continuais à essayer de le ménager.

D'autres personnes sont entrées. Un couple.

Plusieurs se sont assises.

«Il y a des centaines de pièces dans cette maison, a dit Sam.

– Oui.»

Il a hoché la tête. «Alors on va pas mourir aujourd'hui.»

Je me suis assis et j'ai respiré l'haleine des gens. Il y avait des cris dans l'autre partie de la maison. Et le claquement de coups de feu.

Puis ça s'est rapproché.

Les gens pleuraient en silence ou presque.

Sam a sorti son téléphone. Il l'avait laissé allumé, et après l'appel à Ellie, il n'avait plus que deux pour cent de batterie. Je l'ai regardé chercher le nom de sa mère dans ses contacts.

Personne n'a essayé d'entrer dans la pièce.

Ils ont tout simplement tiré à travers la porte.

QUINZE

VIOLET

« Toi aussi tu entends des sirènes ? » j'ai demandé en arrêtant de pousser la chaise pour tendre l'oreille. Ellie a secoué la tête.

« Ce n'est pas à moi qu'il faut demander si on entend quelque chose », elle a dit avec un demi-sourire, même si la façon dont elle a dégluti montrait à quel point elle détestait être dans cette incertitude. J'avais remarqué qu'elle m'avait questionnée plusieurs fois sur l'origine de certains sons, sans que ça m'ait paru étrange jusque-là. Dans la panique, ce n'est pas facile de faire confiance à ses sens.

Elle a tapoté son oreille gauche. « Je suis sourde de celle-là. Une maladic dans l'enfance. »

ELLIE

Qui avait tué mon frère. Alors on disait de moi que j'avais eu de la chance.

Je n'en ai pas parlé sur le moment, sans même savoir à quel point elle avait peur pour son frère. Mais ça m'a fait penser au mien.

Ma surdité n'est en général pas quelque chose qui me dérange. J'ai appris à me faire une place dans ce monde quand j'étais petite, à exiger de m'asseoir à certains endroits de façon à ne pas être rejetée à la marge. Ça ne m'a jamais gênée de demander aux gens de parler plus lentement ou d'articuler davantage.

VIOLET

Pour elle, ce n'était pas un défaut, c'était comme ça, c'est tout. Elle l'a dit avec une telle simplicité que je me suis contentée de hocher la tête.

«J'ai cru entendre quelque chose, mais je n'en suis pas sûre.» Peut-être que j'avais rêvé. On avait déjà rapporté trois chaises. Quand Joe serait de retour, on pourrait récupérer la table de l'autre côté du couloir.

ELLIE

«Si seulement il y avait du réseau, je pourrais peut-être avoir des infos. La nouvelle a dû commencer à circuler, maintenant.» Il aurait dû y avoir des sirènes dehors. Des hélicoptères, des policiers en tenue de golgoth, toutes ces choses qu'on voit sur les vidéos tremblantes prises au cours d'un attentat. L'armée aurait aussi dû être en route à l'heure qu'il était.

«Tu crois que je rappelle la police? Que je leur demande combien de temps on est censés attendre leur intervention?»

Mais en réalité, la seule chose dont on avait besoin de leur part, c'était d'action.

J'ai fermé les yeux pour mieux percevoir les bruits, même si le vacarme des déplacements dans la maison rendait tout le reste confus. C'était difficile pour moi de percevoir autre chose. Il n'y avait que les coups de feu qui étaient secs et très clairs.

VIOLET

Elle a rouvert les yeux d'un coup. Et elle m'a regardée. « C'était tout près, non ? »

J'ai eu envie de mentir. *Ce n'est qu'un écho. C'est une distorsion du son. La réverbération d'un bruit beaucoup plus loin.*

On a entendu un bris de verre. Peut-être juste sous nos pieds.

Je ne sais pas mentir.

« Oui. »

ELLIE

J'étais incapable de situer l'endroit, mais le verre brisé, ça ne pouvait être que celui d'une fenêtre. À cause d'une balle.

Je me suis précipitée vers la porte, que j'ai ouverte en grand.

VIOLET

J'avais les mains sur son bras pour la retenir avant même d'avoir pu réfléchir. « Qu'est-ce que tu fais ? »

Elle s'est avancée dans le couloir. J'ai imaginé des balles filer vers nous, mais je l'ai quand même suivie. Pour l'instant, il n'y avait personne à l'angle de l'escalier. Je savais ce qu'elle comptait faire.

« On peut pas aller les rejoindre. » Ça m'a brisé le cœur de dire ça. Je sentais encore le souffle rapide de Joe près du mien, la façon dont il m'avait convaincue de d'abord penser à ma sécurité. Cette fois, j'essayais de faire ce qu'il m'avait demandé : veiller à ma sécurité et à celle d'Ellie avant tout. « Ils vont venir nous retrouver. S'il se passe quelque chose en bas, ils vont vite remonter. »

ELLIE

« Je me demande si on doit mettre les chaises pour bloquer la porte », a fait Violet. J'avais l'impression que ma peau était glacée. La peur me figeait en une version en marbre de moi-même. Violet m'a sortie de cet état avec ses mains chaudes et sa voix trop désespérée pour que je puisse l'ignorer.

J'entendais la panique croissante dans ma bouche : « Est-ce qu'on attend, est-ce qu'on met les chaises ? »

On est retournées dans les toilettes, dont on avait laissé la porte ouverte. Le carrelage blanc et propre paraissait beaucoup moins protecteur, tout à coup. Les chaises qu'on avait apportées pour compenser l'absence de verrou ne constituaient qu'une bien maigre protection. « Si on bloque la porte, j'ai dit, on ne pourra plus la rouvrir. Et on ne saura pas qui il y a de l'autre côté. Alors je ne sais pas. Je ne sais pas ce qu'on doit faire. »

VIOLET

Elle tremblait. Les frissons avaient commencé dans ses bras pour gagner tout son corps. Quand j'ai pris ses mains entre les miennes, j'en ai ressenti l'écho jusque dans mes os.

ELLIE

On a décidé d'attendre. De compter, de façon réaliste, les minutes nécessaires à Joe pour monter l'escalier chargé d'un corps.

VIOLET

Toutes les trois minutes, l'une de nous irait jeter un coup d'œil dans le couloir.

ELLIE

Et si ça prenait trop de temps…

VIOLET

Ou si quelqu'un vêtu de noir franchissait le coin…

ELLIE

Ou si Joe surgissait, eh bien, on bloquerait la porte. Puis on prierait pour que ça suffise.

VIOLET

C'est moi qui suis allée vérifier en premier dans le couloir, et quand je suis revenue, c'était comme s'il y avait un petit tremblement de terre dans la pièce. Ils tiraient juste en dessous.

ELLIE

La façon dont on sent les basses par les pieds dans un concert, dont j'avais perçu les explosions du feu d'artifice, eh bien là, c'était pareil. Un carreau s'est fendillé au mur.

VIOLET

Il y avait des hurlements. Je ne sais plus si j'ai crié, moi aussi. C'était juste en dessous. Ellie a attrapé une chaise. J'ai saisi la poignée de porte. Il y a eu des bruits de pas dans le couloir dehors.

« Non, fais pas ça ! »

ELLIE

J'ai hurlé pour qu'elle n'ouvre pas. Ça pouvait être n'importe qui.

VIOLET

« Ça pourrait être Joe ! » J'ai glissé la tête dans l'entrebâillement. Trois personnes sont passées en courant.

Des inconnus.

ELLIE

Violet a reculé et j'ai attrapé une chaise pour la coincer sous la poignée. Mais ça ne servait à rien. Depuis le début, j'avais prévu de bloquer cette poignée, puis de consolider notre défense de fortune avec les garçons. Grâce à cette table qu'on n'avait pas pu apporter. Notre plan était minable. Je l'ai vu s'écrouler sous mes yeux comme un château de cartes.

VIOLET

« Je peux pas mourir, disait Ellie d'un ton précipité. Je peux pas leur faire ça. Je peux pas mourir ici. »

ELLIE

Violet dit que c'est là que je lui ai raconté, pour Adam. Je ne voulais pas, mais les mots sont sortis tout seuls.

À l'âge de trois ans, j'ai eu une méningite. Je l'ai attrapée en premier, mais c'est mon petit frère que cette maladie a emporté. Pendant des semaines, à l'hôpital où on me faisait passer des tests auditifs et où on parlait de ma convalescence à mes parents, eux, ils pleuraient le décès de leur nouveau-né. Ils ne s'en étaient jamais vraiment remis.

Papa avait toujours rêvé d'avoir un garçon. C'est pour ça que j'avais été appelée Elliot comme son père, au cas où il n'y aurait personne d'autre à qui transmettre ce nom. À cause de moi, parce que j'avais refilé cette maladie à mon petit frère, mon père n'aurait jamais le garçon qu'il avait appelé de ses vœux.

Je n'ai pas compris l'idée de culpabilité jusqu'à être plus vieille mais, depuis, j'avais l'impression de vivre deux vies en une. Je devais tout faire pour deux. Je me lançais dans une carrière sportive parce que j'étais bonne, pas parce que j'aimais ça. Je m'entraînais tous les jours jusqu'à ne plus vouloir jamais courir, jusqu'à ce que le chlore de la piscine rende mes cheveux tout verts. C'est pour ça que je faisais le mannequin aussi, même si ça impliquait de passer la pause déjeuner dans les toilettes pour éviter les moqueries. Je saisissais chaque opportunité au cas où tout se terminerait demain.

Et là, mes deux vies en une seule donnaient l'impression qu'elles allaient prendre fin.

La chaise ne bloquerait jamais la poignée.

VIOLET

Elle avait des gestes désespérés. Elle cognait la chaise contre la porte en déversant une avalanche de paroles où il était question de reproches, de culpabilité, d'amour, de responsabilité. Je comprenais, mais là, il n'y avait pas le temps.

« Laisse-moi essayer », je lui ai dit.

J'ai pris la chaise et je l'ai inclinée pour chercher le moyen de la coincer.

La porte s'est ouverte avant que j'y parvienne.

ELLIE

Dans l'embrasure, le garçon avait le teint olive, une touffe de cheveux noirs et une chemise noire. Je ne le connaissais pas.

VIOLET

Je le connaissais. Il était dans chacun de mes cours. Ce n'était pas son vrai nom, mais tout le monde l'appelait March.

« Courez ! » a dit March.

ELLIE

« Ils arrivent. Courez ! »

Et il a disparu. Je n'ai pas regardé Violet, mais j'ai senti qu'elle prenait la même décision que moi. On lui a emboîté le pas.

VIOLET

Il tambourinait à toutes les portes du couloir en criant : « Courez ! »

SEIZE

PEACHES

« Laisse-moi ici. Tu devrais gagner le toit pour t'envoler. De toute façon, moi je vais finir à terre.

– T'être pris une balle dans la jambe, c'est pas une raison pour faire ton gothique morbide.

– Je ne peux plus marcher.

– On n'entre pas là-dedans. C'est des toilettes. Autrement dit, un trou à rats sans fenêtre.

– Je peux pas marcher. Je veux pas marcher.

– Allez, Moz. Encore une porte. »

On a essayé trois portes de plus avant que son genou lâche, et cette fois, il a catégoriquement refusé que je le traîne plus loin. La moitié des salles étaient visiblement encore occupées peu de temps auparavant : partout il y avait des meubles déplacés et des fenêtres grandes ouvertes. Dans les toilettes, trois vieilles chaises étaient rassemblées près des miroirs comme des filles qui seraient allées pisser ensemble pendant une fête.

Toutes les personnes sur deux jambes avaient fui en entendant la fusillade. Si je me souvenais bien, il y avait encore un étage au-dessus, puis le grenier, puis le toit. Si les gens le savaient, eux aussi, leur instinct les pousserait à monter le plus haut possible.

Mais peut-être qu'on était déjà assez haut. Ici, les fenêtres étaient grandes et larges avec de lourds rideaux en velours. Elles ne présentaient une issue que si on était prêt à se briser le cou. En rassemblant tout mon courage, je me suis penchée pour vérifier. Pas d'échappatoire. Les deux seules façons de quitter cette pièce, c'était de franchir la porte ou de sauter dans le vide.

ELLIE

On a trouvé un escalier de service tout au bout du couloir. Étroit et raide. On devait laisser une marche entre chacun de nous trois pour monter.

J'ai jeté un coup d'œil à Violet.

« On va où ? »

VIOLET

Ce n'était pas la partie de la maison que je connaissais le mieux. « Je ne sais pas trop. Je ne sais pas s'il le sait, lui. »

March continuait à monter devant nous.

PEACHES

Moz était près de la porte, les mains sur le dossier d'une chaise qu'il utilisait comme ces déambulateurs pour personnes âgées aux hanches bousillées. Il était *juste* à côté de la porte. Je me suis éloignée de la fenêtre et j'ai secoué la tête.

« Si tu as repris un peu de forces, on peut peut-être tenter d'aller plus loin. »

Il ne m'a même pas regardée. « Non, je bouge plus. »

Je l'ai rejoint.

« Tu me fous les jetons. Allez, viens, avance au moins un peu dans la pièce, alors. » J'ai posé les mains sur ses épaules. Je voulais retrouver le Moz que je connaissais, cet ami avec une telle confiance en lui qu'il ne se mettait jamais en danger. Je me serais sentie plus en sécurité, même si la sécurité, à ce stade, ce n'était qu'un leurre.

Il n'était tout à coup plus le garçon que je connaissais depuis des années. Il n'était même plus le Moz d'une heure plus tôt, et je n'étais pas sûre qu'il le redevienne un jour. Mais pour toutes les fois où il avait incarné la sécurité pour moi alors que j'avais l'impression que ce monde en était totalement dépourvu, je devais au moins insister.

On a traversé la pièce ensemble. À pas lents. Je ne savais pas à quoi servait cette salle. Elle était comme toutes les autres, remplie d'un mobilier qui aurait dû être réduit en poussière depuis des années mais qu'on conservait au-delà des âges. Un peu comme des papillons épinglés sur un tableau.

J'ai assis Moz sur un grand siège en velours rose, je crois que ça s'appelle une méridienne, l'ancien nom de code pour « canapé », qui était placé entre le mur et la fenêtre.

On entendait des coups de feu plus bas. Ils étaient dans la maison, maintenant. Parfois rapprochés, parfois uniques. Je sursautais chaque fois. Ça m'attaquait les nerfs. Il y avait des cris, le silence, puis de nouveaux coups de feu.

Sur les murs, des portraits de gens morts me regardaient écouter le cri des gens en train de mourir.

ELLIE

March s'est arrêté au sommet des marches, puis il s'est retourné. Il soufflait fort. Même moi, j'étais hors d'haleine.

« Bon, il a dit. Maintenant, il nous faut un plan. »

VIOLET

« Mais je croyais que tu avais un plan ! s'est exclamée Ellie.

– Courir, c'était l'étape un. » March a levé les mains d'un air innocent. « Pour me donner le temps de réfléchir à l'étape deux. »

PEACHES

J'étais en train de comprendre que Joe Mead était un crétin. Il n'y avait rien dans cette maison pour construire une défense.

J'ai fait le tour de tous les objets disponibles : une pendule en marbre sur le manteau de la cheminée, avec laquelle je pourrais peut-être frapper le tueur, en partant du principe qu'il aurait l'amabilité de ne pas me tirer dessus et de s'agenouiller à la place. Les grands portraits dans leurs cadres dorés étaient inutiles, sauf si je voulais imiter une attaque dans un film comique absurde. Impossible d'arracher un pied de table. Et le coffre recouvert de dessins métalliques était bien trop lourd pour que je le tire jusqu'à la porte.

À l'époque, Hearne House était un pavillon de chasse ou un truc comme ça entouré d'une forêt au lieu d'une route. Peut-être qu'il y avait encore quelque part une salle remplie d'arbalètes et de mousquets, mais le reste du bâtiment se reposait sur ses lauriers.

Peut-être que Moz avait raison : la seule chose à faire,

c'était attendre. J'ai placé la pendule par terre contre la porte pour la retenir un instant si quelqu'un tentait de l'ouvrir, puis je me suis assise près de lui.

« Si ça peut aider, je lui ai dit, j'espère toujours que rien de tout ça n'est réel. »

Rien de tout ça ne me paraissait réel. La situation était tellement dingue que, depuis le début, j'étais en pilotage automatique. Au bord de la rivière avec Joe, j'avais cherché à ne pas mourir de froid, puis j'avais aidé à porter ce qui restait de Doug en sentant son sang pulser contre ma main. C'était encore un cauchemar dont j'essayais de me réveiller. Tout ça était trop insensé pour être vrai.

Les yeux noisette de Moz étaient ternes et sans vie.

J'ai dégluti. « Je suis désolée », j'ai dit.

Pour lui, tout ça était réel. À tel point que Moz n'était plus accessible à l'espoir.

Il passait ses mains sur ses genoux. Je me suis demandé comment il pourrait un jour oublier la sensation des doigts de Kirsty qui se ramollissaient d'un coup entre les siens. Et ce qu'il avait ressenti quand elle avait lâché prise.

« Ce que je déteste le plus, il a dit en détachant chaque mot, c'est qu'ils aient le *choix*. Qu'en franchissant le seuil de cette porte, ils puissent décider de ne pas tirer ou de... »

Il a achevé sa phrase sur un souffle plutôt que sur un mot. Moi aussi, j'ai senti l'air trembler quand il a franchi mes lèvres. On savait tous les deux quel choix ils feraient sans doute s'ils ouvraient cette porte.

« On ne choisit pas notre façon de mourir, alors pourquoi un inconnu devrait choisir à ma place ? On n'a aucun pouvoir, même pas sur ça. Je n'ai plus rien. »

J'ai senti ma poitrine se serrer. « Tu m'as, moi », j'ai dit.

Ses lèvres pâles se sont incurvées vers le haut, même si ce n'était pas le sourire que je lui connaissais.

« Tu te souviens quand on est montés sur le toit le soir de la fête ? Je t'ai dit que je rêvais de m'envoler.

– Tu avais bu et tu te tenais en équilibre au bout d'un muret. J'ai failli faire une crise cardiaque. »

Mais Moz savait qu'il ne risquait rien. Il n'avait jamais peur de rien.

Il s'est penché pour déposer un baiser sur mes cheveux pleins de vase de rivière. « Je suis désolé. »

Un coup de feu a retenti dans le couloir. Il ne restait pas beaucoup de temps avant que quelqu'un ne décide pour nous.

VIOLET

« Plus on est dispersés, plus on a statistiquement de chances de survivre. Il y a moins de gens au dernier étage parce que la plupart se sont réfugiés dans les premières pièces qu'ils ont trouvées. Là, les tireurs doivent nous abattre un par un, mais ça n'est pas très efficace. »

C'était presque effrayant, la façon dont March avait réfléchi au modus operandi de ces gens que je n'imaginais même pas avoir des pensées humaines.

Mais il avait raison. Se les représenter comme des monstres, ça ne faisait que renforcer leur puissance. S'ils étaient humains, alors ils avaient des défauts, donc des failles.

ELLIE

« Tu penses que c'est contre nous ? j'ai demandé. Qu'ils en ont après quelqu'un ?

– J'ai repéré au moins trois tireurs dans le parc. Mais il y en a peut-être d'autres, en plus de celui posté au pont. Ça fait beaucoup de gens rancuniers », a dit March.

VIOLET

Je ne voulais pas connaître leurs raisons. Je ne le veux toujours pas. Je suis au courant de ce qui a ensuite été dit à ce sujet, mais j'essaie de ne pas écouter. Je refuse de lire leurs revendications. Il n'y a aucune raison, aucun motif, aucune justification possible pour ce qui s'est passé ce soir-là. Si je ne connais pas ces types, si je ne m'intéresse pas à leur cause, alors je l'anéantis.

Ils m'ont pris tant de choses que je veux leur prendre au moins quelque chose.

PEACHES

J'ai couru vers le mur pour y plaquer une oreille. Il y a eu un long silence avant le coup suivant, qui a résonné comme un écho sourd et douloureux dans mon cœur.

« Ça n'est pas dans la pièce à côté, mais presque, j'ai murmuré. Moz, si tu peux, il faut partir maintenant.

– D'accord », il a répondu.

D'une voix si calme que je me suis retournée.

Il était assis sur le bord de la fenêtre, dos au vide, se retenant avec les genoux, les bras tendus. Ses jointures étaient blanches à force de s'accrocher à l'embrasure. Il a basculé en arrière.

« Non ! Moz ! Moz, je t'en supplie, ne fais pas ça ! » j'ai hurlé. Pendant cette seconde, je me moquais de la mort qui rôdait de l'autre côté de la porte. J'étais uniquement préoccupée par la mort imminente dans la pièce avec moi. « Moz, je t'en supplie ! »

Il savait que je manquais d'avoir une crise cardiaque chaque fois qu'il faisait un truc comme ça. Même si c'était pour rire. C'était toujours pour rire. Alors là, il ne pouvait pas être sérieux.

Je n'ai pas eu le temps de courir.

Moz a choisi sa mort. Je l'ai regardé chuter dans le vide.

On m'a dit qu'il était mort au moment de l'impact. Qu'il avait connu une fin rapide et sans douleur. Comme si, même pour mourir, il savait s'y prendre.

Il avait toujours su ne pas se mettre en danger.

La porte a buté contre la pendule en marbre, et j'ai plongé dans la seule cachette que j'ai pu trouver.

DIX-SEPT

TÉMOIGNAGE DE JAMES MCEWEN, AGENT DE POLICE, COMMISSARIAT D'AMBERSIDE

Au début, ça avait l'air d'un AVP classique – un Accident sur la Voie Publique. On a pris la direction de la colline au volant de notre véhicule de patrouille. Il y avait une Astra bleue en travers de la route et deux victimes un peu plus loin sur le bas-côté. Le genre de scène qu'on s'attend plutôt à voir sur une route fréquentée où les gens roulent vite, ou bien se laissent distraire par leur téléphone, ce genre d'infractions.

Mais ça se produit aussi sur des routes de campagne. Pas assez de place pour doubler, des virages serrés.

La différence, c'est que, là, il y avait aussi plein de gens qui couraient vers nous. Certains se sont arrêtés pour frapper sur le capot en nous demandant de l'aide. Mais il faut savoir prioriser. Ceux qui demandaient de l'aide, ça n'était pas ceux qui en avaient le plus besoin. Alors on a continué jusqu'à l'Astra.

La deuxième différence par rapport à un AVP standard, c'était le type avec un fusil de chasse. Il ne s'est même pas retourné pour nous regarder, il n'en avait rien à faire de notre présence. Il a continué à tirer en direction du pont jusqu'à être à court de munitions, puis il a rechargé.

L'autre type était avec deux civils. Vu leur position, j'ai compris qu'il pointait un fusil dans leur dos.

« Demi-tour, fais demi-tour ! » j'ai hurlé à mon collègue, et aussi dans la radio, du coup. On est des policiers municipaux, on n'est pas du tout préparés à ce genre de situation. Et comme ils avaient des otages et des armes, la dernière chose dont on avait besoin, c'était qu'ils paniquent et qu'ils tuent encore plus de gens. On avait besoin de spécialistes sur ce coup-là.

J'ai transmis au commissariat sans croire aux mots qui sortaient de ma bouche. Là, ce dont on avait besoin, c'était l'antiterrorisme.

DIX-HUIT

PEACHES

J'ai compté ses pas jusqu'à moi.

Après le bruit de la porte qui s'ouvrait, ce qui avait repoussé la pendule par terre, il y avait eu un long silence. Puis des bottes qui résonnaient sur le parquet avant que ce son soit assourdi par le vieux tapis.

Onze pas jusqu'à la fenêtre. Je retenais mon souffle si fort que j'avais l'impression que ma poitrine allait exploser. Je retenais les larmes qui voulaient jaillir de mes yeux. Je retenais mon envie de hurler.

Par un tout petit interstice, j'ai vu une main gantée de noir se poser sur le rebord de la fenêtre. J'ai vu le type se pencher. Il dégageait une odeur métallique d'armes et de ces déodorants très forts que les garçons utilisent contre les pires odeurs dans leur chambre. J'ai failli avoir un haut-le-cœur. Il était à une bouffée d'air de moi, mais je ne respirais pas.

J'aurais pu le pousser. Ça n'aurait pas été très dur. Un pas, puis un grand coup. Si j'avais été plus courageuse.

J'aurais dû être plus courageuse.

Mais j'ai fermé les yeux dans l'attente qu'il tâte l'épais rideau en velours autour de moi. Qu'il se rende compte qu'à un certain endroit, le tissu se détachait du mur. J'ai attendu.

Puis j'ai compté le nombre de pas qu'il faisait pour quitter la pièce sans m'avoir vue.

VIOLET

« Ils sont au moins trois, c'est sûr. » Dans une petite pièce aux murs couverts de livres qu'on avait trouvée au sommet de l'escalier de service, on essayait de faire des calculs en notre faveur. J'ai déplié trois doigts pour trois hommes armés, puis j'en ai ajouté un quatrième. « Et au moins un près du pont. S'il reste là-bas, ça nous en laisse trois. Cette maison a trois ailes, trois escaliers… »

ELLIE

« Ils doivent avoir des guetteurs. » March avait rabattu le quatrième doigt de Violet, mais hésité à en replier un autre. « Ils n'auront pas voulu se laisser surprendre par l'arrivée de la police.

– Un seul guetteur, ça suffit, j'ai dit en repoussant sa main. Il n'y a qu'un accès, c'est le pont. »

Violet a hoché la tête. Avant même d'entrer dans la maison, on était coincés avec eux.

On ne se trompait pas de beaucoup dans nos calculs. À ce détail près qu'en réalité, il y avait deux hommes au pont avec des otages pour empêcher la police de les abattre. Je sais que certains se sont demandé si c'était une bonne décision de ne pas intervenir à cause de deux personnes plaquées contre le capot d'une voiture par un terroriste pendant que nous autres étions traqués sans savoir s'il y avait des secours en chemin.

En tant que part de «nous autres», je ne conçois pas de troquer la mort de quelqu'un contre celle de quelqu'un d'autre. La vie, ce n'est pas quelque chose qu'on décide sur des critères de valeur.

VIOLET

«Donc s'ils sont trois dans la maison, il pourrait y en avoir un dans chaque aile qui ensuite rejoint celui au centre.» C'était le pire des scénarios, mais c'est comme ça que j'aurais procédé si j'avais voulu inspecter chaque recoin de la maison. «À moins qu'ils se déplacent en groupe?»

L'un d'eux avait très bien pu tomber dans une embuscade. Les coups de feu semblaient ne se produire que dans un seul endroit à la fois, ils se faisaient aussi plus espacés et moins nombreux. Avec un peu de chance, s'il n'y avait plus qu'un type, ou alors qu'ils étaient tous les trois ensemble, on pouvait peut-être espérer leur échapper.

«Ils seraient tous les trois dans la maison? Il doit y avoir plus de gens à chasser dehors que dedans.» Ellie a passé les mains dans ses cheveux. Elle avait fait ce geste si souvent depuis qu'on parlait qu'elle en était réduite à extirper des mèches brillantes de sa queue-de-cheval.

Je l'ai regardée en sachant qu'on pensait toutes les deux à nos parents. J'ai prié: *Si ma famille n'est pas à l'intérieur, envoyez-moi les trois. Qu'ils passent tout leur temps à me traquer moi.*

ELLIE

«Il y a plus de gens dehors, mais ils sont plus difficiles à trouver, a dit March. Ici, ils peuvent nous choper en grappes. Dans le parc, ils doivent se contenter des gens qui courent dans le noir. »

Et puis, la maison était éclairée. C'était en partie pour cette raison que je m'y étais sentie à l'abri, mais bien sûr, ce phare avait aussi attiré les terroristes.

Ne pas savoir, c'était frustrant. Ne pas bouger, c'était pire. Je sentais les muscles de mes mollets tressauter. « Donc on n'a aucune idée de combien ils sont, ni de leur façon de procéder, et en plus, se réfugier ici n'a fait que nous rendre plus vulnérables. En conclusion, l'endroit où on se cache n'a aucune importance. Il faut juste espérer avoir de la chance. »

VIOLET

« Pas seulement. » Ce n'était pas la frustration d'Ellie, mais quelque chose que March avait dit qui m'a donné cette idée. « Ici, ils ne nous chassent pas comme dans le noir. Mais on pourrait les y obliger. » J'ai observé leur réaction.

« Si on voulait éteindre toutes les lumières, on finirait par les croiser, a dit Ellie. Et il leur suffit de rallumer.

– Sauf si on les éteint toutes d'un coup », a dit March en souriant.

Il m'a tapé si fort sur l'épaule que je me suis affaissée en poussant un petit cri.

« On peut couper l'électricité, j'ai conclu en frottant mon épaule endolorie. Je crois savoir où se trouve le tableau. »

ELLIE

Il fallait redescendre. L'installation électrique de la vieille bâtisse n'avait pas été le sujet du devoir de Violet sur Hearne

House, en revanche, on lui avait montré les caves : une salle en pierre voûtée où était stocké le vin pour les réceptions. Violet se souvenait d'une porte avec un gros point d'exclamation jaune qui détonnait au milieu de toute cette pierre blanche. Ça devait être là.

Ça se tentait.

L'idée de gagner le rez-de-chaussée avait calmé les tressautements dans mes muscles et ancré mes pieds dans le sol. On s'est tus et on a tous les trois tendu l'oreille.

VIOLET

La fusillade s'était interrompue. Mais on commençait à savoir que ça n'était qu'une illusion de sécurité.

« Ils rechargent ? j'ai murmuré.

– Ou alors, il ne reste plus personne en bas », a dit March sur le même ton. Comme si on risquait vraiment de manquer un coup de feu en parlant plus fort. « Quand ils paniquent, les gens se réfugient dans la première pièce qu'ils trouvent. Plus on est haut, moins il y a de gens. »

J'ai pensé à Joe.

ELLIE

J'ai pensé à Sam et Joe. Non seulement ils étaient coincés au rez-de-chaussée avec plein de gens, mais en plus, ils devaient porter leur meilleur ami. Je me suis demandé s'ils avaient abandonné Doug, si les tueurs ne se seraient de toute façon pas attardés sur quelqu'un qui allait mourir.

J'avais essayé de compter les coups de feu depuis qu'on savait qu'ils étaient dans la maison, mais il y en avait eu beaucoup trop. Assez, en tout cas, pour tuer tous ceux à qui je tenais.

« Ils doivent avoir bougé. On va descendre. »

VIOLET

Le plan, en considérant que c'était un plan et non un simple espoir de mettre la chance de notre côté, c'était de redescendre l'escalier d'un étage puis de gagner la partie centrale de la maison.

ELLIE

March partait du principe que, même s'ils étaient trois, le centre était le lieu où ils s'attarderaient le moins. Soit ils étaient entrés par là et s'en étaient éloignés, soit ils étaient d'abord passés par les ailes et le rejoindraient plus tard.

Les couloirs, c'étaient les endroits les plus dangereux. Mais on n'en avait qu'un seul à traverser pour gagner le rez-de-chaussée.

VIOLET

On était presque au point le plus haut de la maison. Il n'y avait là que l'appartement du conservateur et le grenier. Puis deux étages entre nous et le rez-de-chaussée. D'abord, on devait redescendre l'escalier de service, en sachant que si quelqu'un qui montait, il n'y aurait aucune échappatoire, à part une chambre et une petite pièce pleine de livres.

« Si on est assez discrets, on entendra quelqu'un qui monte avant que lui nous entende. » March tentait de faire preuve d'assurance, mais il ne bougeait pas.

Je me suis approchée la première de l'escalier. Et j'ai retiré mes chaussures.

ELLIE

Il doit y avoir une connexion supplémentaire dans le système nerveux des gens comme Violet. Un chapelet de synapses dédié aux impulsions fulgurantes, que ce soit pour calculer la racine carrée de pi ou pour en arriver à une conclusion à laquelle personne n'avait pensé : des pieds sans chaussures, c'est bien plus discret.

J'ai aussitôt enlevé les miennes. March a quitté ses bottes. Violet nous a conduits dans l'escalier, cette fois sans le faire grincer. On guettait le moindre bruit. Je me concentrais tellement là-dessus que j'ai failli tomber.

VIOLET

On a fait une pause au premier palier. On était d'accord sur le fait que ça devait être à cet étage qu'on rejoindrait l'escalier central. On n'avait entendu aucun coup de feu depuis là-haut, alors il était possible que nos assaillants n'aient pas encore atteint cet endroit, ou qu'ils aient renoncé à y trouver d'autres cibles.

L'un de nous avancerait pour voir si tout était calme, puis donnerait le signal.

ELLIE

Violet était contre l'idée qu'on se sépare, même sur la longueur d'un couloir, mais moi, ça me paraissait logique. Si on devait courir, c'était plus simple de ne pas avoir à s'inquiéter pour les autres.

Et si l'un de nous devait courir, ça devait être moi.

Je me suis glissée le long du mur. Je ralentissais avant chaque porte, et mon cœur battait la chamade jusqu'à ce que je sois sûre que la voie était libre. J'ai atteint une porte fermée.

Et là, tout est devenu noir.

VIOLET

March a éteint la lumière.

Il avait éteint le couloir. Ce n'était pas ce qu'on avait prévu, mais j'imagine qu'il a vu un interrupteur et qu'il a pensé à ce qu'on venait de dire: qu'on était plus protégés dans l'obscurité. Un clic, et Ellie a disparu.

On a entendu une porte s'ouvrir. Puis un bruit de bottes.

March m'a prise par le bras avant que je puisse courir vers ce bruit – vers ce bruit et vers Ellie. Et il m'a tirée en arrière vers l'escalier.

Ellie était en plein milieu du couloir. J'ai compris que je ne pouvais pas la rejoindre. Au lieu de ça, j'avais juste une seconde pour les empêcher de l'abattre.

J'ai crié «ICI!», et j'ai entendu l'écho de ma voix avant que March m'attrape pour de bon. On a détalé.

DIX-NEUF

PEACHES

Je ne sais pas combien de temps je suis restée seule dans cette salle. Ce n'était pas que le temps passait trop vite, plutôt qu'il était à l'arrêt. Mon cœur battait si fort que j'étais sûre qu'il allait trahir ma présence, mais il a fini par se calmer. Ma respiration était assourdie par le lourd rideau en velours qui m'enveloppait comme une couche de neige fraîche. J'y ai passé assez de temps pour en connaître chaque détail.

Il lui avait fallu onze pas pour traverser la salle. Et douze pour ressortir. Puis il avait fait d'autres pas en reprenant le couloir. Dans mon silence de neige, j'ai cessé de les entendre, mais j'ai continué à ne pas bouger.

J'avais survécu. J'avais survécu grâce à l'une de ces cachettes enfantines où je me réfugiais quand j'avais neuf ans et que je ne voulais pas aller toute seule à la cantine. Le genre de cachette où mes profs me trouvaient toujours car ils connaissaient mes ruses, et d'où ils voyaient dépasser le bout de mes souliers vernis.

J'avais survécu parce que ce rideau était assez grand pour me dissimuler, même moi.

Et parce que le tireur était entré à la recherche de gens, puis qu'il avait vu une fenêtre ouverte et un garçon écrasé en bas. Sans se douter de la présence de quelqu'un d'autre.

J'avais survécu trois fois.

J'avais eu trois chances. On ne vous parle jamais de la quatrième.

Je ne savais pas si March et Joe étaient encore vivants, ou si le destin avait troqué trois vies contre la mienne. Un échange que, même moi, j'aurais jugé être un marché de dupes.

Quand j'ai enfin quitté le rideau, je n'ai pas regardé par la fenêtre. Quelque chose en moi m'y poussait. Pour ce que les psys qu'on nous oblige à voir appellent «faire son deuil». Mais je n'ai pas envie de faire le deuil de cette amitié. Je sais que Moz est mort. Je sais que si je vais chez lui, je retrouverai ses traits sur le visage de chaque membre de sa famille. Je sais qu'ils vivent une perte incommensurable. Je sais que je ne le reverrai jamais.

Mais quand je ferme les yeux, je le vois sourire, et je vois ses cheveux dans le vent quand il se laisse pendre au portique, les bras écartés comme des ailes. Il est en lieu sûr, maintenant. En lieu sûr.

Je n'ai pas regardé par la fenêtre. En revanche, je savais que si je restais trop longtemps dans cette salle, ça serait plus fort que moi.

J'ai compté mes pas jusqu'à la porte. Quinze. Trois de plus que lui pour atteindre le couloir.

Où j'ai retrouvé quelqu'un. Plus sang que garçon.

JOE

Après la fusillade, le calme est revenu.

Ils devaient avoir fait exploser la serrure, parce qu'ils ont ouvert la porte d'un coup de pied. J'ai juste entendu le bruit : je ne regardais pas. J'étais couché sur le dos, Doug immobile sur mon torse. Son sang coulait encore. Je ne sais pas comment il lui en restait autant.

Le dernier mot que j'avais entendu dire Sam, ça avait été : « Maman ? »

Il ne s'était pas suffisamment plaqué au sol. La balle lui a traversé la gorge pour se loger dans la colonne. Ça a dû aller vite pour lui.

Son téléphone était encore en communication. Ça devait être sa sœur, pas sa mère, à l'autre bout. Je ne sais pas comment j'ai reconnu sa voix : c'était surtout un cri. Je l'ai maudite. Je les ai tous maudits, parce qu'ils allaient attirer l'attention sur moi. Les types donnaient des coups de pied dans les corps pour chercher des signes de vie en progressant dans la pièce. J'ai entendu un gémissement, qui a été interrompu par un coup de feu.

J'ai fait comme si j'étais mort. J'avais les yeux fermés, le poids de Doug sur moi comme si on m'enfouissait sous terre, ce qui m'empêchait de respirer. J'ai fait comme si le sang sur mon T-shirt était le mien. Puis j'ai essayé d'arrêter de penser, j'ai fait en sorte d'avoir l'esprit vide. Plus de chagrin, de peur, de honte, de culpabilité. Je n'aurais plus jamais faim ni froid. Plus de besoin. Plus de sentiments. Mort.

Le téléphone près de ma tête s'est tu. Sam ne pouvait plus répondre.

Je n'ai même pas ressenti de soulagement. Je n'ai rien

ressenti. Mon corps s'engourdissait, et quand tout a enfin été calme autour de moi, j'ai continué à ne pas bouger.

Quelques personnes ont fini par se relever. Pas beaucoup. Quelqu'un m'a bousculé en rampant sur les jambes de Doug. Son corps était encore chaud, mais son sang commençait à refroidir contre ma peau. Je ne savais même plus si c'était seulement le sien.

Si j'avais pu mourir, je l'aurais fait.

J'ai rouvert les yeux lentement.

Le visage de Sam était intact. Ça lui aurait fait plaisir, à ce petit prétentieux. J'ai tendu la main pour lui fermer les yeux.

Il n'était ni raide ni froid. Contrairement à ce qu'on dit, la mort, ça ne ressemble pas au sommeil, pourtant, même là, il avait l'air prêt à cligner des paupières. Ce qu'il aurait fait, s'il n'y avait pas eu ce trou dans son cou.

J'ai passé mon bras autour des épaules de Doug. Elles ne bougeaient plus. Il ne saignait plus.

Je voulais rester là jusqu'à ce qu'un tireur vienne m'achever, mais quelqu'un s'est mis à pleurer – un petit garçon pleurait, le pire bruit qu'on puisse imaginer. J'ai senti l'écho de ce son dans ma poitrine, mais je ne l'ai pas laissé s'échapper : si je commençais, je ne pourrais plus m'arrêter. Et aujourd'hui encore, je continuerais.

À quoi bon ?

Alors j'ai rampé hors de la pièce. Les types avaient cessé de tirer, ou alors, je n'écoutais plus. Si je les avais entendus à l'étage au-dessus, je serais peut-être monté au-devant d'eux. Mais là, j'ai marché, c'est tout. J'ai pris l'escalier, les couloirs. Je me moquais d'où j'allais.

Et je l'ai vue.

PEACHES

Il avait le regard tellement hanté que c'était comme s'il voyait à travers moi. Je ne savais même pas s'il me reconnaissait.

JOE

J'avais l'impression de rêver sa présence. De l'avoir obligée à rester dans la maison, alors qu'elle ne voulait surtout pas ça. Pourtant, je l'avais vue partir en courant.

PEACHES

«Joe?» J'ai fait un pas vers lui. Il y avait tellement de sang sur lui qu'on aurait dit qu'il sortait d'une rivière de sang. Je ne comprenais même pas comment il tenait debout.

JOE

Ce n'était pas possible qu'elle soit là. Si elle était dehors, alors je pouvais encore l'imaginer saine et sauve.

PEACHES

«Tu es…? Où est-ce que tu es blessé?» J'ai posé tout doucement une main sur son bras, comme si la plus légère des pressions risquait de le faire tomber. On aurait dit que son T-shirt était collé à sa peau à cause du sang.

JOE

Elle avait les mains froides.

PEACHES

J'étais restée près de cette fenêtre jusqu'à être à nouveau frigorifiée.

JOE

Elle avait tellement froid. Pourtant, elle avait enlevé la chemise que je lui avais donnée pour compresser la blessure de Doug.

J'ai baissé les yeux vers ses mains glacées.

Puis j'ai lentement levé les miennes pour glisser mes doigts entre les siens.

VIOLET

On a couru jusqu'au rez-de-chaussée. March voulait continuer, mais j'ai planté les talons assez fort pour nous arrêter, tous les deux. Et guetter les éventuels bruits de pas dans l'escalier.

Les bottes qui s'étaient lancées à notre poursuite s'étaient arrêtées à l'étage du dessus. Maintenant, les types battaient en retraite. À chacun de leurs pas, il y avait moins de bruit. Ils s'éloignaient de nous. Mais se rapprochaient d'Ellie.

« On doit aller la chercher. »

Une seconde, ça a vraiment été mon intention, de leur courir après, pour une fois. De remonter l'escalier vers eux. J'avais rarement éprouvé une telle colère. Jusque-là, cette nuit n'avait été que terreur, mais tout à coup, j'étais furieuse de ressentir toute cette peur. Je voulais retrouver ma mère et Ade. Je voulais être sûre qu'Ellie allait bien.

Je voulais apprendre à connaître Ellie. En moins d'une demi-heure, elle était passée du statut de déesse à celui d'une fille dont je voulais tout savoir. Je devais continuer à la fréquenter au-delà de cette nuit.

« Il faut qu'elle s'en sorte », j'ai dit à March d'un ton fébrile.

On devait tous s'en sortir.

« Bien sûr », il a dit.

On laissait des silences entre nos répliques de façon à tendre l'oreille pour éviter d'être surpris.

« Alors soit on remonte demander gentiment à ces gars qui nous tirent dessus d'épargner Ellie, soit on espère que ta petite diversion a fonctionné. »

Ma petite diversion. J'entendais encore ma voix dans le couloir. Je ne crie jamais, d'habitude. On aurait dit que ce son ne provenait pas de moi.

March a tendu l'oreille.

Je me suis dit : *Il a l'air si fatigué.*

« Au fait, merci pour cet instant de terreur pure. Mais en tant que tactique de diversion, c'était brillant.

– Ce n'était pas une tactique, j'ai reconnu.

– Je sais, il a dit en se pinçant les lèvres. Elle va s'en sortir. *Inch'Allah.* Elle connaît le plan. Alors on continue. Ou alors, on se tire par l'une de ces fenêtres. »

Il disait toujours « on ». Ce n'est qu'après que je m'en suis rendu compte. Il n'a jamais évoqué la possibilité qu'on se sépare, même si je prenais une mauvaise décision. Au lycée, il était toujours tout seul. En examinant le tableau des séances de tutorat, j'avais découvert que c'était le type le moins sollicité, alors qu'il avait de meilleurs résultats que moi en faisant moins d'efforts. Je le voyais parfois avec des amis en dehors du lycée, mais à Clifton, il était toujours seul.

Et au pire moment de tous, il pensait collectif.

C'est quelque chose que j'ai mis bien plus longtemps à comprendre.

Je pensais à ces fenêtres. On aurait pu sortir sans encombre, à part les éclats de verre. Mais ça aurait mis de la distance entre Ellie et nous, une distance qui était déjà trop grande. Je refusais de l'imaginer se mettre à notre recherche pour découvrir qu'on avait filé.

Et puis, je n'étais pas certaine de ce qui nous attendait dehors.

« On doit aller jusqu'aux caves. C'est la seule chose qu'on peut faire pour l'aider.

– Donc tu élimines l'hypothèse de leur demander gentiment de l'épargner ? » a dit March.

En dépit de tout, j'ai ri. Même si j'aurais tout aussi facilement pu pleurer.

« Pour l'instant.

– D'accord. Il faut toujours avoir une solution de secours. »

Il a désigné la gauche, j'ai fait signe que non de la tête, et on est partis vers la droite.

« Ai-je déjà mentionné que j'ai peur du noir ? » il a murmuré.

VINGT

JOE

Elle a dit : « Il faut trouver un endroit plus sûr », mais elle a sursauté quand j'ai regardé en direction de la salle d'où elle venait.

« Pas là. »

Avec une main dans la mienne, une main sur mon épaule, elle m'a à la fois tiré et poussé dans le couloir. Elle avait de la force, pour quelqu'un dont j'espérais encore qu'elle ne soit qu'un rêve. « Ils viennent de passer par ici, on a peut-être un peu de temps avant qu'ils reviennent. »

« Peut-être », c'était le maximum de l'espoir.

Elle m'a fait entrer dans une salle puis elle m'a plaqué contre le mur. Là, elle a retiré sa main de mon épaule pour la poser sur sa hanche. « Maintenant, tu veux bien me dire où tu es blessé ? »

Elle était trop en colère contre moi pour que ça soit un rêve. J'étais dans un état où je ne savais plus faire la différence entre fureur et peur. Mais Peaches était bel et bien réelle. « Qu'est-ce que tu fous dans la maison, putain ? »

PEACHES

Il avait enfin réagi, alors je m'en foutais qu'il soit en colère. Je l'ai palpé. Tout ce sang dont je ne voyais pas l'origine, et pas d'indice sur la conduite à tenir pour l'aider.

Je n'ai pas répondu à sa question. Pas directement, en tout cas. « Ta douce nature me manquait tellement que je n'ai pas réussi à rester dehors. » Si je n'avais pas eu un hoquet à la fin, ça aurait pu marcher. « Je t'avais laissé avec Ellie. En lieu sûr. »

JOE

Une grande inspiration a fait frémir mes lèvres. « Personne n'est en lieu sûr. »

Sa main toujours dans la mienne, elle a relevé le bas de mon T-shirt sur mon ventre lisse et intact. Sa voix s'est faite si basse que j'ai dû tendre le cou pour entendre. « Joe, d'où vient tout ce sang ? »

Je tremblais malgré moi. Ma voix, mes mains. Jusque dans mes os.

« De Doug. »

PEACHES

Pendant plusieurs minutes, alors qu'il tentait de me raconter de façon confuse ce qui s'était passé, j'ai eu l'impression que l'histoire se répétait. C'était comme si je voyais tous les garçons craquer les uns après les autres.

ELLIE

J'étais coincée. C'était la seule chose que je savais : je n'allais pas pouvoir bouger pendant longtemps.

Quand les lumières du couloir se sont éteintes, je me suis précipitée dans la première salle venue. Mon collant glissait sur le parquet ciré. Puis j'ai entendu la porte de la pièce voisine s'ouvrir. Le couloir était plongé dans le noir, mais sinon, le reste de la maison était allumé. S'ils m'avaient vue entrer là, j'étais foutue.

Puis j'ai entendu Violet. Cette stupide, courageuse et intelligente Violet a poussé un cri pour les attirer vers elle.

J'étais tiraillée entre deux choix. Est-ce que, moi aussi, je devais courir ? Dans quelle direction ? M'élancer sur les traces de March et Violet sans savoir qui les pourchassait ? Rappeler les types pour qu'ils me poursuivent à leur place ?

Ou est-ce que je devais m'en tenir au plan : gagner l'escalier central en direction du rez-de-chaussée ?

Je n'ai rien fait de tout ça.

Dans la pièce voisine, le parquet a grincé. J'ai entendu quelqu'un avec l'accent du coin dire à des gens de s'aligner contre les fenêtres. Il y a eu du mouvement. J'ai identifié un sanglot, aussitôt étouffé.

Au moins, maintenant, je savais quelque chose.

Ils avaient un plan.

PEACHES

Je ne prétends pas que c'était une bonne idée, vu l'état de Joe, et après ce qui venait de se passer avec Moz. Mais sur le moment, il n'y avait pas de bonne idée, et je ne connaissais qu'un seul endroit, dans cette maison majestueuse, qui me semblait être une assez bonne cachette.

On est montés sur le toit.

Mon ventre faisait des sauts périlleux pendant l'ascension.

À chaque coin qu'on franchissait, j'avais l'impression que ça serait le dernier.

JOE

Je l'ai suivie, c'est tout. Je... me moquais complètement de ce qui pouvait se passer. Je me moquais d'où elle me conduisait. Mais j'avais toujours mes doigts entre les siens et, parfois, je testais ce lien.

Juste pour m'assurer que, si nécessaire, je pourrais l'entraîner quelque part.

PEACHES

Il ne tremblait presque plus. Il n'a jamais pleuré, en revanche il avait tremblé comme s'il allait se disloquer. Pleurer, ça l'aurait peut-être aidé, je n'en sais rien, mais on n'a pas vraiment eu le temps de pleurer pendant toute cette nuit.

JOE

Elle m'a dit qu'on montait sur le toit. Au dernier étage, il y avait une porte au fond du couloir principal. Comme les autres, à l'exception de la barre antipanique qui remplaçait la poignée et du panneau qui disait « Accès interdit, sans issue ».

PEACHES

Il devait y avoir une alarme. En général, à l'instant où on appuyait sur cette barre, une alarme se déclenchait pour sortir le gardien de son lit. Mais en entrant, j'avais remarqué que le panneau des alarmes clignotait. Soit tout ce qui pouvait se déclencher l'avait déjà été, soit une alarme de plus qui s'affichait sur un ordinateur allez savoir où, ça ne changerait rien.

Je ne savais pas où étaient les gardiens, mais ils avaient dû descendre voir ce qui se passait pendant le feu d'artifice, quand les applaudissements s'étaient mués en hurlements.

Et ensuite, ils n'avaient pas dû pouvoir faire grand-chose face à des hommes armés.

JOE

Elle a poussé la barre. Il ne s'est rien passé. La porte s'est juste ouverte sur un petit espace balayé par le vent.

De toute façon, le monde avait plongé dans l'absurde, alors s'échapper par le toit, ça ne semblait pas si idiot que ça. L'air froid m'a réveillé quand je l'ai suivie dehors en laissant la porte claquer derrière nous.

« Où on est ? »

PEACHES

« Sur le toit. »

On se trouvait dans une sorte de petite cour qui faisait peut-être le quart des salles du bas, avec, sur trois côtés, des murets qui nous arrivaient à la taille. Sur le quatrième côté, le toit partait en pente au-dessus d'une fenêtre pour s'aplatir un peu plus loin.

C'était là où Moz et moi on était venus faire sécher notre sueur en nous échappant de la salle de bal bondée, au spectacle de Noël.

Moz avait adoré l'endroit.

Je voulais garder Joe le plus loin possible du bord.

JOE

« Une partie du toit, en tout cas », a dit Peaches en se retournant et en écartant les paumes comme un agent immobilier qui fait une visite. En fait, elle m'empêchait d'avancer. « Ils montent de temps en temps ici vérifier les dispositifs antipigeons. »

PEACHES

« Dispositifs antipigeons », a répété Joe.

ELLIE

Je me suis glissée dans un placard qui servait sans doute à ranger du linge ou des vêtements à l'époque où cet endroit était une chambre. Heureusement, il était vide. Il y avait juste assez de place sous l'étagère du bas pour que je m'y coince, les genoux contre la poitrine. Puis j'ai passé les doigts entre les portes pour les refermer sur moi.

J'ai entendu le type qui avait couru après Violet revenir. Ou alors, c'était le troisième qui rejoignait ses deux complices. Je ne pouvais pas le savoir, en revanche, je l'entendais entrer dans chaque salle.

Il a arpenté la mienne.

Puis il est reparti.

Il y a eu une brève conversation dans la pièce voisine, trop basse pour que j'entende les mots. Ça s'est arrêté là, mais je savais qu'il devait y avoir des gens. À qui on donnait des ordres.

Ils avaient des otages, maintenant ?

Mon téléphone a vibré dans ma poche. Surprise, je me suis cogné la tête contre l'étagère, puis je suis restée immobile en priant pour qu'ils n'aient pas entendu le bruit. D'une main, j'ai saisi l'appareil et j'ai jeté un coup d'œil à l'écran avant de l'éteindre.

J'ai vu : « PAPA ».

PEACHES

Dispositifs antipigeons. On installe ça sur les vieilles maisons pour éviter que les chevrons soient envahis par des hôtes ailés qui chient partout. De temps à autre, il faut venir mettre des filets et des piques, nettoyer et repeindre les endroits que les pigeons ont quand même réussi à squatter.

J'ai appris à Joe tout ce que je savais là-dessus en partant du principe que parler de quelque chose d'ennuyeux et d'un peu dégueulasse, ça valait mieux que raconter tout ce qui nous était arrivé.

Quand vous avez subi un trauma, on vous oblige à en parler. Je ne sais pas si ça aide. Je vous raconte tout ça parce que je n'ai pas le choix, parce qu'on me dit que je dois ajouter ma voix à celle des autres et parler pour ceux qui ne peuvent plus le faire. Mais franchement, si c'était à refaire, je choisis à tous les coups le sujet des pigeons plutôt que celui des terroristes. Ce n'est pas pour autant que j'aime les pigeons.

JOE

Je ne sais toujours pas de quoi elle parlait, mais ça m'a aidé. De l'écouter, au lieu d'écouter le chaos dans ma tête. Cette voix qui alternait entre me dire de survivre et d'en finir. Pendant un moment, je n'ai plus entendu que Peaches.

J'avais suffisamment repris mes esprits pour remarquer

que le froid qui m'avait aidé à me réveiller était en train de la tétaniser. Elle était toujours en jupe-culotte et débardeur, autrement dit, presque nue.

Mais ce n'était pas comme si je pouvais lui suggérer d'aller se réchauffer à l'intérieur.

« Tu as l'air gelée. Approche-toi. »

PEACHES

Il a ouvert grand les bras. J'étais gelée, en effet, mais j'ai regardé son T-shirt imbibé de sang humide et je me suis mordu la lèvre. « Euh… non… »

ELLIE

« PAPA ».

Ça a été plus fort que moi. J'ai accepté l'appel.

J'avais besoin que ça ne soit ni une blague, ni une erreur. Ça valait le coup de s'assurer que c'était vraiment lui.

« Ellie, Ellie, où es-tu ? On a eu tes messages. Où es-tu ? Est-ce que tu vas bien ? »

C'était lui. C'était vraiment mon père. L'air paniqué. Sa voix a cédé après le mot « bien », mais il était vivant. Et il avait dit « on ».

« Dis-moi quand… »

J'ai raccroché.

Avant que le bruit me trahisse, ou que je libère les sanglots prêts à jaillir de ma gorge, j'ai coupé l'appel. Il a rappelé deux fois pendant que je tapais un message.

Je peux pas parler envoie des messages je t'aime tellement papa.

Maman va bien ? et toi ?

Essayer de me concentrer sur autre chose que mon téléphone, c'était difficile, pourtant je tentais de suivre ce qui se passait dans la pièce voisine. Je craignais que la vibration des messages n'attire l'attention. Dans mon espace étroit, chacun produisait comme un petit tremblement de terre. Il a renvoyé deux messages.

On va bien. La police est là, dis-moi où tu es, ils viendront te chercher.

On t'aime on t'aime on t'aime.

La police. Enfin. J'aurais pu jaillir de mon placard rien qu'à cette nouvelle. Même si dans la pièce voisine il y avait des hommes armés avec des otages, je me sentais à nouveau en lieu sûr.

La police!

J'ai eu si peur

Dans la maison

Il a mis plus de temps à répondre, cette fois. J'ai regardé les secondes défiler sur mon écran pendant deux longues et douloureuses minutes avant de renvoyer un message.

Ohé?

Puis papa m'a répondu.

Tu es dans Hearne House?

J'ai répondu:

Oui.

Dis à la police

qu'on est nombreux ici.

Il n'a plus envoyé de message pendant longtemps.

VINGT ET UN

TÉMOIGNAGE DE SIMEON BURNETT, CHEF DE LA POLICE, COMMISSARIAT D'AMBERSIDE

On n'a pas souvent besoin de gilet pare-balles dans le commissariat d'une petite ville elle-même au cœur d'une région peuplée d'autres petites villes et de villages. Mes agents me demandent plus souvent des bottes en caoutchouc pour chasser les moutons qui bloquent des roues boueuses qu'un équipement de golgoth. L'essentiel de notre travail, c'est les consommateurs de drogue, les petits larcins, les ivrognes qui cherchent à passer une nuit au chaud au commissariat. Les violences domestiques, ça n'est pas rare non plus. Parfois quelques accidents de la route. Les meurtres, je peux les compter sur les doigts de la main.

Alors le terrorisme ? Pas très loin d'Amberside, il y a une caserne militaire ainsi qu'une base du ministère de la Défense où ils peuvent faire exploser leurs machins sans gêner personne. Un certain nombre d'enfants de militaires fréquentent les écoles du coin. Le festival d'Ambereve leur sert d'ailleurs de levée de fonds. Ce soir-là, c'est la seule raison que j'ai pu trouver au fait qu'on soit pris pour cible. On ne s'attend pas à ce genre d'événement dans une petite ville. Quand on parle d'alerte attentat, on ne se sent pas vraiment concerné. On ne pense pas à quelque chose comme ça. Personne n'aurait pu prévoir un truc pareil.

Des policiers en armes ont été dépêchés depuis la ville. Ainsi que des négociateurs de l'antiterrorisme régional. La caserne a été mise en alerte, aussi. Mais pendant tout ce temps, de l'autre côté de ces murs, ils avaient le champ libre.

Je suis monté là-bas en voiture. J'ai entendu quelques-uns des coups de feu.

On nous a proposé un hélicoptère, mais impossible de le faire atterrir dans un parc noir avec des gens partout.

J'ai briefé les policiers en armes et les secours qu'on avait tirés du lit. À cette heure, la moitié des habitants de la ville avaient gravi la colline dans l'espoir de retrouver leurs gamins. On a pratiqué des soins d'urgence sur le trajet de la procession aux flambeaux. Certains habitants ont quand même réussi à forcer les barrières pour partir à la recherche des leurs.

J'ai déployé une partie de mes troupes au contrôle de la foule de façon à laisser passer les ambulances. Mais tenir à distance des gens sans avoir aucune information, aucun réconfort à leur apporter, ce n'est pas un job facile. J'avais déjà du mal à empêcher mes propres agents de briser les rangs et d'y aller. Certains l'ont fait malgré tout. Je ne les sanctionnerai pas.

On a enfilé des gilets pare-balles. Dès qu'on aurait reçu l'autorisation de pénétrer sur les lieux, on foncerait. Inutile de vous détailler à quel point l'attente a été frustrante.

On a récupéré les otages de la voiture. Sains et saufs. L'un des terroristes était mort, l'autre blessé, mais vivant. Le pont était redevenu praticable. Notre priorité a été de faire sortir le maximum de gens.

On a parlé de l'histoire des bulldozers : deux fermiers se sont servis de leurs engins pour abattre une partie du mur d'enceinte. En toute honnêteté, ce genre d'action, ça nous a à la fois aidés et compliqué la tâche. Plein de gens bien intentionnés auraient mieux fait de se tenir à l'écart. Mais ça, je dois reconnaître que ça a permis aux véhicules des forces spéciales de pénétrer plus vite sur les lieux. Cette initiative a sauvé des vies. On était peu à peu en train de reprendre le contrôle de la situation.

Puis on a appris qu'il y avait des otages dans Hearne House. Et aussi que les types portaient des ceintures d'explosifs.

VINGT-DEUX

PEACHES

Il m'a frotté les bras pour me réchauffer. Je lui ai dit que je pouvais le faire moi-même, mais il a descendu une main vers la mienne en secouant la tête. « Tu as les mains glacées. »

Les mains de Joe étaient chaudes. Elles paraissaient même trop chaudes contre ma peau. Il faut dire qu'à ce stade, je n'étais sans doute plus qu'à quelques degrés de l'hypothermie. C'était comme si le froid paralysait mon cerveau. Joe non plus ne devait pas avoir très chaud dans son T-shirt imbibé de sang. Je déteste l'idée de savoir ça, maintenant : le sang ne reste pas longtemps chaud. Pour ça, il faut qu'il circule dans un corps.

Je sais quelque chose d'autre, aussi : les morts ne saignent pas. Sans les battements du cœur, le sang cesse de couler. Alors quand j'ai lu les rapports sur ceux qui ont été retrouvés morts, je savais trop bien lesquels ont eu une mort lente, et lesquels sont partis vite.

JOE

« Tu devrais pas être dehors », j'ai marmonné tout en

sachant que les choix étaient limités. Je ne pouvais pas la réchauffer avec mes mains, mais je les ai quand même posées sur ses épaules, histoire de.

PEACHES

Pour finir, quelque part dans le million d'années entre le moment où je m'étais fait tirer dessus dans la rivière et ce toit, j'avais cessé d'être mal l'aise à cause de mon corps. Qu'est-ce qu'il faut pas pour modifier un ordre de priorités débile... Maintenant, après tout ce qui s'est passé, même si j'essaie, je ne comprends plus comment j'ai pu être mal à cause de ça. On n'est pas morts, et je sais combien c'est assez précieux d'avoir un corps qui fonctionne, qui est capable de se déplacer – un corps avec du sang qui pulse. Je n'ai pas le droit d'en avoir honte.

«Personne ne devrait être ici.» J'ai plongé la tête jusqu'à son épaule. J'avais trop peur pour me laisser aller à la fatigue, pourtant, j'étais épuisée. «Mais je peux aller leur demander de relocaliser leur tuerie de masse dans un endroit mieux chauffé, si tu préfères.»

VIOLET

En ouvrant la porte des caves, on a reçu une bouffée d'air froid. Plus on descendrait, plus il ferait froid. J'ai relevé la tête vers March, je me suis souvenue de sa peur du noir et j'ai posé le pied sur la première marche.

Il y avait un interrupteur. Quand j'ai appuyé dessus, ça a allumé des tubes en néon jusqu'en bas.

«Tu vois? C'est la seule issue, ne l'oublie pas.

– Je me dis qu'on devrait recommencer à se trimballer avec

des lampes de poche, au lieu de toujours compter sur nos téléphones, il a dit en refermant la porte sur un petit clic, puis il m'a emboîté le pas.

– Qu'est-ce que tu as fait du tien ?

– Il était là. » Il a plongé la main dans la poche de sa chemise puis il a passé un doigt par un trou que je n'avais pas encore vu, par manque d'attention. Juste au-dessus de son cœur.

« Ton téléphone a arrêté une balle ? » J'avais vu les dégâts que ces projectiles faisaient dans la chair humaine, alors ça me paraissait incroyable qu'un objet métallique bourré de circuits électroniques ait pu accomplir ça.

March a tout à coup eu l'air très intéressé par les dalles au sol. « Elle a été ralentie par la fille devant moi. »

Et là, j'ai compris. Mais puisque les mots paraissaient tout de même mieux que le silence, j'ai changé de question. « Tu as besoin d'appeler quelqu'un ? Quand on rejoindra Ellie, elle... a un téléphone. »

Il a gardé le silence quelques instants, puis il m'a rattrapée dans les marches. « Non. Tous ceux que je connais sont sains et saufs. »

PEACHES

J'ai réfléchi au froid. « Mais il faut leur reconnaître ça, ils ont quand même prévu leur petit raout autour d'un feu de joie. Ils n'y peuvent rien si on n'a pas voulu rester en place... Qu'est-ce que tu fais ? »

JOE

Je lui ai serré les mains, puis je les ai lâchées et j'ai voulu m'approcher de l'un des murets. Elle venait de mentionner le feu. Allez savoir pourquoi, j'avais besoin de savoir s'il brûlait encore. «Je vais voir ce qui se passe.»

Elle m'a rattrapé par le coude. Peaches est une fille qui, la plupart du temps, ne montre pas sa peur, même quand on lui tire dessus, mais là, ça sautait aux yeux. «Je ne pense pas que le spectacle vaille le coup.»

Je me suis avancé quand même. On était trop haut et trop loin pour voir grand-chose, mais le feu était toujours là, il crachait sa fumée blanche dans l'air sombre. Peaches refusait d'approcher du mur. Elle me tirait toujours par le coude, les talons plantés dans le sol. J'ai froncé les sourcils.

«Il y a une raison pour laquelle j'ai besoin d'une ancre?»

Le mur m'arrivait au-dessus de la hanche. Ce n'était pas comme si je risquais de trébucher, alors j'ai dit: «Je donne l'impression de vouloir sauter ou quoi?»

PEACHES

Je me suis jetée en arrière. Il a reculé avec moi, ce qui l'a éloigné du mur. C'était comme si quelqu'un venait de rebrancher mon oxygène.

«On n'y pense pas jusqu'au moment où on le fait.

– Cela dit, ça pourrait être une option.» Le connard. Pauvre crétin. «Peut-être que c'est préférable à tout ce qu'ils prévoient pour nous.»

J'ai enfoncé les ongles dans sa peau jusqu'à ce qu'il sursaute. «Tu sais ce qui est préférable? Ce qui est préférable, c'est de ne pas mourir. Et même si on a juste le choix entre mourir d'une façon ou mourir d'une autre, il faut choisir la moins probable. Tu as dix-sept ans. Tu as une idée de combien d'années tu gâcherais, si tu mourais maintenant?»

JOE

« OK, OK. Mais essaie de ne pas m'écorcher, si tu peux. » On aurait dit que des fantômes l'attendaient de l'autre côté de ce mur, et peut-être que c'était le cas. « En général, on me dit que je gâche la vie des autres, plutôt que la mienne. Mais t'inquiète, c'était une blague. Pourrie, apparemment. Je te promets que je ne vais pas sauter. »

PEACHES

« Encore une blague comme ça, et je pourrais te pousser. Alors t'avise pas de recommencer. »

Il a voulu passer un bras autour de mes épaules. Je me suis baissée pour lui échapper.

JOE

Je suis resté le bras tendu, comme un con. « Tu sais que tu ne ressembles pas aux autres filles ? »

Elle a reniflé. « Aucune fille ne ressemble à une autre. Les filles, c'est pas un groupe homogène, tu sais. »

Là, j'ai laissé retomber mon bras et j'ai éclaté de rire. De *rire*. « Tu vois, c'est exactement ce que je disais. »

PEACHES

« C'est juste que je ne suis pas comme tu crois que les filles sont. » J'ai frotté mes mains sur mes bras comme si je pouvais retirer tout ce qu'il avait touché. « Et je pourrais m'en excuser, mais un, je ne suis pas désolée, et deux, il me faudrait bien plus qu'une perruque blonde et des semelles compensées pour me transformer en Ellie Kimber. »

JOE

Ça sortait tellement de nulle part que j'ai bégayé. « Qui a dit que j'aimerais que tu ressembles à Ellie ? »

Elle a fait une drôle de tête. « Je vois comme tu la regardes. »

Tout à coup, ça m'est revenu. Regarder Ellie Kimber danser. Elle illuminait la nuit. Sam et Doug ne se donnaient même pas la peine d'être discrets. L'espace d'une seconde, j'ai espéré que, quand ces tueurs en auraient fini avec nous, ils n'aient pas eu Ellie.

« Comment tu le sais ? » j'ai demandé lentement.

Avant ce soir-là, je ne connaissais pas Peaches. Même si apparemment, elle, elle me connaissait. Je n'ai aucune excuse, à part le fait que Sam, Doug et moi, on a dû faire des commentaires débiles sur la moitié du lycée à un moment ou à un autre. C'est notre grand truc.

C'était.

PEACHES

Je me suis retournée vers lui. « Parce que tout le monde la regarde de la même manière. »

La manière dont personne ne me regardait. Après avoir dit ça, j'ai secoué la tête en pressant mes paumes contre mon visage. *Ce n'est ni le bon moment ni le bon endroit ni la bonne personne pour la fête de l'apitoiement, Peaches.* J'étais assez douée pour me faire des reproches. J'ai commencé à vouloir m'excuser, à dire que ça n'avait aucune importance, quand Joe a acquiescé en disant : « Ouais, t'as raison, sans doute que je la regarde. Mais pas pour les raisons que tu crois. Elle est juste… Elle est tout ce que je rêve. »

Ce qui était exactement ce que je pensais, et que j'ai failli dire. Mais là, il a levé la main pour m'en empêcher. Il s'est corrigé. « Elle est tout ce que je rêve *d'être.* »

JOE

« Tu rêves d'être une belle blonde sponsorisée par une marque de lingerie ? » a craché Peaches.

Je ne trouvais plus les mots. Mais à quoi bon ? Je n'avais jamais dit ça à personne. Et personne ne m'avait jamais posé la question. « Elle, on la prend au sérieux. Ses parents la conduisent à l'entraînement chaque matin à six heures. Tu le savais ? Moi, c'est juste parce que j'essaie de courir dans le parc avant que tout le monde se lève. Pendant qu'elle est sur la piste olympique, moi, je cours dans la boue avec mes baskets de merde. »

PEACHES

« Je n'aurais jamais deviné que tu faisais de l'athlétisme. » La seule fois où j'avais vu Joe Mead près des terrains de sport, c'était pour fumer derrière les vestiaires. Ce qui n'est pas vraiment un comportement d'athlète.

« J'ai arrêté. Mais j'en ai fait. » Il a regardé ses pieds. « Et j'étais assez bon.

– Et qu'est-ce qui s'est passé ?

– Je sais pas. J'ai grandi, et je n'avais plus envie d'être aussi sérieux. Mon père avait une position très claire là-dessus. Jamais il ne se serait levé à l'aube pour me conduire au stade. Et jamais il ne se serait tenu fièrement au bord de la piste à chaque compétition comme les Kimber. Et puis, si je m'étais entraîné douze heures par jour, je n'aurais pas eu d'amis. Pas le droit à l'alcool, à rien de tout ça. »

J'ai failli suggérer que, dans ce cas, ça n'était peut-être pas de vrais amis. Mais Joe ne leur avait pas posé la question. Et maintenant, ils n'auront plus jamais la possibilité de lui dire qu'il se trompait.

« Tu as voulu sauvegarder les apparences », j'ai dit. En pensant que si, moi aussi, j'avais été belle, j'aurais tout fait pour le rester.

J'ai ajouté : « Tu gâches la vie de personne. »

Là, je me suis rapprochée de lui.

Il m'a regardée. Il a posé sur mes reins ses deux mains jointes comme en prière. Et toutes les lumières se sont éteintes d'un coup.

VIOLET

J'ai localisé le tableau électrique. March l'a ouvert et il a abaissé le disjoncteur. Puis il a passé les doigts sur chaque fusible de la maison pourtant déjà plongée dans le noir.

« On reste là ? » il a ensuite demandé. Je l'ai entendu s'écarter du panneau. Encore un pas, et il me rentrait dedans.

« Impossible. On doit retrouver Ellie. Et puis, si on reste là, ils risquent de nous trouver. Il y en a bien un qui va finir par descendre pour rallumer. »

J'ai perçu sa nervosité. Malgré tout ça, il continuait à avoir peur du noir.

« Je ne sais même pas comment on est censés retrouver notre chemin dans l'obscurité, il a dit d'une voix brisée.

– March. » Tout à coup, ce n'était plus le garçon à la logique à toute épreuve. Je lui ai pris la main pour la poser contre le mur. « Tout ce qu'on a à faire, c'est se diriger à tâtons. Comme ça. »

VINGT-TROIS

ELLIE

Papa ?

J'étais en train d'envoyer un autre message sans réponse quand la lumière qui filtrait par la porte du placard s'est éteinte. Je n'ai pas bougé ; en revanche, il y a eu de l'agitation dans la pièce voisine.

Des bottes dans le couloir, que j'ai réussi à identifier au milieu d'autres bruits qui ressemblaient plutôt à des petits pas en train de s'éparpiller. Je me suis demandé si les otages étaient en train de saisir leur chance d'échapper à leurs ravisseurs avec l'espoir d'esquiver des balles tirées à l'aveugle.

C'est sans doute ce que les kidnappeurs se sont dit, eux aussi. Il y a eu un unique coup de feu. J'ai entendu un morceau de plafond tomber.

Puis le calme est revenu, mais pas le silence. Deux voix masculines se disputaient sourdement. Je n'étais pas capable de comprendre ce qu'ils disaient, mais le ton était rude. On aurait dit qu'ils se demandaient quoi faire.

Et un bruit de pied qui frappe le sol, comme un ordre.

La seule chose à laquelle je pensais, c'était à Violet et March. Ils avaient réussi leur mission. Donc ils étaient en vie.

VIOLET

« Les frigos ? Ils sont grands. »

On était revenus dans la cuisine, où il n'y avait pas beaucoup d'options. Tout ce qu'on touchait dans le noir était froid : les plans de travail en acier inoxydable qui couraient d'un mur à l'autre, les immenses frigos métalliques et les congélateurs qui se dressaient devant nous. Quand March a ouvert un congélateur, une bouffée d'air glacial l'a assailli.

« Ça ne s'ouvre pas de l'intérieur. Et même si personne ne remet l'électricité, on risque de mourir de froid. » J'ai aspiré de l'air entre mes dents. On dirait ma mère, quand je fais ça.

Il y avait une petite lueur dans la partie vitrée de la porte du fond. Ça devait être le feu de joie – on aurait dit une tête d'épingle de chaleur. Vu les tiges métalliques qui barraient cette porte, apparemment, personne n'était encore entré ou sorti par là. « Si on arrivait à ouvrir, on pourrait... », j'ai dit, avant de comprendre que, dehors, il pouvait y avoir autre chose que ma famille et la sécurité. J'avais presque oublié ce que ça faisait d'être traqué à découvert.

J'ai senti March se tourner vers moi, et je me suis reprise. « Quand Ellie nous aura rejoints, on pourra sortir par là. »

Il s'est remis à tâtonner dans le noir. « Bon, en attendant, je crois qu'il y a un peu de place là-dessous. »

J'étais en train de m'accroupir quand le coup de feu a retenti au-dessus de nos têtes.

PEACHES

Ça provenait de plus bas.

« On dirait que c'est juste en dessous. » Il n'y avait plus eu de bruit depuis si longtemps que j'ai sursauté très fort et que ma respiration subitement hachée s'est mise à produire de la buée dans l'air frais. Toutes les lumières de la maison s'étaient éteintes d'un coup. Même la veilleuse au-dessus de la porte. Je ne savais pas pourquoi, mais les bruits résonnaient davantage dans le noir. J'étais assez proche de Joe pour me rendre compte que son cœur battait aussi fort que le mien.

Il a dit dans un murmure : « Pas vraiment. C'était à au moins deux pièces d'ici, mais pas loin. »

JOE

Peaches a incliné la tête vers mon épaule en disant : « Ça recommence. »

Évidemment. C'était la seule chose dont on pouvait être sûr : dès que tout était calme, dès que le danger paraissait s'éloigner, ça recommençait. C'était juste qu'ils prenaient le temps de recharger ou de changer d'arme. Mais ça recommençait toujours. Pourtant, je refusais d'être brisé par le désespoir.

J'ai passé un bras autour de ses épaules et j'ai caressé ses cheveux emmêlés. J'entendais la voix de Sam par-dessus la mienne : « Ça va aller, ça va aller. »

Elle a levé les yeux vers moi. Je me suis surpris à murmurer ça contre sa bouche.

ELLIE

Il y avait de nouveaux pas dans le couloir. Le troisième type ?

Quand il a franchi la porte de la salle voisine, mon envie de sortir du placard est devenue presque irrépressible. J'ai dû me rappeler qu'ils étaient au moins trois, mais peut-être plus. L'envie de courir dans le couloir en direction de l'escalier jusqu'à Violet l'aurait emporté s'il ne s'était pas produit autre chose.

Ils déplaçaient leurs otages. Je n'ai pu ni les compter ni deviner combien ils étaient, mais on aurait dit des élèves qui changent de cours entre deux sonneries.

Mon téléphone a vibré dans ma poche, je n'ai pas bougé, je fermais les yeux très fort. Peut-être que je tenais ma chance, finalement.

VIOLET

« Tu crois qu'ils arrivent ? j'ai demandé à March recroquevillé dans le petit espace froid à côté de moi.

– J'ai toujours pensé qu'ils allaient arriver », il a répondu.

PEACHES

On ne m'avait jamais embrassée, avant Joe. Et je n'avais jamais essayé d'embrasser non plus. Jusqu'à cette nuit-là, ma pire crainte, c'était d'être repoussée.

Vous y croyez, à ça, vous, qu'un acte aussi insignifiant et bénin qu'être rejetée puisse avoir été ma pire crainte ? Il y a des choses tellement plus terribles en ce monde.

Joe ne m'a pas repoussée. Il m'a embrassée comme s'il en avait envie.

JOE

Vous n'aurez pas les détails. Ça a eu lieu, point final.

On avait tous les deux besoin d'un truc, et c'était de ça. Ce dont j'avais besoin, c'était elle.

On a eu trois minutes avant que la porte s'ouvre en grand et qu'on manque tous les deux de se précipiter dans le vide.

ELLIE

J'avais la main sur la porte du placard, mais je ne sais pas si c'était pour la maintenir fermée ou pour l'ouvrir. J'ai tenté de me remémorer la pièce où j'étais cachée. De me représenter le trajet le plus court jusqu'à la porte.

Il y avait des pas de l'autre côté du mur. Une voix qui crachait: « Restez en rangs. »

On aurait vraiment pu croire à une classe dissipée.

À cet instant, la majorité du groupe devait être dans le couloir.

Et là, les gens sont partis en courant. J'ai entendu du bruit en direction de l'escalier principal et j'ai tourné la tête pour continuer à suivre ce bruit. Il y a eu des coups de feu, trois, mais il y avait quand même des pas dans l'escalier en direction des étages supérieurs.

J'étais presque sûre d'avoir entendu deux tueurs se lancer à leurs trousses, même si c'était difficile de le savoir vraiment. Les gens se dispersaient. Les bruits venaient de partout sans que je puisse les identifier, sans que je sache ce qu'ils signifiaient. Dans le couloir, ça avait l'air d'être le chaos, mais impossible d'en savoir plus. Je me suis dit que c'était le bon moment.

Je suis sortie du placard et j'ai couru vers le couloir en faisant confiance à mon instinct et à mes souvenirs pour me tirer de là.

VIOLET

Ce coup, c'était pour Ellie. Il portait son nom, j'en étais sûre. Je le sentais. L'idée de la perdre m'a fait comme un trou dans la poitrine. On aurait dû remonter la chercher. On aurait dû rester tous les trois. J'ai murmuré ça à March jusqu'à ce qu'il m'attrape les mains pour me faire taire. « Ce n'est qu'une croyance. Les impressions ne sont pas des faits. Le cerveau a envie que tout soit bien en ordre, c'est tout. Alors quand il n'a pas assez d'informations, il invente. »

Cela ressemblait à des propos du prof de biologie en train de passer son stylo laser sur un dessin des deux hémisphères du cerveau. Je m'en suis presque convaincue.

« Et si je n'ai surtout pas envie de savoir la vérité ? » j'ai demandé alors qu'un bruit de pas résonnait juste au-dessus de nos têtes.

PEACHES

Cette partie du toit donnait l'impression d'être juste assez grande pour nous deux, même serrés l'un contre l'autre, et tout à coup, cinq personnes sont apparues. Non, sept. Puis d'autres encore. Une fille hurlait, elle était en pleine crise de nerfs. Elle est montée sur un mur. J'ai crié aux deux personnes près d'elle de la faire descendre. Tout le monde parlait en même temps.

« Il arrive. »

« Merde, merde, merde, ils vont nous tuer, merde. »

« Mais qu'est-ce qu'ils nous veulent ? Qu'est-ce qu'on leur a fait ? »

« J'ai cru qu'il allait… »

« Tu as vu Stephen ? »

« Qu'est-ce qu'il portait sous son blouson ? »

Les conversations étaient impossibles à suivre, mais j'ai réussi à comprendre que ces gens avaient été retenus quelque part sans pouvoir parler et que, là, ils avaient besoin de récupérer de ces minutes de terreur absolue.

Et j'ai compris que ce petit bout de toit n'était plus une cachette.

JOE

Les coups de feu ne sont pas venus de là où je m'y attendais. Depuis l'arrivée des autres, je guettais la porte. Je tenais Peaches par le bras en essayant de m'éloigner le plus possible en direction du mur. Ce qui n'était pas simple au milieu d'une foule paniquée.

Il y a eu deux coups de feu en provenance d'en bas. Ils ont frôlé le bord du mur, et tout le monde s'est précipité à l'intérieur.

«Je vous entends.»

C'est tout ce qu'il a dit. C'est la seule fois où j'ai entendu sa voix de toute cette nuit-là, et je n'oublierai jamais ce ton. On aurait dit que c'était le loup, comme quand on joue avec des petits enfants et qu'on leur dit: «Attention, j'arrive.»

Sauf que lui, il ne jouait pas.

J'arrive. Il savait où on était, on avait intérêt à se préparer. Je me suis penché par-dessus le mur.

Évidemment, Peaches a voulu m'en empêcher, elle me donnait des coups de pied et elle enfonçait ses ongles dans la peau de mes bras. «Non, non, non, on n'ira pas par là.

– Tu veux bien juste jeter un coup d'œil?» Je l'ai obligée à s'avancer pour qu'elle voie ce que j'avais découvert:

entre les fenêtres de la maison, un petit escalier métallique d'une couleur qui se fondait presque dans la brique de la façade.

Je l'avais pourtant repéré un peu plus tôt, mais jamais je ne me serais souvenu de cet escalier si le feu ne s'était pas reflété sur un bout de métal à nu.

On avait une issue. Il suffisait de franchir ce mur.

VINGT-QUATRE

ELLIE

Ainsi font, font, font les petites marionnettes…

J'ai souvent des chansons enfantines qui me viennent en tête quand je cours : des comptines, des refrains ou des propos que j'ai entendus ce jour-là et qui me restent dans le crâne. Les bonnes chansons ont un rythme, et un bon rythme, ça va de mon cerveau à mes jambes pour les pousser à continuer.

Elle a déjà eu un vrai petit ami depuis qu'elle est au lycée ?

Nan, je crois pas. Il paraît qu'elle est gouine.

C'est la mère Michel qui a perdu…

Là, j'ai pensé à l'un de mes morceaux préférés de *Hamilton*, *Wait For It*, mais je l'ai balayé avant les paroles où il est question de la mort qui ne discrimine pas : ça touchait une corde trop sensible. Quoi qu'il se passe, je refusais d'attendre la mort sans agir.

J'ai gardé le rythme et j'ai laissé mes pieds ressentir chaque impact contre le sol. Dans le couloir, c'était la mêlée. Deux personnes qui couraient en sens inverse ont failli me faire faire volte-face, puis une porte a claqué sur ma gauche.

Je ne savais pas ce qu'il y avait derrière. C'était comme si je courais les yeux fermés. J'ai pensé à la façon dont je m'étais aventurée prudemment dans ce couloir un peu plus tôt en vérifiant chaque pièce et j'ai laissé mes pieds me porter jusqu'à l'escalier de service tout au fond. Il y avait des gens qui le descendaient à toute vitesse, mais certains ont changé d'avis pour monter.

« C'est un cul-de-sac, j'ai dit à des têtes que je ne distinguais pas. Il n'y a rien en haut. »

Je crois qu'ils ont fait demi-tour. Je n'en suis pas certaine. Je ne voyais que les marches. Je descendais en essayant de réfléchir à l'endroit où j'avais des chances de retrouver Violet. Il n'y avait plus d'électricité. C'était sans doute imprudent de rester dans les caves. Alors où était-elle allée ? Est-ce qu'elle avait quitté la maison ? Une part de moi espérait que oui, et une autre savait qu'en aucun cas elle ne serait partie sans moi.

J'entendais encore sa voix résonner dans le hall derrière moi. *ICI !*

Où était-elle ?

J'étais entre deux étages quand la marée a tourné. Tout à coup, les gens se battaient pour remonter.

« Ils sont en bas. Vite ! »

Je comptais sur mes pieds pour me sortir de là, sur la façon dont ils m'obéissaient. Mais quand un coup de feu a fait trembler les murs, si fort, si proche, et que le garçon juste devant moi s'est effondré dans mes bras, j'ai su que j'avais fait le mauvais choix.

Il y avait un type au pied de l'escalier, et un autre au sommet.

On était coincés. On n'avait plus qu'à attendre la mort dans cet escalier sombre et étroit.

VIOLET

On ne pouvait qu'attendre que les bruits chaotiques au-dessus de nos têtes s'apaisent ou s'éloignent. Rien n'était réglé, le problème était juste en train de se déplacer.

March et moi, on était immobiles sous un plan de travail en métal, il me tenait les mains, ou je tenais les siennes, je ne sais plus. Il faisait très sombre. On ne pouvait qu'attendre ou courir, et mes jambes tremblaient trop pour me porter.

Il y a eu un autre coup de feu. Un seul. « De l'autre côté de la maison », a murmuré March, puis le silence.

Et là, ils sont arrivés.

ELLIE

Ils nous ont dit de nous mettre en marche. Je ne m'attendais pas à ça. On faisait des cibles faciles dans cet escalier. Je ne pensais pas qu'ils nous laisseraient encore une chance.

L'un de nous n'en a pas eu. Le garçon qui m'était tombé dans les bras après le premier coup de semonce. « Je t'en prie, il a dit dans un souffle, va voir ma mère. Dis-lui, pour moi. »

J'ai senti le moment où il mourait. Même dans le noir, on aurait dit une bougie qui s'éteignait.

Il s'appelait Andrew Wright. Son nom figure sur la liste, celle qui a été lue au début de ces auditions, mais c'est grâce au plan de la maison et aux petites épingles qui marquent l'endroit où chaque victime a perdu la vie que j'ai pu faire le lien entre son nom et le lieu de sa mort.

J'ai parlé hier soir pour la première fois à sa mère. Elle m'a raconté qu'il faisait ses études à Sefton, qu'il voulait devenir ingénieur aéronautique. Elle m'a dit qu'il était très intelligent, qu'il rêvait de changer le monde. Il avait dix-neuf ans.

Je lui ai parlé de lui. Du peu que je savais sur lui. Il ne s'était pas jeté en avant, ce qui aurait mis d'autres personnes en danger. Son corps avait reçu une balle qui aurait pu toucher n'importe lequel d'entre nous. Il était mort sans une larme. Il avait les cheveux très doux. Elle avait été l'objet de ses dernières pensées.

Avec un fusil pointé dans notre dos, il n'y avait pas d'autre solution que marcher. On a laissé Andrew sur les marches, la joue contre le mur, avec cette balle qui avait réussi à se frayer un chemin jusqu'à son cœur.

On a pris l'escalier en direction du rez-de-chaussée. À chaque marche, des possibilités d'évasion me tendaient les bras. Je les observais du coin de l'œil: mon subconscient notait chaque porte ouverte, chaque fenêtre à la vitre brisée ouverte sur la nuit.

Personne n'a tenté de fuir. Nos esprits rêvaient de liberté, mais nos corps connaissaient le prix à payer. Aucun de nous n'irait plus vite qu'une balle.

« Avancez, a dit l'homme derrière nous en appuyant ses ordres d'un coup de pied botté sur le sol. Avancez, et on vous tuera pas. »

J'aurais tellement aimé me retourner. J'aurais tellement aimé qu'il ne fasse pas si sombre. Je voulais savoir si le type qui tenait ce fusil pointé sur notre petite file indienne était celui au regard bleu dans la foule devant la scène.

On est entrés dans les cuisines, où ils nous ont fait aligner le long des plans de travail. On était une douzaine. L'un des types a cherché à forcer la porte fermée avec des tiges métalliques. On apercevait de la lumière par le verre dépoli de la porte. Pas orange comme celle du feu, mais bleue.

Combien de temps s'était écoulé depuis que Violet m'avait demandé si j'entendais des sirènes ? Elle avait une meilleure ouïe que moi.

Là, j'ai compris leur plan. Ils n'allaient pas nous abattre : ils allaient laisser la police le faire à leur place.

VIOLET

J'ai fait une recherche pour savoir combien de temps on peut retenir son souffle. En moyenne, trente secondes, environ deux minutes pour les plus entraînés. Voire sept dans des cas très particuliers, par exemple des plongeurs qui passent la moitié de leur vie dans l'eau, et chez qui le froid ralentit le métabolisme.

Il faisait froid, et j'ai eu l'impression de ne plus respirer à partir du moment où ces pieds ont été alignés le long des plans de travail devant nous. Je distinguais l'arrière de leurs jambes : jupes, pantalons, joggings, jeans, tous monochromes dans l'obscurité. Accroupie, je retenais ma respiration en me mordant l'intérieur des joues pour empêcher mes dents de claquer.

Les doigts de March étaient autour de mon poignet. Je me suis souvent demandé s'il avait senti mon pouls s'arrêter. J'ai l'impression que mon cœur a cessé de battre pendant tout le temps où les otages ont été là.

Ellie était-elle parmi eux ? J'ai essayé de voir. J'avais l'impression que j'aurais dû le savoir, que sa présence rayonnait jusqu'à ses mollets, mais je ne distinguais que des jambes en mouvement, des nerfs qui tressautaient, la terreur dans cette douzaine de personnes inconnues.

ELLIE

Le cadenas de la porte a heurté le sol dans un bruit métallique. Quelqu'un a poussé un cri puis mis les deux mains sur sa bouche pour s'obliger à se taire. Je continuais à entendre le cri tenter de franchir ses doigts.

Un téléphone a sonné. Le type armé près de la porte a répondu. « Ouais, il a dit. On est prêts à discuter. »

Mais il y avait quelque chose dans sa voix qui... Je ne l'ai pas cru.

Il n'y a eu aucune discussion, pas sur le moment, en tout cas. Je savais qu'il avait raccroché parce que le téléphone a sonné de nouveau, cette fois sans réponse.

Sur le moment, je voulais connaître leurs exigences. Leurs motivations. Pourquoi ils faisaient ça. Plus que tout, je voulais savoir pourquoi tant d'entre nous avaient trouvé la mort à la pointe de leurs fusils, quelle était cette raison cachée sous leurs épais blousons noirs. Comme si quelque chose pouvait justifier de tels actes. Comme si, d'une manière ou d'une autre, on l'avait bien cherché. Ma thérapeute a raison. Je suis très forte pour culpabiliser ceux qui n'y sont pour rien.

Maintenant, je ne veux plus connaître leurs raisons. On ne devrait pas laisser la moindre place à tout ça. Violet dit : « Il n'y a aucune *raison* à tout ça. »

Mais sur le moment, ce téléphone auquel on ne répondait pas m'a rendue folle.

J'ai tâté le mien dans ma poche, soulagée d'avoir pensé

à l'éteindre. Le type qui nous surveillait a vu mon geste et m'a donné un coup de crosse à l'épaule. Mon téléphone est tombé pendant que je me pliais en deux sous le coup de la douleur.

Même si je savais que ça pouvait être pire, j'ai regardé son talon briser l'écran, et ça m'a fait encore plus mal. Je ne devais plus penser à papa. Je devais oublier le soulagement dans sa voix pendant les quelques secondes où il m'avait crue en lieu sûr.

Surtout, je ne devais pas montrer que j'avais vu deux personnes blotties l'une contre l'autre sous le plan de travail en métal.

VIOLET

Elle nous avait vus. J'en étais sûre. Elle avait eu un sursaut un instant trop tard pour que ça soit une réaction à la douleur.

Fidèle à elle-même, elle se dressait comme un phare dans l'obscurité. Jusqu'à ce qu'elle se penche, elle n'était pas dans mon champ de vision et je m'en suis voulu de ne pas avoir eu l'idée de chercher des pieds sans chaussures.

Il l'avait frappée; ça aurait pu être bien pire, mais ça me donnait quand même envie de ramper hors de ma cachette pour lui demander des comptes. J'ai regardé March. Ses yeux brillaient. C'était la chose la plus brillante aux alentours. On était tous les trois en vie.

Les deux hommes ont donné leurs ordres. Les otages devaient sortir les mains sur la tête. Au moindre geste, ils se feraient descendre. S'ils essayaient de courir vers la police, ils se prendraient une balle dans le dos.

La police. La police était là. Ça signifiait que tout ça serait bientôt fini. Que nos tueurs allaient se rendre. Que ma mère et Ade avaient sans doute été retrouvés et conduits en lieu sûr.

Mais rien n'était fini. Perdre quelque chose de précieux à la dernière seconde, ça serait pire que tout. Les douze otages ont obéi aux ordres. J'ai vu leurs mains quitter leurs flancs avant de se mettre en route vers la porte. Je voulais être avec eux, je voulais les suivre, être parmi les premiers à être recueillis par les secours, mais je n'ai pas bougé.

Ils sont passés un par un par la porte ouverte. Il y a eu du bruit bien plus loin, des paroles amplifiées par un mégaphone. Sans doute une tentative d'établir le contact.

Puis une fusillade nourrie et rapprochée a éclaté.

VINGT-CINQ

ELLIE

« POLICE. »

Après avoir franchi la porte, il ne m'a fallu que trois secondes pour évaluer la situation.

Seconde un : on n'était pas complètement à découvert. Il y avait un mur en pierre à quelques mètres devant nous qui nous arrivait à la taille et séparait la maison du potager.

« POLICE. À GENOUX. LÂCHEZ VOS ARMES. »

Seconde deux : une rangée de policiers à peu près à la distance qui sépare les deux trottoirs de la grande rue d'Amberside. Eux non plus n'étaient pas à découvert. Ils devaient avoir réussi à franchir le pont, puisqu'ils avaient des voitures et des fourgons. Ils étaient réfugiés derrière. Ils portaient des boucliers, des uniformes gris, des casques et des écharpes sur le visage qui en faisaient le pâle reflet des hommes derrière nous.

« LÂCHEZ VOS ARMES. LÂCHEZ VOS… »

Seconde trois : la police a paniqué. Les tueurs n'avaient pas fait connaître leurs exigences. Personne ne s'attendait à ce qu'ils quittent la maison sans négocier. Mais ces types savaient que la police ne leur tirerait pas dessus derrière une rangée d'otages.

La quatrième seconde, une balle m'a frôlé l'épaule. En revanche, nos ravisseurs n'allaient pas se gêner pour tirer, eux.

On a plongé à terre. Comme si le « à genoux » nous était destiné. Ce qui n'était sûrement pas le cas. Mais dès que le bouclier humain se serait volatilisé, la police pourrait tirer. J'ai fermé les yeux et j'ai écouté les explosions au-dessus de ma tête.

PEACHES

On n'avait pas été les premiers à prendre cet escalier, cette nuit-là. En descendant, j'ai vu des fenêtres cassées par lesquelles des gens avaient dû entrer. Je n'en revenais pas de ne pas y avoir pensé plus tôt. Hearne House était un immense et vieux bâtiment construit bien avant les plans incendie et toutes ces réglementations. Bien sûr qu'il avait fallu créer des issues de secours, des toilettes et des cuisines dignes de ce nom, tout ce dont les Tudor ne s'étaient pas embarrassés.

Le petit escalier n'était malgré tout pas conçu pour supporter autant de personnes en même temps. Joe avait fait le premier pas dans l'inconnu et, après moi, des inconnus paniqués avaient passé les jambes par-dessus le muret pour sauter sur l'escalier. Chaque fois que l'armature en métal tremblait, je levai les yeux pour y découvrir quelqu'un d'autre avant d'oser respirer à nouveau.

Je ne suis pas sujette au vertige. Je préfère être dans le ciel plutôt que sur terre. Mais là, je sursautais à chaque pas. J'avais peur que l'escalier lâche sous mon poids ou celui de quelqu'un plus haut. Chaque fois, je m'attendais à voir Joe chuter.

Alors j'ai regardé en direction du parc. C'est là que j'ai vu des lumières bleues se refléter sur la façade de la maison.

JOE

Il y avait des gyrophares, mais pas de sirènes. Les véhicules roulaient en zigzag dans le parc. J'ai compris qu'ils faisaient ça à cause des corps à terre. Allez savoir pourquoi, ils surgissaient du fond au lieu de venir du pont.

Je ne comprenais pas bien la scène. Il faisait trop noir pour que je voie les policiers remonter à pied afin de sécuriser les lieux en groupe et qu'aucun d'eux n'affronte seul une éventuelle menace. En revanche, je savais qu'ils devaient être plus nombreux là où le danger était le plus grand. Donc autour de la maison.

« On va devoir courir », j'ai dit à Peaches en regardant son pied chercher la marche suivante et le poser prudemment avant d'y mettre du poids. « On rejoint la police si on peut, ou sinon, le parc. »

Depuis le début, elle avait raison. Se réfugier dans Hearne House, ça avait été la pire des erreurs.

PEACHES

« Une fois en bas, il faut courir ! » j'ai crié au-dessus de ma tête en espérant que les gens se passent le mot. Le vent nocturne a englouti la moitié de mes paroles avant qu'elles puissent atteindre quelqu'un, mais je me suis tout de même entendue dire : « La police est là. »

Quand on est enfant, on nous dit qu'en cas de problème,

il faut aller voir la police. Ma mère raconte toujours « la première fois où Peaches a été ramenée à la maison par un policier ». À l'âge de quatre ans, j'avais réussi à parcourir seule les deux rues qui me séparaient du parc puis à convaincre des inconnus de m'offrir un sachet de graines au stand près du lac qui vendait à prix d'or des en-cas pour les canards et les gens.

Ensuite, je m'étais approchée d'une policière qui faisait sa ronde pour lui demander de me reconduire chez moi.

Maman a ri en ouvrant la porte et dit qu'elle ne s'attendait pas à vivre cette scène avant mon adolescence. Elle me croyait dans le jardin. Elle était rentrée voir la fin de son feuilleton. Mais ça devait bien faire une heure que je m'étais éclipsée.

Bref, à quatre ans, je connaissais déjà la règle. Quand on a des ennuis, il faut aller voir la police.

En me dépêchant de franchir les dernières marches, je me sentais prête à rentrer chez moi.

JOE

Ils étaient garés un peu à l'écart de la maison. Il suffisait de courir vers eux. Vers cette rangée de policiers.

Mais là, à nos pieds, s'est ouverte une porte dont j'ignorais l'existence.

Et c'était reparti pour un tour en enfer.

VIOLET

« Ils leur tirent dessus ! »

J'avais jailli de ma cachette à la seconde où ils avaient refermé la porte derrière eux. J'avais considéré ça comme le signe qu'ils ne reviendraient pas : ils n'avaient même plus de solution de repli, alors quoi qu'il arrive au-delà de cette porte, c'était la fin. Ils ne rentreraient plus. Je n'avais pas compris ce qu'ils avaient en tête.

March m'a attrapée par le bras quand j'ai saisi la poignée. « Quelqu'un tire sur la police. » Sur la pointe des pieds, il essayait de voir ce qui se passait à travers l'imposte en verre dépoli. « Et ils se servent des otages comme d'un bouclier humain. »

Mais les boucliers, ça ne peut encaisser qu'un certain nombre de coups. Ils étaient combien ? J'en avais dénombré douze. Si un, si deux, si cinq tombaient sous leurs balles, au bout de combien de temps la police considérerait comme nécessaire le sacrifice des autres pour mettre fin à l'horreur et sauver le reste des gens dans la maison ?

Je me suis retournée vers March. Je lui ai dit de se cacher, s'il le voulait.

«Je ne peux pas l'abandonner», j'ai dit.

J'ai ouvert la porte.

PEACHES

Ils tiraient sur la police depuis l'entresol. Tout à coup, l'endroit par lequel on rêvait de s'échapper devenait surtout indiqué pour se prendre une balle.

Pendant une milliseconde, j'ai passé en revue tous les mots obscènes que je connaissais.

Puis j'ai levé la tête et j'ai vu le troisième type tirer de là-haut. Il avait réussi à gagner le toit qu'on avait abandonné. Il avait la position idéale pour nous descendre comme des bouteilles contre un mur, si ça n'avait pas aussi été la position idéale pour tirer sur les policiers. Je les ai vus se jeter au sol pour tenter de se protéger des tirs en provenance de deux directions différentes.

Ça doit ressembler à ça, une zone de guerre. Certaines nuits, je rêve que je suis coincée au milieu des coups de feu qui se poursuivent jour après jour, nuit après nuit.

JOE

Tout le monde s'est jeté sur les fenêtres les plus proches. Pour Peaches et moi, c'étaient celles du rez-de-chaussée. Je suis passé en premier puis j'ai posé le genou sur des bris de verre pour l'aider. Je n'ai pas senti la douleur avant qu'on soit tous les deux à l'intérieur.

En vie. Allez savoir comment, on était encore en vie.

ELLIE

Ils ont obligé certains d'entre nous à se relever. En ouvrant les yeux, j'en ai vu un tenir debout contre lui une fille incapable d'y arriver toute seule. Pour finir, il l'a lâchée et a ordonné à un autre de prendre sa place en agitant l'arme qu'il était en train de recharger. On pouvait décider de mourir à genoux ou saisir notre chance de vivre debout.

J'étais presque au bout de la rangée. J'ai choisi de mourir debout. Lentement, j'ai regroupé mes bras et mes jambes. Puis je me suis repoussée sur les mains en alignant mes chevilles sous mon corps. J'ai remarqué que je tremblais. J'avais l'impression que mes os allaient s'émietter pour me laisser sans armature.

Puis quelqu'un m'a effleuré l'épaule – le garçon près

de moi. Il regardait la fille à côté de lui, la dernière de la rangée, qui regardait vers la porte. Ouverte.

La fille au bout de la rangée n'a eu qu'un geste. Elle s'est placée entre cette porte ouverte et nos kidnappeurs, nous protégeant d'eux. Le garçon près de moi a franchi la porte, puis moi. Une femme nous a suivis, et elle a aussitôt disparu dans la maison. Dehors, il y avait des cris.

Je me suis retournée vers la porte, mais personne d'autre n'est entré.

VIOLET

Par nature, je ne suis pas courageuse. Après avoir ouvert la porte, j'ai plongé loin du bruit des balles et de ma terreur d'être à découvert. Mes membres se sont tétanisés malgré moi, et il m'a fallu un petit moment pour me relever.

À l'instant où mon corps m'a obéi, quelque chose l'a repoussé à l'intérieur. Ma lâcheté était récompensée par le fait d'être projetée loin de l'embrasure et, quand j'ai retrouvé l'équilibre, par la vision d'Ellie en lieu sûr. Mais l'instant d'après, elle faisait demi-tour.

ELLIE

J'ai lu dans les journaux que la fille s'appelait Simone. Je me souviens de son visage, alors que je lui ai à peine accordé un regard reconnaissant. Et que je ne l'ai jamais revue.

Une balle s'est incrustée dans l'embrasure de la porte, ce qui a envoyé des échardes dans mon avant-bras.

Des mains m'ont tirée en arrière. J'ai reconnu l'odeur. Orange et savon. Violet.

VIOLET

« Tu n'avais pas le droit. » J'avais une main sur l'un de ses bras et l'autre sur sa taille. J'ai posé le visage contre sa clavicule. Je me souviens d'avoir souri et eu mal en même temps. J'avais les dents tellement serrées que je devais lutter pour parler. « Tu te souviens que tu dois rester en vie ? » J'allais le lui rappeler tant que ça serait nécessaire.

« Qu'est-ce qui se passe ? Qu'est-ce qui t'est arrivé ? »

Je m'en moquais de qui étaient ces types dehors, mais ils allaient écrire la fin de notre histoire, or je voulais absolument avoir le dernier mot.

ELLIE

J'ai été contente de ne pas avoir le temps de répondre.

« Tu nous raconteras quand on ne sera plus à côté d'une porte ouverte », a dit March. Il était assez loin pour que je ne le voie pas, mais il a dit ça au moment où je me retournais pour répondre à Violet et la prendre à mon tour dans mes bras.

« Il ne faut pas rester ici. Venez. »

Avant que j'aie réussi à comprendre, on courait. Mon audition plaçait les sons aux mauvais endroits, les coups de feu résonnaient dans ma tête, mais j'étais sûre d'une chose.

« Ils tiraient depuis le haut, aussi. Il y en a au moins encore un à l'intérieur. »

March a ralenti et s'est retourné. À cet instant, il a heurté une silhouette sombre qui venait de surgir dans le couloir.

VINGT-SIX

PEACHES

On a passé un long moment plaqués contre les murs de la salle comme des papillons épinglés à un tableau. Le plus dur, ça n'est pas la peur de l'inconnu, c'est de savoir ce qui vous attend *peut-être*, et de devoir quand même affronter l'incertitude parce que la seule alternative, c'est de rester tout près de gens qui tirent partout, putain, au point d'avoir envie de leur préparer des rafraîchissements au cas où ils décideraient de faire une pause dans leur tuerie de masse.

On était à gauche derrière la porte. Le couloir était sombre, toute la maison plongée dans le noir maintenant, allez savoir pourquoi, même si un peu de lumière filtrait par la fenêtre cassée. Bleue – les gyrophares de la police. J'ai regardé les mâchoires de Joe se contracter et j'ai senti sa main se serrer autour de la mienne. Sa décision était prise. Il voulait courir. Ce qui était une bonne chose, car ça signifiait qu'il n'avait pas renoncé à la vie. Un peu plus tôt, j'avais l'impression que Sam et Doug allaient l'entraîner dans la mort avec eux.

Il m'a jeté un regard. J'ai fait un signe de tête.

On a franchi la porte ensemble.

Joe s'est retrouvé à mener une lutte acharnée avec un type tout en noir.

JOE

« LÂCHE-MOI, LÂCHE-MOI, PUTAIN ! »

De temps en temps, j'entends encore mon cri, tellement fort, tellement stupide. J'étais en train de hurler après une heure passée à chuchoter en me faufilant d'un endroit à un autre. Mais là, j'étais... en panique. Quand j'y repense, je n'en reviens pas de ce que j'ai fait, mais je ne vois pas comment j'aurais pu réagir autrement.

VIOLET

March ne s'est pas défendu. Il se débattait juste pour échapper à un assaillant si confus qu'il semblait le tirer d'une main et le pousser de l'autre. J'ai essayé de m'interposer. « March ! March ! »

PEACHES

« March ? » Joe et le type se confondaient en pleine obscurité. J'ai dû m'approcher pour les reconnaître. Il y avait deux autres personnes. La fille qui criait ressemblait à Violet Chikezie, l'élève la plus discrète du lycée. Elle grognait face à Joe. Et allez savoir comment, Ellie Kimber était là, elle aussi, l'air sous le choc.

Et March. La dernière fois que je l'avais vu, il tentait d'appliquer la théorie d'un vieux jeu vidéo à la survie. Là, il continuait dans la même veine, sauf que cette fois il avait mis la cassette de *Streetfighter*. « March ! »

J'étais certaine qu'il était mort pour me sauver la vie. Mort à ma place. Certaine qu'il avait décliné sa chance de survie pour m'en offrir une. Depuis les deux interminables secondes dont j'avais eu besoin pour me rappeler son nom, j'étais hantée par la culpabilité et la reconnaissance à son égard.

Je ne sais pas qui a été le plus surpris quand j'ai repoussé Violet pour sauter au cou de March.

ELLIE

«Joe ?»

Au milieu de tout ce bruit – les coups de feu qui résonnaient dans les couloirs depuis n'importe quelle direction, la panique, la bagarre –, j'étais incapable de faire autre chose que murmurer.

Il était vivant. C'était incroyable.

Mais juste après, j'ai vu le vide autour de lui. Puis j'ai vu le vide dans ses yeux.

Il était hors d'haleine. Il s'est contenté d'un signe de tête : sa réponse à trois questions en une.

PEACHES

J'ai senti March sursauter quand je l'ai pris dans mes bras. Il a bien fallu trente secondes à lui répéter combien j'étais heureuse qu'il soit en vie pour que ses bras trouvent la réaction appropriée et s'enroulent autour de moi.

«Une partie de la scène s'est effondrée», il a dit. Je l'ai senti se calmer, car il avait enfin compris qu'il n'était plus sous la menace de coups de poing. «C'est là qu'on a presque tous réussi à s'enfuir.

– Tu as gagné à *Tetris*, j'ai lancé.

– Et j'ai eu droit à plusieurs vies supplémentaires. *El Hamdouli'Allah.* » Sa respiration était bizarre, comme s'il essayait de rire. « En tout cas, il faut croire.

– Espérons qu'il t'en reste une », j'ai souri en allant voir Joe.

Lui aussi, il s'était calmé.

Ellie Kimber avait les mains dans les siennes.

VIOLET

C'est étrange, mais à cet instant, je me sentais presque en lieu sûr. La sécurité, cette nuit-là, c'était une notion qui évoluait en fonction de la situation. Un homme sur une planche au-dessus d'une rivière infestée de piranhas peut se sentir en sécurité parce qu'il n'est pas dans l'eau. Voilà à quoi on en était réduits : on était cernés par le danger mais, pour l'instant, en sécurité.

Les hurlements de Joe n'avaient pas attiré l'attention. Le but de ces hommes, qui avait clairement été de nous tuer, était maintenant de savoir s'ils allaient tuer les policiers dehors ou se faire tuer par eux.

La situation n'avait rien d'idéal. Exactement comme le type sur sa planche au-dessus de l'eau. Mais elle paraissait plus sûre que le reste.

Je me suis autorisée à imaginer survivre à tout ça. À me demander si ma famille était derrière les rangées de policiers, en lieu sûr, quoique hors d'atteinte pour l'instant. J'en avais l'impression, autant qu'à certains moments de cette nuit-là, j'avais eu l'impression qu'Ade et maman étaient tous les deux morts.

Cette illusion de sécurité me permettait à nouveau d'espérer pour les miens. Pourtant, on ne pouvait pas rester là où on était.

La fille qui avait attrapé March s'est écartée de lui. C'était Peaches Britten. On avait le même âge, March, elle, et moi. Elle était moins souvent dans nos cours, à March et moi, mais je savais qui c'était. Les gens faisaient parfois des commentaires cruels sur elle. Je l'avais entendue faire des commentaires cruels, elle aussi ; mais parfois, pour se défendre, il faut savoir attaquer.

« On sort ? » j'ai proposé en désignant le couloir d'où on venait. Il n'y avait plus que quelques meubles à déplacer avant de recouvrer la liberté, peut-être même d'oser sortir par la porte principale, même si ça paraissait dingue. Car la nuit continuait à retentir de coups de feu.

La source d'un écho n'est pas facile à localiser. « Ils tirent de ce côté, aussi ? »

ELLIE

Cette question nous a cloué le bec. Joe a lâché mes mains et fermé les yeux, comme s'il entendait mieux comme ça.

J'aurais dit que le son ne venait que d'un côté, mais personne ne sait mieux que moi à quel point l'esprit peut vous jouer des tours. On a tous une oreille sélective. Notre cerveau nous impose son interprétation du monde, et là, personne n'avait envie d'affirmer quelque chose pour ensuite tomber dans un piège.

March a secoué la tête. « C'est impossible à dire. Mais s'ils sont tous dehors, on devrait sans doute monter à l'étage… »

JOE

«Il y en a un sur le toit», j'ai dit rapidement. En essayant de ne pas sursauter quand March m'a regardé. «Au moins un. Il peut y en avoir d'autres. Quoi qu'on décide, c'est à l'aveugle.»

PEACHES

March a hoché la tête. «Ça change pas...»

Il a regardé Joe jusqu'à ce que ce dernier plonge la tête en se grattant bizarrement la nuque avec une main, ce qui, j'étais en train de l'apprendre, était chez lui un signe de nervosité. «Et à propos d'aveugle, mec. Dans le noir, je...»

«Dans le noir, et comme j'ai la peau foncée...», a complété March. C'était un peu direct, mais pas méchant. « Je comprends. Moi aussi, je regarde les infos. Je sais ce que les gens vont penser de moi.»

Joe n'a pas relevé la tête.

«L'impensable?» j'ai demandé à March en lui tirant sur la manche pour l'entraîner dans le couloir. Même sans savoir où, il fallait partir. «Penser l'impensable. Ça pourrait faire un joli titre. Tu m'as sauvé la vie, alors je suis prête à témoigner pour dire que tu n'as rien d'un terroriste, mais si on pouvait s'éloigner un peu de ces gens qui le sont, ça serait formidable.»

ELLIE

«On monte au premier.» Violet a pris cette décision pour nous. «On va au premier se cacher dans la salle la plus proche de l'escalier de l'aile gauche. Comme ça, on aura deux issues possibles.»

Elle formulait toujours ses idées sous forme de suggestion. Sauf là. Personne n'a protesté.

Joe s'est mis en route à côté d'elle, la tension du moment a été balayée par la confiance de Violet et l'humour de Peaches. « Ça me paraît bien. J'en ai un peu ma claque des pièges à rats. »

PEACHES

Ellie m'a jeté un coup d'œil quand on a emboîté le pas à Violet dans l'escalier. Elle s'est penchée vers moi. « C'est toi qui as lancé cette campagne pour qu'on chante des morceaux de *Hamilton* dans les concerts pour les seniors, non ? »

Qu'elle connaisse mon visage, voire mon nom, ça ne me surprenait pas plus que ça. En revanche, j'étais surprise qu'elle sache ça. J'ai acquiescé, et elle a souri.

« C'est bien ce que je pensais. J'y suis allée tous les soirs. »

Puis elle a rattrapé Violet, me laissant ahurie dans son sillage.

Joe m'attendait en haut des marches. Il a remis sa main dans la mienne.

JOE

Je me sentais plus tranquille avec elle. C'était mieux d'être en groupe, aussi. Statistiquement, si on croisait un terroriste, ça ne changerait pas grand-chose à nos chances de survie, mais ça en donnait l'impression. Cinq contre un, ça commence à compter.

On pouvait se donner encore plus de chances. « Et si, au lieu de se contenter d'attendre, on trouvait quelque chose qui puisse nous servir d'arme ?

– Comme quoi ? » Peaches m'a décroché un regard intrigué. « Il n'y a que du mobilier antique, ici. On pourrait brandir la tapisserie d'une licorne qui danse avec un ours. À défaut d'autre chose, ça ferait un bon élément de surprise. »

ELLIE

« Ce n'est pas une mauvaise idée », a dit March à hauteur de mon épaule. Il était au centre de notre petite formation, deux, un et deux, comme le cinq sur un dé.

J'ai incliné la tête pour qu'il s'explique.

« De les surprendre. De nous préparer. Pas très différent de la danse de la licorne », il a dit.

Quelques minutes plus tôt, j'étais plaquée au sol pendant que des balles me passaient à quelques centimètres au-dessus de la tête. Je ne pouvais imaginer qu'il y ait grand-chose à faire contre ça. Mais au moins, ça signifiait agir, ce qui était mieux que ne rien faire.

« On verra dans la salle quand on y sera, j'ai dit.

– C'est là », a annoncé Violet.

VINGT-SEPT

PEACHES

On était cinq, mais aucun de nous n'avait encore son téléphone, même si c'est apparemment Ellie qui avait réussi à garder le sien le plus longtemps. Qui d'autre qu'elle pour rester sereine en plein attentat terroriste plutôt que tomber dans une rivière et devoir ensuite ramper en version commando presque nue dans la boue?

Elle avait beau être, comme nous, couverte d'égratignures et de sang, elle demeurait parfaite. Et vous savez quoi? Je m'en foutais. En réalité, elle avait aussi peur que nous. Elle a trouvé un iPhone par terre quand on a inspecté la salle.

Qui, malheureusement, ne servirait pas à grand-chose sans réseau.

«Je sais que ça s'appelle "Hearne House, demeure historique", mais ils tiennent tant que ça à rester à l'âge de pierre technologique?»

VIOLET

«Je suis sûre qu'il n'y a Internet que par câble, ici.»

Et pas dans l'endroit où on était, à savoir un salon de

réception. Le papier peint y était rouge sombre et doux au toucher, on aurait dit du velours. C'était comme être à l'intérieur d'un cœur.

Peaches tentait de trouver un signal 4G pour découvrir ce que le monde extérieur savait de nous. Perchée sur l'accoudoir d'un fauteuil dans un coin, le téléphone au bout du bras, elle a cru y arriver. Ellie et moi, on se tenait de chaque côté pour amortir sa chute au cas où.

Elle a râlé en redescendant. « Ça sert à rien. Ça met un siècle à charger. Je vois aussi bien la fusillade par la fenêtre. »

De là, on avait vue sur un angle de la maison et le cercle de policiers qui s'élargissait peu à peu. On avait l'impression qu'il suffisait de descendre en rappel et de courir vers eux, mais à la périphérie, on percevait parfois des petites lueurs qui correspondaient à de nouveaux coups de feu.

Ellie refusait de s'approcher de la fenêtre. Elle ne voulait pas voir ce qui se passait dehors. Je me suis demandé si elle aussi, elle pensait à combien ça serait facile de sortir. Moi, je ne pensais qu'à ça.

Je me suis assise près de Peaches sur le bras du fauteuil.

Ellie s'est penchée derrière moi. « Je doute qu'Internet puisse nous en dire plus que ce qu'on voit.

– On sait jamais, a protesté Peaches. Il doit bien y avoir un live, à l'heure qu'il est. Peut-être qu'ils savent qui fait ça, et pourquoi. Ou alors, ce que la police compte mettre en œuvre pour nous sauver.

– Les journalistes peuvent pas en savoir plus que la police, non ? a lancé Ellie. De toute façon, ils ne donneront aucun détail. Pas avant d'avoir informé les familles. »

On a gardé le silence quelques instants.

J'ai observé le téléphone entre les doigts de Peaches, dont la batterie était presque vide. « Tu pourrais appeler ta famille. Elle est ici ? »

PEACHES

J'ai fait signe que non. « Je n'ai que ma mère, et elle est restée chez nous pour ne pas rater l'épisode de son feuilleton. Il vaut mieux pas l'interrompre. »

Maman ne regardait jamais les informations. Les seuls moments où la télé était éteinte à la maison, c'est quand il se passait quelque chose d'affreux et que toutes les chaînes diffusaient la même chose. Elle préférait la fiction au réel. Moi aussi, j'aime bien la fiction, même si j'ai une prédilection pour les pièces de théâtre et les comédies musicales, mais contrairement à elle, je ne fais pas passer ma vie après. J'avais compris que, pour elle, c'était une échappatoire. Je ne savais juste pas comment la ramener à la réalité.

Tout à coup, ça m'a paru clair. Quand on a connu les pires horreurs en ce monde, on ne veut plus rien savoir, même si ça implique de rater aussi de bons moments. Maman avait vécu des choses très laides avant que papa parte enfin.

Bref, je ne concevais pas de l'affoler. Ou alors de risquer qu'elle ne mesure pas la gravité de la situation et qu'elle n'ait pas assez peur.

« On pourrait poster des témoignages poignants sur Facebook. Ça leur servira, pour les gros titres de demain. »

ELLIE

C'était sa façon de tenir le coup. Peaches calmait sa peur avec l'humour comme moi je contraignais mon corps par la puissance de ma volonté. C'est sans doute inhérent à la condition humaine de se cacher la vérité.

On en était tous réduits à se mentir pour tenir le coup.

Elle avait dit ça comme une blague, mais ça m'a donné une idée. Jusque-là, je ne m'étais pas permis de réfléchir à ça. « C'est ce qui va se passer, non ? Ils vont publier nos photos. Sans doute celles où on est tagués sur Facebook en soirée.

– J'ai pas Facebook, a dit Violet avec un sourire féroce. S'ils demandent une photo, ma mère leur donnera celle qu'elle montre à tout le monde. Un jour, elle a réservé un studio au centre commercial et ce matin-là, elle a passé quatre heures à me faire des tresses. Pour que je sois parfaite, selon ses critères. J'avais neuf ans. »

On a ri. Dans cet instant, rire paraissait de nouveau possible.

« J'aurais peut-être dû filmer, j'ai dit, en regrettant presque aussitôt la sensation glaciale qui a chassé le sentiment de chaleur entre nous. Comment on réussira à expliquer toute cette horreur sans vidéo ? » Mais comment une vidéo pouvait suffire à décrire ça ?

« Certains l'ont sans doute fait, a dit Peaches. Il y a toujours quelqu'un pour filmer. Ça devait pas forcément être toi.

– Je t'ai dit que mon père avait appelé ? » j'ai lancé à Violet.

VIOLET

Le père d'Ellie l'avait jointe pendant qu'elle se cachait toute seule. C'était le premier moment où elle pouvait me raconter ce qui lui était arrivé. Elle avait répondu par SMS à ses parents qu'elle était en vie et qu'ils ne devaient pas téléphoner.

Elle savait que son père était sain et sauf, et elle ne voulait pas lui parler à nouveau avant de pouvoir affirmer la même chose pour elle. L'amour fait de nous des êtres protecteurs.

Je n'avais pas de nouvelles de ma mère. J'ai appelé et je lui ai laissé un autre message avec le téléphone qu'on avait trouvé.

Sur la colline, la police avait ordonné aux gens d'éteindre tous leurs appareils. Demandé aux parents de ne pas appeler leurs enfants parce qu'une sonnerie ou une lumière peut trahir une cachette. Si j'avais su ça sur le moment, ça m'aurait peut-être rassurée.

Mais tout ce que je savais, c'est que le monde était sens dessus dessous, et que dans cette nuit à la fois si courte et si longue, je n'avais pas parlé à ma mère depuis le début de la fin du monde.

JOE

« Joe ? » a demandé Peaches. March était à genoux près de moi pour tenir une vieille table dont j'essayais d'arracher un pied. « Tu veux appeler quelqu'un ? »

J'ai fait signe que non. Je me souvenais encore des hurlements de la sœur de Sam. J'avais deux sœurs à l'autre bout du pays qui vivaient avec maman. Moi, j'étais resté avec papa. Qui était sans doute toujours au pub à cette heure.

Comme toujours, je voulais qu'il puisse être fier de moi.

« March ? » a lancé Peaches.

Il a fait signe que non, lui aussi. Mais j'ai regardé ses mains se crisper sur le plateau de la table. Je continuais à tirer sur un pied. Je lui ai demandé : « Tu viens me donner un coup de main ? »

On a mis chacun un pied sous le plateau de la table et on a tiré de toutes nos forces.

« Tu as peur d'inquiéter quelqu'un ? » j'ai demandé au bout d'une minute, assez bas pour que ça reste entre nous. Il m'a regardé, les mâchoires serrées, en tentant toujours d'extraire ce pied de table en chêne de là où il tenait depuis des siècles.

« Tous ceux que je connais vont bien, il a répondu.

– Tes parents n'étaient pas là ce soir ? »

Un instant, il a cessé de tirer sur le pied de la table, qui a failli nous tomber dessus. Je l'ai rattrapée juste à temps.

« Ils travaillent à l'hôpital en ville », il a dit. J'ai râlé en voyant les échardes dans mes mains. Je sentais qu'il m'observait de profil. Peut-être que je faisais des efforts pour me rattraper de l'avoir agressé un peu plus tôt. Je me suis posé la question, mais je ne crois pas. Il cachait quelque chose. « Alors ils doivent être tous les deux être très occupés, ce soir. »

C'était une litote. Il n'y a pas d'hôpital à Amberside, donc les blessés allaient être conduits directement en ville.

« J'ai une sœur qui veut devenir infirmière, j'ai dit. Elle s'imagine qu'elle peut tout guérir. Elle va me tuer pour ne pas l'avoir tenue au courant, ce soir. »

Je voulais croire que mes sœurs seraient furieuses parce que je ne les avais pas informées du drame en temps réel. Qu'elles rateraient le petit moment de gloire que procure le fait de connaître quelqu'un qui « y était ». Ce « mon frère y était » qui les rendrait célèbres à la fac.

Elles y ont quand même eu droit ensuite. Sauf qu'en fait, elles ont mis la fac en pause pour venir vivre avec papa et moi, et qu'elles n'ont repris leurs études que quand tout ça n'a plus été que de l'histoire ancienne. En fait, c'était moi qui comptais le plus pour elle.

J'étais tellement bête que je n'y aurais jamais pensé. Mais je savais que rien n'était fini, et que je ne pourrais pas les rassurer tant qu'on était encore là. Pourquoi leur dire que j'étais vivant alors que ça pouvait changer d'une minute à l'autre ? Les faux espoirs, c'est parfois pire que la peur.

« Moi aussi, j'ai une sœur, et elle est insupportable. » Le sourire de March était franc quand il a parlé d'elle. « Quand on est arrivés dans ce pays, tout le monde se moquait de mon accent, alors je n'ai pas ouvert la bouche jusqu'à m'en être débarrassé. Imani, elle s'est contentée de parler plus fort. Tu sais, la façon dont les Anglais essaient de se faire comprendre dans un restaurant étranger ? Eh bien, elle faisait comme eux, elle parlait lentement et elle articulait exagérément comme si son interlocuteur était trop stupide pour comprendre. Le jour où j'ai été harcelé sur le chemin de la maison, je ne sais pas ce qu'elle a dit à ces garçons, mais ils ne m'ont plus jamais embêté. Une sœur, ça vous protégerait de n'importe quoi. »

Il a passé une main sur son torse et la poche déchirée de sa chemise, et il a recommencé à tirer le pied de table.

Je ne lui ai pas demandé où était Imani. Je n'en ai pas eu l'occasion.

Le pied de la table a grincé, craqué, et pour finir, il a cédé.

ELLIE

March nous a montré un gros bout de bois plein d'échardes.

« Au moins, ça m'intimide, a dit Peaches. Même si c'est un peu le pot de terre contre le pot de fer, ton histoire. »

Ça faisait quelques minutes que le calme était revenu. Aucun de nous n'aimait ça, car ça équivalait au retour de l'incertitude. Peaches a quitté le fauteuil pour aller se coller le nez à la fenêtre. Je me suis surprise à trembler. Violet s'en est rendu compte, je crois. Elle a posé une main sur mon bras.

« Il n'y a pas de clou rouillé ? » j'ai demandé en regardant le pied de table.

Joe a rejoint March. « Les Tudor n'utilisaient pas de clous, si ? »

On s'est tous tournés vers Violet.

Elle a haussé les épaules en rétorquant : « Je ne sais pas *tout*. »

VIOLET

Dehors, le calme régnait. Dans chaque moment d'accalmie, mes pensées allaient à ma mère, et je m'en voulais de ce temps que je ne passais pas à la chercher. La rangée de policiers avait l'air très proche, maintenant. Si on arrivait à les rejoindre, on serait sauvés.

J'ai lancé : « Chaque fois que je crois que c'est presque fini, c'est le début d'une nouvelle phase. »

Joe a acquiescé. Il allait parler quand Peaches a crié depuis la fenêtre.

« Il se passe quelque chose. Quelqu'un qui a réussi à leur échapper. Non, ils sont deux ! Ils sont en train de courir vers la police. Mais… la police recule. »

Elle a froncé les sourcils. « Non. Ce n'est pas des gens qui s'échappent. C'est l'un des types. Il a une fille avec lui, il l'oblige à courir vers la police. Les policiers vont les tuer tous les deux, ils vont… »

L'explosion a illuminé la salle une seconde avant que la fenêtre vole en éclats, projetant des bris de verre partout.

VINGT-HUIT

TÉMOIGNAGE DE LIA GREENGLASS, NÉGOCIATRICE DE SITUATION DE CRISE

Quand mon téléphone professionnel sonne à sept heures du soir, je sais pourquoi. Dans ce boulot, on n'est jamais tranquille, et l'implication est intense. Parfois, c'est un jeune type sur un pont, certains jours, une dispute conjugale qui tourne mal. Au cours de bien des nuits, j'ai donné tout ce que j'avais.

Mais des trucs comme ça, je n'en avais jamais connu.

Quand on appartient à une unité régionale située si loin du commandement central, on ne s'imagine pas avoir à gérer un jour un attentat de cette ampleur. On avait bien eu quelques garçons à qui les idées découvertes sur Internet étaient montées à la tête, mais rien de plus.

Alors quand on m'a donné les quelques infos – un concert, des hommes armés, un rassemblement de jeunes –, j'ai juste eu envie de me trouver une bonne raison de ne pas y aller.

Je suis mère. De deux petits enfants. L'idée d'un massacre de jeunes, ça m'a vraiment touchée.

Puis je me suis secouée, je me suis rhabillée, et j'y suis allée. Bien sûr. Parce que je suis mère.

Un peu plus tôt dans la soirée, à peu près à l'heure à laquelle ils avaient pénétré dans la maison, l'un des terroristes avait fourni un numéro de téléphone. Il avait annoncé qu'il rappellerait quand il serait prêt. Il avait dit, aussi, de «*nous* tenir prêts», puis il avait raccroché. Et éteint son téléphone. On n'arrêtait pas de composer ce numéro tandis que les policiers commençaient à explorer les lieux et à évacuer tous ceux qui pouvaient encore marcher, puis on s'est positionnés.

Pour faire ce métier, il faut être calme. On me dit souvent que mon calme, c'est un superpouvoir. Je le garde en toutes circonstances. Le truc, c'est que si on hausse le ton, si on laisse transparaître la moindre note de panique, si on donne l'impression de ne pas maîtriser la situation, c'est foutu. Ce soir-là, je sentais mon cœur battre dans ma poitrine comme jamais. Chaque fois que je voulais ouvrir la bouche, j'avais la gorge tellement serrée que je n'étais pas sûre que les mots sortent. Et ça, c'était avant d'établir enfin la communication.

Il parlait déjà quand on me l'a passé.

«... prêts à discuter.»

J'ai pris une grande bouffée d'air. J'avais en tête les stratégies habituelles: le remercier d'accepter la communication. Établir un contact. Faciliter l'échange. Entendre ses revendications. Filtrer l'irrationnel. Comprendre l'incompréhensible. Lui offrir une autre option que le pire des scénarios.

Mais avant que je puisse ouvrir la bouche, il avait raccroché.

Ça n'avait rien d'inhabituel. Ça peut prendre du temps de

bâtir la confiance nécessaire pour que la personne accepte de discuter. Quand les preneurs d'otages sont assez rationnels pour savoir qu'ils risquent de perdre la vie ou leur liberté, il faut du temps pour aboutir à un résultat. Ce n'est pas un sprint, plutôt un marathon.

Où il faut juste faire en sorte de ne pas se laisser distancer.

Là, les types avaient déjà bien des longueurs d'avance sur nous. Mais on ne s'attendait pas à ce qu'ils quittent le bâtiment sans prévenir, et avec des otages, en plus. J'ai réfléchi à ce qu'on aurait dû faire, mais s'il y a des manuels qui décrivent différents scénarios, celui-ci n'y figurait pas.

Hearne House a ouvert un tout nouveau chapitre du manuel.

On a placé un porte-voix entre mes mains. J'ai prononcé des mots à peine audibles par-dessus les mises en garde de la police. En vain. Quand les types se sont mis à nous tirer dessus, tous ceux qui n'avaient pas de protection ont dû se mettre à couvert. Derrière les roues d'un fourgon, j'ai regardé les types avancer avec des boucliers humains en nous mettant au défi de les abattre. Pour faire de *nous* les assassins.

Dans une telle escalade, il n'y avait d'espace ni pour moi, ni pour la négociation. On sait tous quelle a été l'issue. Je n'oublierai jamais ce que j'ai vu. Jamais.

Pendant longtemps, je n'ai pas remis ma carrière en question. C'est un métier épuisant où il faut encaisser les émotions et les désirs de gens qu'on n'est pas supposés comprendre. Mais on a un joli taux de réussite, et dans ces cas-là, on sauve des vies.

Pas cette nuit-là. Je n'ai même pas eu la chance d'essayer.

Ces types n'ont laissé leur chance à personne.

VINGT-NEUF

PEACHES

La première chose que j'ai entendue, c'était mon nom. Hurlé par Joe.

VIOLET

Ellie le retenait comme elle pouvait par les bras. «Ne cherche pas à l'enlever. Ne fais rien, sinon ça va aggraver les choses.»

PEACHES

J'ai entendu la voix d'Ellie comme un étrange cri métallique, à croire que quelqu'un fouettait l'air avec un câble au-dessus de ma tête. Je voyais trente-six chandelles.

ELLIE

«Joe, c'est moins grave que ça en a l'air. Mais ne la touche pas.» J'espérais avoir raison. Vraiment.

Il s'est arraché à mon étreinte.

JOE

Il n'était pas question que je ne la touche pas. March était déjà accroupi près d'elle quand je me suis agenouillé sur des éclats de verre. De toute façon, j'avais déjà les genoux bousillés. J'ai ressenti un petit mais douloureux souvenir du moment où on était entrés par la fenêtre, mais je m'en foutais de la douleur.

VIOLET

« Fais attention », a murmuré March. Il a mis les mains au-dessus du morceau de verre qui dépassait de la cage thoracique de Peaches comme une dague argentée, juste au cas où Joe voudrait le saisir.

PEACHES

J'ai essayé d'ouvrir les yeux. Cette fois, ça a été plus facile. La sensation de vertige s'est estompée, on aurait dit qu'une vague avait failli me submerger. Les silhouettes au-dessus de moi se sont matérialisées en March, Ellie, Violet et Joe.

« J'ai atrocement mal à la tête. »

JOE

J'ai éclaté de rire. C'était juste la tension qui cherchait à redescendre. Le soulagement, non, c'était trop tôt pour ça, mais en entendant sa voix, j'ai lâché tout l'air que je retenais dans mes poumons, même si je ne savais plus comment en aspirer à nouveau. « Ah ouais ? Sans déc'. Faut dire que tu t'es pris un sacré truc. »

J'ai saisi sa tête entre mes mains et j'ai passé mes doigts dans ses cheveux, tellement reconnaissant qu'elle ne soit pas blessée à cet endroit. Même si elle avait des éraflures partout sur le visage, les bras, sa peau nue.

L'endroit où le morceau de verre s'était incrusté ne saignait même pas. Elle a voulu bouger. « Non, reste où tu es. »

PEACHES

J'ai respiré de façon superficielle et j'ai refermé les yeux pour lutter contre les larmes.

« Joe, je crois qu'il y a quelqu'un qui vient de se faire sauter dehors. Je dois savoir ce qui se passe. »

L'explosion était encore présente à mon esprit, alors que je venais de perdre connaissance. Je me souvenais parfaitement de la scène, y compris de ce court moment où je m'attendais à voir une personne s'écrouler pour la voir en fait projetée en l'air.

L'explosion n'avait pas atteint la maison, elle m'avait juste soufflée en arrière en faisant voler en éclats les quelques fenêtres encore intactes. Je n'oublierai jamais la force de cette bourrasque.

VIOLET

« J'y vais. Je vais te dire ce que je vois. »

Ellie a prononcé tout doucement mon nom, comme un avertissement : « Violet.

– Promis, je ne m'approche pas trop. Mais il faut qu'on sache. »

ELLIE

J'ai serré les poings et j'ai hoché la tête.

Violet s'est placée à côté de la fenêtre, exactement à

l'angle où se trouvait Peaches un instant plus tôt. Je retenais ma respiration.

« Il y a un corps à terre. La police est près de lui. Je crois que l'un des leurs est blessé. »

On a appris plus tard qu'un policier a trouvé la mort dans les opérations de secours. Et cinq ont été blessés.

« Tu vois le type qui a déclenché l'explosion ?

– Non. Il y a bien une fille, mais ce n'est pas une terroriste. Elle est tout en blanc. »

Angelique. La fille utilisée comme bouclier. Soufflée par l'explosion. Brûlée à soixante-dix pour cent. Une miraculée.

« Mais il a lancé une bombe. Ou une grenade, un truc comme ça. » Je m'étais mordu la lèvre tellement fort que j'ai senti un goût de cuivre m'envahir la bouche. « Ils ont des bombes, maintenant ?

– Non, a dit Violet en se tournant vers moi. La bombe, c'était lui. »

VIOLET

Si on avait couru vers les policiers, ça aurait été avec l'espoir de trouver la sécurité. De rejoindre les parents et les habitants qui avaient enfreint les consignes leur demandant de rester à l'abri. Je n'oublierai jamais qu'il y a en ce monde des gens qui ont marché droit en enfer pour nous libérer.

J'ai plissé les yeux en continuant à observer la scène, mais je ne trouvais pas la moindre trace du type qui portait une ceinture d'explosifs.

Bien sûr, maintenant, je sais pourquoi. Il ne restait presque rien de lui.

ELLIE

Après, tout est allé très vite. Il y a de nouveau eu une lumière aveuglante immédiatement suivie d'une explosion, bien plus forte que la première, et quand on a repris nos esprits, Violet nous a crié que la police courait vers la maison.

« C'était le deuxième tueur ? Il est mort ? » J'avais parlé plus fort que je ne le voulais, car mon oreille intacte et mon oreille sourde sifflaient aussi fort l'une que l'autre.

« Je ne sais pas... Mais ils ont leurs armes pointées.

– Grenade incapacitante, a dit Joe à genoux, tous les muscles tendus. La police utilise ça à des fins de désorientation. Ils vont entrer. »

JOE

Peaches a profité de mon instant de distraction pour se redresser et découvrir le morceau de verre planté dans son corps. Elle m'a fait horriblement mal en me comprimant le poignet.

« Ne bouge pas », lui a répété March avant que j'aie le temps de le lui dire.

L'éclat avait presque la taille de sa paume. Je ne savais pas à quel point il était enfoncé profondément en elle. Je me disais que si elle tenait le coup comme ça, il fallait juste éviter que la situation s'aggrave. Que si elle bougeait, ça pouvait endommager un organe encore intact. Sectionner un truc important. Je ne suis pas très calé en biologie, mais j'ai une idée d'où se trouvent les organes vitaux.

PEACHES

« J'ai l'impression d'avoir reçu un coup de poing. » C'était une douleur plus sourde qu'aiguë. L'éclat de verre planté en moi ne collait pas à mon ressenti.

Je ne me sentais pas mortellement blessée. J'étais plus intéressée par ce qui se passait à l'extérieur de la maison que par mon corps. Les quelques mots bredouillés par Violet ne me suffisaient pas. Est-ce qu'on était enfin sauvés ? Est-ce que la police allait nous retrouver ? Est-ce qu'on devait attendre ou courir ? Est-ce que c'était fini, ou est-ce qu'ils étaient en train de pourchasser une bombe humaine dans l'escalier vers nous ?

« Joe, aide-moi. Je dois me lever. »

VIOLET

« Non, a murmuré Joe par réflexe avant qu'un crépitement de coups de feu ne mette fin à l'accalmie.

– Ça vient d'où ? » En un instant, Ellie était à côté de moi, la tête tournée non plus vers la fenêtre mais vers la porte.

March s'est relevé, puis il a incliné la tête en arrière. « De l'étage du dessus. »

La salve a pris fin, mais elle a été suivie d'un nouveau tir de barrage. « Et là, d'en dessous. »

ELLIE

Au rez-de-chaussée, les coups de feu d'abord tirés dans une seule direction étaient maintenant rendus coup pour coup. J'ai essayé de ne pas penser à ce que ça signifiait pour les autres otages, ceux qui, contrairement à moi, n'avaient pas réussi à se réfugier dans la maison.

PEACHES

J'ai lutté contre la main de Joe sur mon épaule et j'ai

réussi à me redresser sur un coude. Il n'y avait plus de bruit au-dessus de nos têtes, mais ça signifiait juste qu'on ignorait ce qui allait se passer ensuite. «Je ne peux pas… je ne peux pas rester couchée comme ça.»

JOE

«OK.» J'ai essayé de respirer calmement. De parler calmement. Le morceau de verre était presque invisible dans le noir, mais je ne quittais pas des yeux l'endroit où il était planté. J'ai passé un bras autour de ses épaules. Je ne voulais pas qu'elle s'agite trop. «D'accord. Je vais t'aider.»

PEACHES

Je me suis redressée un peu plus et, tout à coup, la douleur est devenue aiguë.

ELLIE

«Le pied de table?» J'ai cherché des yeux notre arme de fortune, la seule qu'on avait.

March l'a récupéré à côté du fauteuil et l'a agité comme une batte de base-ball. «Juste au cas où.»

VIOLET

Juste au cas où aussi, j'ai pris un presse-papiers sur le secrétaire contre le mur. Je voulais la lampe dorée, mais elle était trop lourde pour n'importe lequel d'entre nous.

ELLIE

La fusillade continuait. Uniquement au rez-de-chaussée, pour l'instant.

JOE

Peaches respirait de façon hachée, sa douleur s'exprimait par des gémissements chaque fois qu'elle soufflait. J'ai voulu la rallonger, je tentais de peser pour la millième fois le pour et le contre, hésitant à la déplacer, mais elle a secoué la tête. «Je t'en supplie.»

PEACHES

Me mettre à genoux, ça a été comme escalader l'Everest. Mais j'ai réussi.

VIOLET

Joe soutenait Peaches dans le dos. J'ai tendu les mains pour qu'elle les attrape.

ELLIE

Le sol a tremblé sous nos pieds.

VIOLET

Encore une explosion. Plus forte, parce que cette fois, c'était dans la maison. Juste sous nos pieds. Du plâtre s'est détaché du plafond pour tomber en flocons tout autour de nous. On aurait dit l'intérieur d'une boule à neige.

«Grenade incapacitante?» a demandé March à Joe.

JOE

«Ou alors, il ne reste plus qu'un de ces types», j'ai dit.

Peaches était debout, elle avançait à petits pas. J'ai pris son bras à la place de Violet.

PEACHES

Le silence a eu l'air de durer mille ans. Même s'il équivalait sans doute à trente secondes à peine dans un monde sans terreur.

VIOLET

On a entendu des pas au-dessus de nos têtes. Ça ne ressemblait pas à des bottes, mais comment en être sûr ?

Ils descendaient à toute vitesse l'escalier de l'aile gauche.

J'étais à la porte, le presse-papiers dans une main, les doigts d'Ellie dans l'autre.

ELLIE

« Ne fais pas ça, j'ai réussi à murmurer.

– Ces gens ont peut-être besoin d'aide. » Un instant plus tard, March n'était plus derrière moi mais devant.

« Il faut qu'on sache. » Violet s'est avancée à son tour dans le couloir sombre.

JOE

On s'est approchés de la porte. Je ne savais pas si Peaches pouvait courir, mais si on n'avait pas le choix, il faudrait bien.

PEACHES

Quoi qu'il en coûte.

VIOLET

Ce n'était pas l'un des terroristes. Je le savais. Je le savais au poids de ses pieds et à ce sentiment dans ma poitrine.

Ce n'était pas l'un d'eux. Le couloir était noir, je regrettais qu'on ait coupé l'électricité. Les pas avaient presque atteint l'endroit où l'escalier rejoignait notre étage.

PEACHES

« Tu es prête ? » a murmuré Joe quelque part près de mon oreille.

Question stupide.

VIOLET

C'était juste à côté de nous.

ELLIE

Il faisait si noir.

VIOLET

C'était impossible de distinguer la silhouette légère qui avait réussi à descendre l'escalier.

Mademoiselle Ewell a crié : « Courez ! », et l'air a crépité de balles tout autour d'elle.

TRENTE

VIOLET

« Cours », a dit Ellie près de moi, et mon corps a lutté pour traduire ça en mouvement.

Notre prof était étendue sur les marches, morte. Comment savoir ce qu'il y avait derrière elle ? Et devant nous ?

Cours.

« Par où ? » je me suis entendue sangloter. « Par où ? »

ELLIE

Courir. Toute ma vie, j'avais couru comme si ma vie en dépendait. Là, c'était peut-être vraiment le cas.

« Viens », j'ai murmuré à Violet en crochetant mon bras avec le sien.

PEACHES

Ellie et Violet ont démarré pieds nus dans le couloir. Un réflexe m'a poussée à les suivre, mais pendant une demi-seconde, j'ai été bloquée par l'emprise de Joe sur mon bras.

JOE

March était immobile, il tenait cette saloperie de pied de table comme s'il incarnait à lui seul notre ligne de défense.

PEACHES

« Viens, tu restes avec nous », lui a dit Joe, et on s'est mis à courir tous les trois bras dessus bras dessous comme une guirlande.

J'essayais de ne pas les ralentir. La douleur, ça allait, de toute façon, j'en étais à un stade où tout me faisait mal. J'avais une blessure sur chaque partie de mon corps. Le bout de verre dans ma poitrine était juste un tiraillement de plus, mais le problème, c'est que j'avais du mal à respirer.

Les deux autres nous distançaient déjà, même si on essayait de ne pas les perdre.

VIOLET

On a couru vers l'escalier central et ses trois possibilités : monter, descendre, filer tout droit.

ELLIE

Il y avait du bruit partout. Des pas. Du vacarme dans l'escalier. Des portes qui claquaient. De la confusion. Je n'arrivais pas à me concentrer, alors j'ai fait ce que je fais quand je cours – je me suis retirée dans mon corps et j'ai trouvé le rythme. *C'est la mère Michel…*

JOE

« Je crois qu'il y a quelqu'un qui monte », a dit March assez doucement.

PEACHES

Je les ai entendus, moi aussi : des pas lourds. Mais il y avait du bruit dans le couloir au-dessus. Pas derrière nous, même si je m'attendais tellement à ça que j'avais les épaules dans les oreilles, prête à encaisser la balle. Pourtant, je refusais de renoncer.

JOE

« Je crois qu'il y a quelqu'un qui monte », a répété March plus fort alors qu'Ellie atteignait l'escalier central et se tournait en direction du rez-de-chaussée. Violet a entendu, et elle a continué tout droit.

VIOLET

J'avais la main dans la sienne. Elle m'a regardée.

ELLIE

Quand j'ai à nouveau baissé les yeux, il était là. Le type aux yeux bleus. Même dans le noir, ses yeux étaient tellement bleus.

PEACHES

C'était trop tard pour s'arrêter. On a atteint le palier. March. C'est March qui a décidé de monter. En tirant Joe derrière lui. Puis Joe m'a tirée. J'ai tendu la main à Ellie et Violet.

VIOLET

« ELLIE ! »

JOE

L'instant d'après, il n'y avait plus d'escalier à nos pieds. Plus d'Ellie. Plus rien à part l'obscurité, l'écho de l'explosion et le long cri de Violet.

PEACHES

Le monde a vacillé, la moitié a disparu. Il n'y avait plus de marches. Joe m'a tirée vers un endroit solide. Je suis tombée à genoux en crachant de la poussière et des cendres, mais on n'avait pas le temps. J'étais en train de m'étouffer avec les débris d'une bombe humaine, et on n'avait pas le temps.

JOE

On l'a à la fois portée et tirée vers ce qui restait de l'escalier en direction de l'étage, March et moi, où elle a pu se remettre en route. Ne me demandez pas comment.

PEACHES

Qu'est-ce que je pouvais faire d'autre ? Il me restait mes pieds. J'avais la sensation d'avoir le visage à vif et les poumons qui se ratatinaient sans savoir si l'impression d'avoir pris un coup de couteau en plein cœur était due à l'éclat de verre ou au chagrin. J'avais envie de hurler jusqu'à m'écorcher la gorge, mais on n'avait pas de temps pour ça non plus, et il me restait mes pieds. Alors je m'en suis servie.

VIOLET

Je volais et je tombais, incapable de dissocier l'un de l'autre. L'escalier a cédé sous mes pieds et j'ai atterri dans les gravats et les morceaux de bois. L'impact m'a secouée jusqu'aux os. Je me suis entendue trembler à l'intérieur.

PEACHES

Il n'y avait aucune raison pour courir dans cette direction. Nos décisions ne résultaient pas d'un processus réfléchi, juste du hasard. La seule chose qui comptait, c'était de courir. Tant qu'on pouvait encore le faire.

JOE

Je crois qu'on savait, après avoir perdu Ellie. On l'attendait, tous les trois. Notre tour.

PEACHES

Il nous attendait au fond du couloir.

JOE

Il avait un bras tendu. Avec un pistolet au bout. Pas ces fusils de chasse avec lesquels je les avais vus dehors, mais une arme de poing.

PEACHES

On a toujours l'impression que ce genre de scène, ça se passe au ralenti.

JOE

Dans les films, ça se passe toujours au ralenti.

PEACHES

Mais dans les films, les morts ont juste l'air endormis, et

les gens qui se prennent une balle titubent vers le sol avant de mourir.

JOE

Ça s'est passé plus vite que je l'aurais cru. Je ne l'ai même pas vu appuyer sur la détente. Le bruit, je ne l'ai entendu qu'après.

PEACHES

On a des souvenirs au ralenti quand on se fait tirer dessus parce qu'au moment où ça se produit, ça va si vite que votre esprit doit rejouer la scène plusieurs fois pour comprendre.

J'ai bougé. Il m'a tiré dessus.

Ou alors : il m'a tiré dessus. J'ai bougé.

JOE

Cette balle était destinée à March. Je ne sais pas comment Peaches a pu bouger si vite.

PEACHES

Trois chances. J'avais vu March bouger avant moi. Il a levé le bras, car c'était le seul de nous qui avait quelque chose qui ressemblait vaguement à une arme, même inutile, et là, j'ai su que la première balle serait pour lui. Mais je refusais que ça arrive. J'avais eu trois chances. La quatrième fois, ça serait la bonne.

JOE

Il a tiré un deuxième coup. Mais ça n'a rien donné. Son pistolet était enrayé, ou vide. Je ne savais pas, je m'en moquais, j'ai à peine remarqué qu'il tournait les talons pour partir en courant.

Elle était toujours debout, immobile.

PEACHES

Et là, je me suis dit : *Ouah, ce truc des gens qui ne tombent pas juste après avoir reçu une balle, eh bien, c'est vrai.*

J'ai eu le temps de penser : *J'ai reçu une balle. On m'a tiré dessus.*

Joe et March étaient là pour me rattraper quand je suis tombée.

JOE

March a fondu en larmes. D'un coup, comme si quelqu'un avait appuyé sur un interrupteur. Il pleurait au-dessus d'elle. Il me regardait et il disait : « Qu'est-ce qu'on fait ? » et moi, je disais : « Non, non, je t'en supplie, je t'en supplie. »

PEACHES

J'entendais des mots qui me suppliaient. Je me suis repliée en moi, dans mon monde. Je pensais encore, ce qui me paraissait être un bon signe. Je me suis dit que j'avais seize ans. Je me suis dit que seize ans, ça n'était pas vieux. Je ne me sentais pas en âge de mourir. Je n'avais pas eu le temps de m'y préparer.

JOE

Elle a levé la main vers l'endroit d'où le sang commençait à couler.

PEACHES

Je me suis dit: *J'imagine que l'éclat de verre, ça n'a plus d'importance, maintenant.*

VIOLET

J'ai rampé sur les gravats dans la poussière jusqu'à elle.

Tout était dur et coupant. Moi-même, je me sentais dure et coupante. Je l'ai rejointe dans l'obscurité qui laissait filtrer juste assez de lumière pour que je voie ma main droite sur sa hanche. Et ma main gauche sur sa jambe. Ses jambes n'auraient pas dû être dans cette position.

J'ai remonté la main vers son bras replié sur sa poitrine. Sa peau était si chaude, mais peut-être que la mienne était juste glacée. Sa robe à paillettes s'était incrustée dans sa peau comme une queue de sirène, mais elle brillait encore. En essayant de ne pas toucher ces endroits, j'ai tâté son épaule et je me suis allongée près d'elle, mon corps comme une image inversée d'elle. Son visage brillait sous allez savoir quelle lueur. La brûlure lui avait emporté la figure jusqu'à exposer l'os, et partout ailleurs, sa peau suintait. J'avais envie d'attraper sa tête et de presser ma bouche contre sa joue.

« Tu es tellement belle. » Mes yeux me piquaient de larmes. J'ai répété encore et encore: « Tu es tellement belle. »

JOE

Tous les deux, on a attrapé Peaches quand on a entendu d'autres coups de feu. Ils étaient proches, mais le couloir était désert, et mes jambes trop lourdes pour courir. Alors on l'a traînée comme on a pu vers la première pièce, une chambre avec des objets partout par terre. On n'était pas les premiers à atterrir là. Il y avait dans les murs des trous de balle comme des cicatrices d'acné.

March a attrapé les draps et les a étalés par terre, le plus loin possible de la porte. J'ai couché Peaches pendant qu'il lui mettait un oreiller sous la tête.

Les coups de feu ressemblaient à un solo de batterie. J'ai guetté la petite voix dans ma tête qui m'avait commandé de survivre, de rester en vie, puis finalement, de lâcher prise. Mais je ne l'ai pas entendue. À la place, il y avait sa voix à elle, qui me disait de ne pas être aussi stupide. De ne pas gâcher le temps qui me restait à vivre. Quelle que soit sa durée.

March s'est dirigé vers la porte. Le solo de batterie se rapprochait, il faisait comme un bruit de fond à la périphérie de mes pensées. Puis il s'est tu.

J'entendais leurs pas se rapprocher dans le couloir.

March montait la garde. Il faisait face tout seul.

J'ai repoussé tout doucement les cheveux de Peaches de son visage. S'il ne vous reste plus qu'une seconde à vivre, que faire pour ne pas la gâcher ?

Il ne me restait plus que quelques secondes. J'ai pris la moitié d'une respiration avant que la porte s'ouvre en grand.

« March, non ! »

TRENTE ET UN

TÉMOIGNAGE DE MAJID (MARCH) EL KAISSI, 16 ANS

Quand j'étais petit, je dormais mal. Je faisais des cauchemars toutes les nuits. Je ne sais pas pourquoi. Je n'avais que quatre ou cinq ans. À cet âge, on n'est pas censé avoir de soucis. Je pleurais dans mon sommeil puis je sentais qu'on me soulevait de mon lit. Ma mère m'avait entendu à travers la cloison et elle me réveillait en me prenant dans ses bras. Du coup, le lendemain soir, j'avais moins peur de m'endormir.

Cette fameuse nuit, cette nuit de la fin octobre, donnait l'impression qu'elle ne s'arrêterait jamais. Puis un moment plus tard, qu'elle allait se terminer d'un instant à l'autre. Mais ce dont j'étais sûr, c'est que je ne me réveillerais pas indemne de ce cauchemar-là.

J'attendais que ça se termine quand la porte s'est ouverte d'un coup. La mort, c'est la fin de tout, et là, c'était mon tour. Alors j'avais ce pied de table entre les mains, prêt à frapper n'importe qui. Je savais que le poids de ce bois ciré ne procurait pas de réelle sécurité, que c'était juste un moyen d'occuper mes mains.

Je n'étais pas prêt à me battre. Je suis très doué en statistiques, et là, elles étaient totalement en ma défaveur. Je priais Dieu dans ma tête. J'ai récité *Allahu akbar* dans un murmure. Je pleurais, aussi, comme quand j'étais petit, mais en silence, cette fois. Je savais que crier, ça ne ferait pas venir quelqu'un qui chasserait mes peurs. Je n'avais jamais imaginé qu'on me prendrait dans les bras pour me sortir de là.

Et pourtant.

La porte s'est ouverte, et j'ai entendu quelqu'un hurler mon nom. Puis Joe a couru vers moi. J'ai écarté les bras pour le protéger et j'ai fermé les yeux. *Par pitié.*

Je ne sais pas si c'était *par pitié épargnez-moi* ou *par pitié achevez-moi* que je pensais alors que je m'apprêtais à affronter la personne qui allait franchir cette porte. Juste *par pitié, faites que ce cauchemar se termine.*

D'une certaine manière, ça a été le cas.

J'ai été sorti de ce rêve par des voix d'hommes que je ne voyais pas mais qui criaient : « À GENOUX ! À GENOUX ! » Et là, je me suis rendu compte que je ne pouvais pas obéir parce que Joe Mead me tenait dans ses bras. Il avait plaqué une main sur ma nuque et enfoncé ma tête dans son épaule. Puis incliné la sienne par-dessus.

Quand j'étais petit, maman me berçait en me chantant des chansons.

Là, Joe et moi, on se balançait en tremblant blottis l'un contre l'autre comme accrochés au mât d'un navire dans un océan déchaîné.

Tout autour de nous, la chambre s'est remplie. En fait, la

porte ne s'était pas ouverte sur la mort, mais sur une demi-douzaine de policiers qui continuaient à hurler. Ils nous ont contournés pour aller inspecter la fenêtre et le lit au pied duquel Peaches était couchée.

« R.A.S. »

Je me souviens de ça comme on se souvient de certains rêves, même des années après. De ces mains sur mes bras qui tentaient de nous séparer, Joe et moi. Mais aucun de nous ne voulait lâcher.

Je pense qu'il ne savait même pas pourquoi. Pourquoi c'était le dernier geste qu'il avait décidé de faire. Comme je ne savais pas pourquoi j'avais tenu jusqu'à la dernière seconde ce pied de table pour protéger Joe.

Mon cauchemar a pris fin avec une main qui caressait mes épaules tremblantes accompagnée d'une voix qui disait ce que maman me disait quand j'étais petit : « Tout va bien, tout va bien, maintenant. »

Mais ça, c'est la façon dont je me suis réveillé. Ça n'a pas fait de ce cauchemar un simple cauchemar. Cette nuit d'octobre a été la plus longue de toute ma vie. Elle me hante encore aujourd'hui, alors même que je vous raconte chaque minute, pour que vous puissiez peut-être en tirer un quelconque enseignement.

Un policier est resté avec nous pendant que les autres continuaient à sécuriser les lieux. Joe a respiré un grand coup pour compenser les centaines de fois où il avait retenu son souffle et il s'est écarté de moi pour supplier le policier de secourir Peaches. Le type s'est agenouillé près de ce qui restait de son torse, et je suis sûr qu'il a fait et dit tout ce qu'il fallait, mais je n'entendais pas parce que j'étais concentré sur son visage. Qui ne contenait pas la moindre lueur d'espoir.

Joe voulait rester. Moi aussi, je serais resté, mais on n'en a pas eu le droit, et on était trop épuisés pour lutter contre quiconque ne cherchait pas à nous tuer. On nous a dit que ceux qui pouvaient marcher devaient quitter les lieux.

On a dit la même chose à Violet. Elle a raconté qu'ils l'avaient portée pour finir, parce qu'être capable de marcher et être capable de partir, c'est deux choses différentes.

On nous a mis dans une file de gens au visage couleur de cendre qui se dirigeaient vers le pont. En traversant le parc, on nous a dit de ne pas regarder sur les côtés, et sur le pont, de ne pas regarder par-dessus la rambarde. « Ils ne savent pas tout ce qu'on a déjà vu », a dit Joe tout fort à l'intention de personne.

Je ne regardais que mes pieds.

Une fois sur la route, Hearne House s'est rallumée d'un coup.

Des gens nous ont mis des couvertures de survie sur les épaules. Des bus attendaient de conduire ceux qui paraissaient indemnes à l'hôtel de ville. Joe était blessé, plus qu'il ne le pensait, il avait du verre pilé dans les genoux jusqu'à l'os, et moi, mes parents travaillaient à l'hôpital, alors, après une courte discussion, on nous a conduits à un autre car. Le car pour les blessés valides.

Ils ont laissé les morts sur place. Il n'y avait pas le moindre nuage annonciateur de pluie dans le ciel, si bien que les corps sont restés jusqu'au lendemain matin. Ils les ont simplement recouverts de draps. Et ils les ont tous photographiés : d'abord de loin, puis de plus près pour voir l'angle des balles. Toutes ces photos sont rassemblées dans un classeur. L'album de famille de ce dernier jour.

J'ai écouté le récit des légistes après leur découverte de la scène. L'une d'entre eux pleurait: « Tous ces adolescents... » Pour elle, c'étaient des enfants. Elle avait une fille, qui aurait pu être au milieu de tous ces jeunes.

Elle a dit qu'ils avaient fait les gestes nécessaires pour ceux qui ne ressentaient plus rien. Ils leur avaient fermé les yeux, lissé les cheveux, puis ils les avaient laissés tranquilles.

Parents, enfants, sœurs, frères, amis: tous ces gens ont attendu sur la route près du pont toute la nuit et le lendemain jusqu'à ce qu'on retire enfin les corps du parc.

Si j'avais eu le choix, je serais resté avec eux, moi aussi.

Dans ce car où Joe et moi on est montés, personne ne parlait. Une ou deux personnes gémissaient et criaient. J'ai entendu un sanglot. Les secouristes passaient de l'un à l'autre, ils parlaient d'une voix douce. Mais ce dont je me souviens surtout, c'est du silence. Un silence plus fort que le bruit qu'on avait entendu jusque-là.

Moi, j'aurais préféré parler. L'écho des coups de feu dans ma tête aurait été atténué, si seulement j'avais pu le couvrir. Mais Joe a regardé par la vitre pendant tout le trajet, puis on a atteint l'hôpital et, là, il a jailli de son siège, les paumes plaquées sur la vitre.

Une foule attendait et, en plein milieu, un homme. Il était grand, il avait les avant-bras et la gorge couverts de tatouages, mais ça n'était pas pour ça qu'on le remarquait. Il pleurait comme j'ai rarement vu un homme pleurer. Et j'en ai beaucoup vu pleurer, depuis. Quand il a vu le visage de Joe, il s'est mis à hurler son nom en pleurant encore plus fort.

Joe l'a regardé comme s'il s'efforçait de reconnaître quelqu'un.

Ça n'aurait pas dû être nécessaire. Ils avaient les mêmes yeux.

Sur le siège devant moi, une femme a voulu se lever mais ses jambes ne la portaient plus. Je crois que c'était une prof, même si je ne la connaissais pas. «Je peux vous aider?» Je l'ai accompagnée jusqu'aux portes automatiques de l'hôpital en me baissant pour qu'elle pose la main sur mon épaule.

Puis je suis retourné au bus. Joe n'était plus là, mais d'autres gens tentaient d'en descendre, certains poussaient, d'autres avaient peur, ils ne pouvaient toujours pas croire qu'ils étaient sauvés. Il n'y avait pas tant de personnel que ça pour leur venir en aide. J'ai fait trois ou quatre fois l'aller et retour pour accompagner ceux qui étaient incapables de marcher seuls, ou qui avaient trop peur. Pour finir, le bus a été vide.

Le chauffeur est reparti chercher des gens à Hearne House. Il a fait ça toute la nuit.

Cette nuit qui se poursuit toujours pour tant d'entre nous.

Ade, le petit frère de Violet, avait été découvert au début de l'opération de sauvetage. Vivant. Il a survécu à l'intervention au cours de laquelle on lui a retiré deux balles, l'une dans l'épaule, l'autre à la jambe. Je lui ai apporté des BD pendant son séjour à l'hôpital. Pas des histoires de superhéros, mais des histoires où des gens ordinaires sauvent le monde.

Le corps de sa mère a été ramené le lendemain. On l'avait trouvée au milieu des arbres, roulée en boule autour d'Ade. Elle lui avait servi à la fois d'abri et de bouclier.

Le père de Violet a été placé en maison de repos après la

mort de sa femme. Violet passait son temps entre la maison de repos, le chevet d'Ade et le service des grands brûlés à l'étage du dessus, où les médecins tentaient de sauver ce qu'il restait de la peau d'Ellie.

On avait l'impression que les Kimber étaient là jour et nuit, encore plus après les premières greffes, quand on l'a sortie du coma artificiel où elle avait été plongée pour supporter la douleur.

Joe veillait sur Peaches, assis près de son lit devant la télé allumée où passaient les émissions préférées de sa mère.

Il reste encore quelques personnes à l'hôpital. Beaucoup y reviennent régulièrement pour des soins. Toutes les autres ont été priées de suivre une thérapie. Il y a plus de psys à Amberside que j'aurais jamais pu l'imaginer. Des groupes de soutien ont été créés, aussi. Tout le monde n'y va pas.

Puis il y a ceux qui attendent la nuit, ce moment où, quand ils ferment les yeux, les petits détails sont plus clairs dans leurs souvenirs que sur le moment même. Ce à quoi ils ont échappé les hante encore aujourd'hui.

Il y a ceux qui continuent à attendre, tout en sachant que plus personne ne rentrera, maintenant.

Quatre-vingt-trois morts sur place. Sept victimes qui n'ont pas survécu dans les jours suivants. Des dizaines de blessés, certains gravement. Et toute cette attente.

Ce soir-là, quand le bus a quitté le parking pour repartir vers la maison sur la colline, j'attendais toujours. Devant l'hôpital.

C'est là que ma mère m'a retrouvé.

Je croyais qu'elle et Baba seraient trop occupés pour ça, mais non. Eux aussi, ils attendaient.

Mama a surgi par les portes automatiques comme si elle m'avait entendu pleurer dans ma chambre, et elle m'a serré de la manière qui mettait toujours fin à mes cauchemars. Puis elle m'a tenu à bout de bras et elle m'a regardé.

Je lui ai dit que ma sœur, Imani, était en lieu sûr. Qu'elle souriait quand j'ai embrassé son visage avant de devoir la laisser là où elle gisait pour aller me cacher sous la scène. Que son corps ne serait pas ramené de Hearne House cette nuit-là. Qu'on allait devoir attendre.

Puis j'ai posé une main sur le trou dans ma chemise.

TRENTE-DEUX

PEACHES

Je suis morte. En réalité, je suis morte trois fois. Il y a vraiment quelqu'un quelque part qui a un sens de l'humour merdique. Ou alors, qui croit qu'on doit toujours s'acquitter de ses dettes.

Mon cœur s'est arrêté une fois dans l'ambulance qui me conduisait à l'hôpital, puis deux fois pendant l'opération qui a duré six heures et au cours de laquelle l'équipe médicale a extrait tous les fragments de balle de mon corps et tenté de me rendre le plus de fonctionnalités possible. Non que je m'en souvienne, bien sûr. La conscience m'est revenue après, par petits bouts. Tout ce dont je me souviens, c'est de m'être réveillée à plusieurs reprises les premiers jours, mais de m'être sentie trop épuisée pour faire autre chose que me rendormir. Dans mes rêves, les bips de mon moniteur d'oxygène se mêlaient au générique des émissions préférées de maman.

Elle a passé à l'hôpital chaque jour de chaque semaine de mon séjour là-bas. La télé était toujours allumée, mais quand j'ai enfin commencé à me réveiller, c'était moi qu'elle regardait.

JOE

Tout ce dont rêvait papa, c'était de me revoir, en fait. Je n'imaginais pas qu'il serait comme ça avec moi. Gentil. Comme avec mes sœurs quand elles étaient petites, si l'une d'elles se faisait mal. Il les traitait comme si elles allaient se briser, alors que, moi, on me disait d'être courageux et de me débrouiller tout seul. Quand elles étaient parties vivre loin avec maman, c'était comme si la gentillesse en lui avait disparu. Il n'était plus qu'un ancien boxeur rabattu dans les cordes, un type qui avait baissé les bras.

Cette nuit-là, il m'a dit si souvent qu'il m'aimait que ça réparait dix-sept années d'un coup. Il m'a traité comme si je risquais de me briser. Comme si j'étais en verre. Pas comme ces éclats vicieux pilés dans mes genoux. Il a fallu des siècles avant qu'un médecin vienne m'ausculter, et quand il m'a dit que je ne serais pas pris en charge avant le lendemain parce que toutes les salles étaient déjà réservées vingt fois pour des cas plus vitaux que le mien, j'ai compris, mais j'ai quand même pleuré. Devant mon père.

Sans déclencher sa colère.

C'est la nuit où je lui ai dit que j'avais envie de reprendre l'entraînement, si mes genoux me le permettaient. Si je réussissais à récupérer. Je voulais faire quelque chose d'important. Peut-être que c'était juste un rêve, mais j'avais envie de battre des records.

Sans déclencher sa colère.

« Comme moi, autrefois, il a dit. Mais toi, tu seras plus fort. »

Je me suis endormi contre lui dans la salle d'attente. Chaque fois que je me réveillais, je me traînais jusqu'à la réception pour demander des nouvelles de Peaches, et chaque fois on me répondait qu'on ne pouvait donner aucune information à part à la famille.

Quand une autre réceptionniste a pris la relève, je l'ai vue sursauter à ce nom. Comme si elle savait. J'ai insisté. « Peaches. Peaches Britten ? » Mais elle a fait signe que non de la tête.

Après ça, je n'ai pas vraiment réussi à me rendormir.

PEACHES

Ce que je n'ai pas vraiment demandé, c'est combien de temps Joe est resté avec ma mère. Mais je sais que ça se compte en *jours*. Les jours passaient, les feuilletons défilaient, le père de Joe venait toutes les quelques heures leur apporter des provisions en provenance du petit supermarché en face. Tous ces jours-là, j'étais ailleurs, à rêver, à baver sans doute sur mon oreiller, mais au moins, je n'étais pas morte.

Trois fois, c'est déjà pas mal. Je ne sais pas si cette ironie de l'égalité – trois fois sauvée, trois fois morte – était destinée à me faire réviser ma théorie sur l'invincibilité. Est-ce que ça impliquait que j'avais utilisé toutes mes chances, ou au contraire que j'étais indestructible ?

Ce n'est que récemment que j'ai pris conscience qu'avant tout ça, je me sentais invincible. Il faut dire que je n'avais aucune raison de penser différemment. C'est comme ça qu'on parvient à vivre autrement que dans l'angoisse permanente, non ? On croit que rien ne peut nous atteindre. Ce qui arrive aux autres, ça ne paraît pas vraiment réel. Pour soi, tout va bien, jusqu'au moment où ça n'est plus le cas.

JOE

Je vivais presque dans la chambre de Peaches. Ce qui n'avait pas l'air de déranger Tilda, sa mère. Tant que je me taisais pendant les émissions importantes à la télé.

On m'a annoncé qu'elle était morte en salle d'opération trois secondes avant de me dire que, finalement, on avait réussi à la sauver, alors la seule chose à laquelle je pensais, c'est que si je restais avec elle, je n'aurais plus jamais à revivre ces trois secondes.

Et puis, c'était plus simple pour moi d'être dans sa chambre. Papa savait où me trouver. Maman et mes sœurs sont venues tout de suite. Mais à part eux, personne ne pensait à me chercher là. Maman m'a dit que les parents de Sam étaient venus à la maison. J'ai tenté de chasser cette pensée de mon esprit.

Le lendemain, alors que Peaches était toujours en soins intensifs, avant qu'elle puisse être placée en chambre, quelle que soit la chaîne télé qu'on mettait, ça ne parlait que de nous.

Mais ça n'a duré qu'un jour.

Il y avait des vidéos floues postées sur Twitter et Snapchat, des petits rectangles noirs où tout ce qu'on apercevait, c'étaient des lumières tremblotantes, et tout ce qu'on entendait, c'étaient des coups de feu et des cris. Il y avait aussi des photos récupérées sur les réseaux sociaux et une liste de noms qui ne cessait de s'allonger.

Puis, le lendemain, une société de voyages a fait faillite en laissant sur le carreau des centaines de personnes à Magaluf. Et une autoroute s'est ouverte en deux près de Londres. Un car de tourisme a failli complètement basculer.

Par la suite, il n'y avait plus que de courtes nouvelles à la fin du journal télévisé avec les listes, les photos et les vidéos. Chaque fois, je coupais le son. Mais c'était un soulagement de savoir qu'à l'extérieur de l'hôpital, le monde continuait de tourner.

Nous, Hearne House, tout ce qui s'y était passé, on n'en formait qu'une infime partie. Partout autour, la vie se poursuivait.

Peaches s'est réveillée le quatrième jour.

PEACHES

Imaginez vous réveiller avec le chargement d'un poids lourd sur le torse pour découvrir que le plus beau garçon du lycée connaît mieux votre mère que vous, en fait. Je ne sais toujours pas ce que je trouve le plus accablant.

Dans le marécage de ma mémoire, j'avais l'impression que quelques heures à peine s'étaient écoulées depuis que je ne voulais pas que quelqu'un comme Joe Mead voie mes bras nus. Quand j'ai pris conscience de ma nouvelle réalité, j'ai dû partir du principe qu'il m'avait vue avec un drain pour aspirer un liquide pas très ragoûtant de mon poumon blessé et des pansements partout pour couvrir les incisions qui avaient transformé mon corps en patchwork. Sans mentionner la bave.

Pourtant, quand j'ai été vraiment réveillée, il avait l'air tellement soulagé. Je n'avais jamais vu quelqu'un aussi content de me voir.

JOE

Je me suis mis en retrait. C'était un déchirement pour moi, mais je me suis dit qu'elle avait besoin de temps avec sa mère. Elle avait repris connaissance pendant quelques minutes les jours précédents, mais à peine. Je ne pouvais pas l'accaparer.

Et puis, elle est gentille, la mère de Peaches. C'est vrai, elle est un peu perchée, elle vit au rythme de ces gens dont le bébé a été kidnappé par un jumeau maléfique dans un feuilleton américain. Mais elle était là. Parfois, quand je restais plus tard que j'aurais dû à l'hôpital et que je me réveillais dans le fauteuil près du lit de Peaches, je voyais sa mère en train de pleurer. Sans un bruit.

Ma mère était là, elle aussi. Je l'ai sans doute plus vue pendant ces semaines qu'au cours de toute l'année précédente. Elle parle de déménager plus près d'ici. Je crois que ça me plairait bien.

Quand je suis enfin revenu dans la chambre, Peaches était éveillée, l'air hébétée, avec tous ces gens qui contrôlaient les machines autour d'elle, surveillaient ses constantes et injectaient des antidouleurs dans sa perfusion. « Moi, je me soigne à l'arnica », leur a dit Tilda. Elle m'a ébouriffé les cheveux en passant près de moi. « Je vais faire un saut au distributeur automatique. »

Pouls, oxygène. Allez savoir tout ce qu'ils ont vérifié avant de nous laisser tranquilles. Il faut beaucoup de machines pour maintenir quelqu'un en vie. Le dernier infirmier parti, je me suis assis au bord du lit.

« Tu en as mis, du temps. »

PEACHES

J'ai pris une bouffée d'air d'à peine la moitié de ce que j'aurais aimé. J'avais l'impression d'avoir couru un marathon sans entraînement, mais j'arrivais à garder les yeux ouverts. C'était étrange de le voir sous ces lumières si fortes et si blanches. Je m'étais habituée à son visage couvert de crasse dans le noir.

« Mieux vaut tard que jamais, j'ai dit comme si j'avais frotté ma langue sur du gravier. Tu es… »

Il était propre.

Il était pâle.

Il donnait l'impression de ne pas avoir dormi depuis des mois.

Il avait les mêmes yeux brillants que maman. Je savais qu'elle était sortie pour pleurer.

Il n'était pas beau à voir.

Sauf qu'il était toujours aussi beau. Ce qui continuait à m'énerver.

« … vivant. »

Il a ri, et d'une certaine manière, il a paru encore plus fatigué. « Ouais, et heureusement, avec toi, ça fait deux. Deux personnes en vie. »

JOE

Elle a tenu une heure éveillée. Ça avait l'air difficile pour elle de parler, alors on a passé la deuxième demi-heure à regarder à la télé des gens qui essayaient de vendre de vieux machins retrouvés dans leur grenier.

Papa nous a apporté des sandwiches de Tesco. Je lui avais envoyé un message pour dire que Peaches s'était réveillée, et il a regardé en direction du lit en disant d'un ton joyeux : « Bon, tu nous présentes ? »

Je savais qu'il se demandait qui était cette fille blême avec des tuyaux partout qui avait failli mourir et que je refusais de quitter. Je n'avais jamais parlé d'elle avant ça. Je ne la connaissais même pas.

Je me suis tourné vers le lit en me demandant ce que Peaches allait penser de papa et des tatouages qui lui recouvraient presque toute la peau. Mais elle s'était déjà rendormie. Le bip de ses machines était régulier.

Les jours suivants, elle est restée éveillée plus longtemps. Maman a réussi à me faire rentrer à la maison pendant que Tilda veillait sur elle. J'ai pu changer de vêtements. J'ai même mangé en dehors de l'hôpital. Mais je ne voulais pas rester chez moi. Mon téléphone était un catalogue d'appels manqués et de messages. Des gens du lycée, des membres de la famille que je n'avais pas vus depuis un siècle, toutes ces personnes qui essayaient de me joindre. Des journalistes qui avaient relevé mon nom sur Internet et réussi à dégoter mon numéro, aussi.

La sœur de Sam. Les parents de Doug. Eux aussi, ils avaient appelé. Je n'étais pas encore prêt à leur parler, et si je passais trop de temps à la maison, je craignais de les voir surgir.

L'hôpital était le seul endroit rassurant. J'avais l'impression que ces murs couverts de peinture brillante me protégeaient de tout.

J'ai eu des soins pour mes genoux, aussi. Mais je ne devrais pas garder de séquelles. Quand j'ai annoncé ça à papa, il a poussé un cri de joie dans le téléphone.

Il m'arrivait de croiser Violet à une heure absurde dans les couloirs, ou alors au distributeur de café. Elle était venue rendre visite à Peaches après son réveil, et j'avais parfois passé la tête dans la chambre de son frère. Je n'ai pas vu Ellie tout de suite. Violet disait que son pronostic vital n'était plus engagé, mais que plus elle mettait de temps à se réveiller, moins on savait, pour la suite.

On n'était ni l'un ni l'autre capables de quitter l'hôpital.

«J'ai l'impression que si je détourne les yeux trois secondes, elle pourrait…

– Je sais.» Elle a souri. Je ne sais toujours pas comment elle réussissait encore à sourire.

Parfois, on passait un petit moment ensemble au distributeur avec du café qui refroidissait dans nos gobelets en plastique, ce qui le rendait encore plus atroce. Puis elle retournait voir son frère, Ellie, ou appeler son père. Et moi, j'allais retrouver Peaches.

PEACHES

Il surgissait en pleine nuit en essayant de ne pas me réveiller. Le truc, quand la seule chose qu'on a à faire de toute la journée, c'est dormir, eh bien, c'est qu'on se décale. Et puis, lorsqu'on passe autant de temps que moi à l'hôpital, on finit par se dissocier du corps couché dans le lit. Votre corps, c'est ce que les infirmiers viennent déplacer et vérifier toutes les deux heures en vous mettant des appareils au bout des doigts et en vous demandant de quantifier votre douleur sur une échelle de un à dix. Vous, c'est à part. Vous flottez. J'ai passé beaucoup de temps dans un état de semi-conscience, mon esprit en suspens au-dessus de mon corps, présente mais pas vraiment concernée.

Quand Joe arrivait, je renaissais. Je redevenais humaine et pas seulement une part de la conscience générale du monde. Il m'amarrait en ce monde. C'est à ça que ça sert, une ancre, non?

Bref, il arrivait en essayant de ne pas faire de bruit, mais le plus souvent, j'étais éveillée.

« Tu n'es pas obligé de marcher sur la pointe des pieds, tu sais. »

Je disais ça juste pour le regarder sursauter et cligner des paupières.

« Désolé.

– T'as pas de chez-toi ou quoi ? »

Même maman rentrait parfois dormir à la maison, maintenant. Il y avait normalement des heures de visite strictes, mais on était les survivants de Hearne House, alors le personnel de l'hôpital nous traitait comme Joe quand il me croyait endormie.

« Si, mais la bouffe est meilleure, ici. » Il a posé deux Mars sur mon plateau et s'est assis au bord du lit. Il avait toujours l'air épuisé. J'avais envie de lui proposer d'échanger nos places. J'aurais adoré m'asseoir dans un fauteuil.

« Pourquoi tu dors pas ? il a demandé avant que je puisse lui proposer de s'allonger.

– Parce que j'ai assez dormi pour tenir jusqu'à Noël. Je ne sais pas. Je réfléchis, je crois. »

Il a eu l'air inquiet. On savait tous les deux ce que ça impliquait, de réfléchir.

« Pas à ça, j'ai dit. Bon, c'est vrai, peut-être à certains aspects. »

Il continuait à parler tout bas, alors qu'on ne dérangeait personne. « Quels aspects ?

– La façon dont on n'a pas arrêté de se croiser, cette nuit-là. Toi et moi, Ellie, Violet et March. Je sais que c'est une coïncidence, mais ça me semble avoir du sens.

– Et ? »

J'ai redressé le menton. « Pourquoi tu es là, Joe ? »

Il a haussé une épaule et posé la main sur le lit tout près de moi. « Je sais pas. J'imagine que, toi aussi, tu as du sens pour moi. »

J'ai lâché une bouffée d'air en détournant la tête. Ce n'était pas que ça m'épuisait de parler, mais je n'avais pas les bons mots.

Joe a passé la main sur ma joue. « Sérieux. »

J'ai voulu prendre un air indifférent, mais j'ai été trahie par mon regard, qui n'a pas pu s'empêcher de chercher le sien. Je ne voulais pas qu'il reste là par culpabilité, parce qu'il était désolé pour moi, ou à cause d'un sens de la responsabilité inapproprié. Il n'y était pour rien, dans tout ça.

J'ai tenté un sourire. Assez discret. « Si tout ce que tu veux, c'est m'embrasser, eh bien, tu choisis ton moment. J'ai mal partout, je transpire, je suis clouée au lit. Au top de ma forme. »

JOE

Je l'ai embrassée. J'y pensais déjà avant qu'elle se réveille. Dans les moments les plus noirs, quand on n'était pas entièrement sûrs qu'elle s'en sorte, je m'étais dit que je réussirais peut-être à la réveiller avec un baiser.

Je l'ai embrassée le plus doucement possible.

« Merde, elle a dit en reculant. Tu n'étais pas obligé. Tu n'avais pas à…

– Je sais.

– Ah. » Elle a porté ses doigts à ses lèvres, qui se sont

incurvées en une sorte de sourire étonné. « Tu n'es pas obligé de recommencer, non plus. »

Elle avait raison.

Alors je l'ai embrassée de nouveau.

TRENTE-TROIS

VIOLET

On m'a dit qu'Ade avait eu beaucoup de chance. Ce n'est en général pas ce qui vient à l'esprit pour parler d'un petit garçon qui vient de perdre sa mère. Mais il avait eu de la chance que les balles l'aient atteint là. En se plantant dans ses os, elles avaient raté des endroits plus vitaux. Il avait eu de la chance, aussi, de ne pas être touché à des endroits qui auraient davantage saigné. Bref, il avait de la chance d'être en vie.

Je ne peux pas le nier. Je ne peux pas non plus nier qu'Ade, mon père et moi, on a tous eu de la chance d'avoir connu tant d'amour.

Apparemment, elle avait continué à marcher après avoir été touchée. Plus longtemps que ça n'aurait dû être possible avec une telle blessure. Maman. Elle avait sans doute été atteinte près du pont, quand j'étais bien plus loin, prisonnière de la foule avec Joe, au désespoir de l'avoir perdue. On l'avait trouvée au milieu des arbres, tellement enroulée autour d'Ade que les policiers chargés d'inspecter la zone avaient failli ne pas le voir.

Il avait fallu du temps à l'hôpital cette nuit-là pour que l'administration fasse le lien entre ce petit garçon et sa sœur traitée dans un autre service, et qu'on m'informe qu'il avait eu beaucoup de chance.

Je n'étais pas seule, à ce moment-là. La sœur de mon père l'avait appelé quand l'affaire avait commencé à sortir dans les médias, d'abord sous forme d'événements non confirmés. Le temps qu'on m'emmène à l'hôpital et qu'on me mette sous sédatifs pour atténuer le choc, des tantes que je ne connaissais même pas demandaient de mes nouvelles à la réception. Affirmant qu'elles étaient de la famille, même quand ça n'était pas le cas.

Je n'ai pu épargner aucune douleur à mon père. Mais il est plus fort que je ne le croyais, et puis, je ne suis pas seule à m'occuper de lui. Je suis moins seule que ma mère l'était. Il y a plein de gens prêts à nous aider.

Ma mère ne demandait jamais d'aide. Pour elle, ça aurait été un déshonneur. Moi, je ne suis pas comme elle. Il n'y a rien de mal à se faire aider. À ne pas vouloir tout porter toute seule. Tous ces gens pour qui on compte assez et qui veulent nous aider, j'en suis fière.

ELLIE

J'ai rêvé de l'explosion. Normalement, dans le coma, on ne rêve pas. Ce n'est pas un état comparable au sommeil et ses cycles. C'est un néant, un vide où on place votre cerveau pour qu'il ne ressente rien.

Pourtant, j'ai rêvé. Peut-être que c'était juste avant de me réveiller. Dans ce rêve, je scrutais ces yeux bleus comme si une part de moi essayait d'y déceler quelque chose. De l'humanité. Mais ce regard n'était que glace. Puis le monde est parti en flammes. J'ai été emportée par une vague qui m'a plongée dans une chaleur insupportable. Ce n'était pas douloureux, même si mon esprit me disait que ça aurait dû l'être. Quand la lumière blanche a disparu et que la chaleur s'est dissipée, j'avais encore le visage brûlant. Et lorsque j'ai mis une main sur ma joue pour chasser cette sensation, mes doigts sont revenus collants.

Plongée dans l'obscurité, je me suis demandé ce qui restait de moi.

VIOLET

Le même jour, j'ai eu la permission de voir Ellie et ma mère. Trois jours après Ambereve. Ade était dans une chambre, son état jugé stable. Il n'avait pas pleuré. Je pense que tout ça était tellement étrange et bouleversant qu'il comprenait à peine ce qui se passait. Rien de tout ça n'était réel.

Ça ne me semblait pas réel non plus, de pousser mon père en fauteuil roulant vers la chapelle de l'hôpital où était exposé le corps de ma mère. Ma tante m'avait dit que je n'étais pas obligée de la voir comme ça.

Mais si. Parce que ça serait la dernière fois.

De toute façon, rien n'était normal, et je ne savais pas comment ça aurait pu l'être. Peut-être que ma mère aurait dû être transportée dans notre église, là où elle m'emmenait tous les dimanches et où elle connaissait tout le monde. Peut-être qu'il aurait dû y avoir davantage de gens, pas juste nous trois, qui avancions le plus doucement possible vers l'inéluctable. Qu'il aurait dû y avoir des chants, de la joie et des louanges mêlés à la douleur.

Mais ça, ça serait pour plus tard. Là, c'était juste le premier adieu. Maintenant, je sais que quand on perd un être cher, on lui dit adieu des milliers de fois.

Nos pas résonnaient.

Elle était couchée dans un cercueil disposé assez bas pour que mon père puisse la voir sans être obligé de quitter son fauteuil. Il a poussé un cri – je comprenais si bien sa douleur –, et ma tante l'a aidé à poser la main à un endroit approprié pour ces derniers instants.

En observant le visage de ma mère, je me suis rendu compte que, même si j'en connaissais chaque détail, ce qui la constituait réellement n'était pas dans cette boîte. Elle avait les yeux fermés, les traits tirés et le teint grisâtre, ce qui lui aurait fait émettre un bruit désapprobateur devant le miroir. Ses joues paraissaient creuses. Un petit bout de sa perruque se décollait légèrement. Elle ne se serait jamais permis d'avoir l'air autrement que parfaite.

Je me suis humidifié le bout d'un doigt pour recoller le bout de perruque.

Elle avait la peau toute froide. Elle était froide quand j'ai déposé un baiser sur sa joue.

Ça n'est pas normal, j'ai pensé, en tremblant au souvenir du vide que j'avais ressenti quand je la cherchais, cette fameuse nuit. Ça n'était pas normal que ses mains ne serrent pas les miennes, ces mains plus grandes et plus fortes que les miennes, pour envelopper mes doigts.

Rien n'était normal. Un monde sans elle, ça n'était pas normal. Ça n'était pas normal que je sois encore en vie alors qu'on m'avait arraché le cœur. Ça n'allait pas que je puisse avoir si mal sans pour autant mourir de douleur.

Que même aimer quelqu'un à ce point, ça ne suffise pas à la sauver.

Mais au milieu de tout ça, je lui ai fait une promesse. Quoi que je fasse de ma vie à partir de maintenant, j'allais essayer d'être heureuse comme elle l'avait espéré. J'allais essayer d'obtenir les succès qu'elle voulait pour moi, d'être aussi intelligente, impeccable, mais surtout, heureuse.

Je n'ai pas dit ce genre de choses au corps dans le cercueil. J'ai tourné les yeux vers la lumière qui filtrait par le vitrail de la chapelle. Maintenant, maman est partout. L'essence de ma mère est en moi, en Ade, partout où on pose le regard. Encore maintenant, il me suffit de lever les yeux pour savoir qu'elle m'entend.

Je lui ai promis d'être heureuse. Et jamais seule.

À mon retour à l'hôpital, on m'a annoncé que la famille d'Ellie acceptait que je me rende à son chevet.

ELLIE

J'avais la joue gauche brûlée jusqu'à une ligne presque nette sur le nez – je devais avoir tourné la tête. Ma robe avait fondu d'un côté sur tout le bras, l'épaule, la hanche, la cuisse et une partie de mon buste. J'avais respiré de l'air très chaud, aussi, alors j'avais les poumons calcinés.

Pendant un peu plus de deux semaines, le coma artificiel m'a épargné tout ça. Je n'ai aucun souvenir des premières opérations d'urgence, quand ils tentaient de gratter la peau morte, de maîtriser l'inflammation, qu'ils effectuaient les remplacements liquidiens. Je n'ai aucun souvenir non plus des premières greffes pour faire en sorte que la peau qui me restait couvre deux fois plus de surface qu'avant. Quand mes parents me racontent tout ce qu'on m'a fait subir pendant cette période, je ne parviens pas à comprendre comment un corps peut supporter tout ça. Au moins, j'ai échappé au pire.

J'ai raté les premières visites de Violet, aussi.

VIOLET

D'abord, je n'avais le droit de la voir que quelques minutes par jour. Il y a des règles très restrictives dans le service des grands brûlés : six patients maximum, pas plus de deux visiteurs en même temps. Le temps de visite est compté, les risques d'infection nécessitent que ça soit encore plus strict que dans le reste de l'hôpital.

Mais je suis allée la voir dès que j'ai pu. La première fois, elle était méconnaissable. Les boursouflures tendaient chaque partie de son corps. Elle avait une moitié du visage en moins, le reste à peine visible. Une machine respirait à sa place, et chaque souffle la soulevait légèrement de son lit. Puis une alarme a retenti car son corps luttait contre la ventilation, et quand les infirmiers ont surgi, j'ai dû partir. Ils étaient si calmes que ça a un tout petit peu apaisé la panique dans ma poitrine.

La mère d'Ellie m'a pris la main, comme si elle savait. « Elle va s'en sortir », elle a soufflé, et je me suis souvenue de ce qu'Ellie m'avait raconté. Ce n'était pas la première fois que sa mère se retrouvait impuissante au chevet de l'un de ses enfants. « Ellie est une battante, et tout le monde ici se bat pour elle, alors... » Elle a laissé sa phrase en suspens. Puis elle a dégluti avec peine. « On m'a dit que tu avais été retrouvée près d'elle. »

Je n'avais pas de mots pour répondre, uniquement un petit bruit douloureux. J'ai acquiescé.

Je ne savais pas qu'il faudrait un événement tel qu'une mère qui me prenne dans ses bras en donnant l'impression de ne plus jamais vouloir me lâcher pour que j'ouvre enfin les digues.

ELLIE

Le réveil, ça a été un mélange de douleur et de vision de mes parents. On m'avait retiré le ventilateur avant de me sortir du coma. Chaque souffle me demandait un effort, mais je respirais sans assistance. Je me rappelle avoir entendu parler soulagement de la douleur, bouton sur lequel je pouvais appuyer... des choses que je ne maîtriserais que bien plus tard. Maman se souvient qu'en ouvrant les yeux, j'ai dit: «Mais qu'est-ce que font tous ces gens dans ma chambre?»

Violet est venue le lendemain, quelques minutes seulement. Sans que je comprenne pourquoi, sa présence m'a rendue nerveuse. En fait, je n'avais pas l'habitude qu'on me voie en position de faiblesse. «Je n'ai pas demandé de miroir, je lui ai dit. Je sais à quoi je dois ressembler.

– Tu es très belle», elle a répondu.

VIOLET

Bien sûr, ses photos ont été publiées par tous les journaux. Personne ne les lui a montrées, mais dans les toilettes de l'hôpital, j'ai entendu deux femmes évoquer sans pitié la fin de sa vie de rêve.

Je ne pense pas qu'Ellie menait une vie de rêve. Déjà,

est-ce qu'une vie de rêve, ça existe ? En soi, la vie, c'est déjà une belle chose. Voir la poitrine d'Ellie se soulever parce qu'elle respirait toute seule, c'était aussi beau que de la voir courir dans un stade. Le fait qu'elle soit en vie, c'est la chose la plus belle qui soit pour quelqu'un qui a senti sa vie lui filer entre les doigts.

Elle est belle quoi qu'il arrive. Pour moi, en tout cas.

ELLIE

J'ai fait la connaissance du petit frère de Violet au bout d'un mois. J'étais enfin sortie des soins intensifs, alors parfois j'avais droit à un visiteur âgé de moins de douze ans, même si l'un de mes infirmiers préférés décrit les enfants comme des « bouillons de culture sur pattes ».

Il était si petit… Quoique moi aussi, je me sentais toute petite. La cicatrisation des brûlures, ça vous fait fondre les muscles plus vite que n'importe quoi. Violet avait les mains sur ses épaules, mais je l'aurais de toute façon reconnu. Ils ont le même sourire.

On a parlé d'elle. Des gens qu'on avait perdus : sa mère. Sam, que je connaissais depuis presque toujours. Sur mes photos d'enfance, il avait toujours son petit sourire de travers, ses joues rondes et sa main dans la mienne. De Doug, aussi. De Mademoiselle Ewell. De mon ancien coach d'athlétisme et de deux jeunes nageurs avec qui je m'entraînais.

Joe est venu me voir, lui aussi, il m'a donné des nouvelles de Peaches, mais il refusait d'évoquer les disparus.

J'ai conservé la liste des noms publiée dans les journaux, je la relis souvent. Il y a plein de gens qu'on connaissait, d'autres qu'on ne connaissait pas, mais qu'on connaît au final, vu ce qu'on a traversé ensemble. Je ne peux que ressentir la présence de ces gens en moi. Je la ressens chaque jour.

C'était tellement important pour moi qu'Ade soit encore capable de sourire. Il a tiré sa chaise jusqu'au bord du lit pour me dire bonjour. « Vi parle sans arrêt de toi. »

J'ai haussé les sourcils. *Le* sourcil. « Elle parle beaucoup de toi, aussi. »

Il a sorti une BD de son sac et l'a ouverte sur mes draps. « Je t'ai apporté une histoire. Tu me la lis ? »

Derrière lui, Violet a fait un claquement de langue. « C'est sa préférée. »

Une histoire de gens ordinaires qui sauvent le monde.

VIOLET

C'était un peu avant que March vienne voir Ellie. Il avait déjà rencontré Ade, et je l'avais aperçu un jour près du service des grands brûlés, il regardait par la vitre qui donnait sur les six lits. Six personnes dans un état tellement grave que sans ventilation artificielle, elles seraient mortes.

Je lui avais dit qu'il pouvait m'accompagner. Qu'ils autorisaient deux visiteurs à la fois. Mais pour ça, il a attendu qu'elle soit déplacée dans un service avec moins de restrictions, et capable de parler.

Je crois qu'il voulait passer le moins de temps possible à l'hôpital. Ses parents y travaillaient. On a tous appris à les connaître. Un chirurgien, un spécialiste, au regard doux et las à force de tenter de sauver les gens, alors qu'ils ne pouvaient plus rien faire pour leur fille.

« Je n'aime pas traîner à l'hôpital, il a dit à Ellie quand

il est venu. Les gens croient que c'est parce que j'ai peur de rester seul, alors que la dernière chose qu'Imani aurait voulue, c'est que j'aie peur. »

ELLIE

« Moi, j'ai peur, je lui ai dit. Je n'arrête pas de rêver de ça. Dès que je m'endors, ça revient. »

On avait étudié différentes guerres en classe. On avait vu aux infos des images d'attentats et d'explosions de bombes. Parfois, ça se passait pas très loin de chez nous, mais toujours assez loin pour ça paraisse irréel.

Maintenant, je sais quel bruit fait une bombe quand elle explose. Et c'est ça qui me paraît irréel.

March a baissé la tête vers ses mains jointes sur ses genoux, comme s'il priait. « Les gens qui ne connaissent pas ma famille demandent, même si la plupart du temps c'est avec gentillesse, si on s'attendait à ce que ça nous arrive ici aussi. Comme je suis musulman, ils croient que j'ai fui un endroit du monde où on est habitué à ce genre d'horreur. Mais je suis originaire du Maroc. Je n'ai jamais connu de violence là-bas. Mes parents ne sont ici que parce qu'on leur a proposé des postes intéressants. »

Il s'est tu, il a pris une bouffée d'air comme s'il y avait quelque chose à ajouter, mais aucun mot n'était assez vaste pour ce qu'il voulait dire.

« Et tu n'as pas non plus imaginé que tu verrais ça ici », a dit Violet.

March a fait signe que non.

Elle s'est assise au bord du lit entre nous. « Moi aussi, j'ai peur. Maintenant, on a vécu ça. Ce n'est plus juste des trucs horribles qui arrivent aux autres. On ne pourra plus jamais se croire en lieu sûr. Ça ne peut pas ne pas être réel, et c'est terrifiant. Mais j'ai encore plus peur que la peur m'empêche de vivre. Alors je veux vivre. D'autant plus que je sais qu'il n'y a pas de lieu sûr, je vais vivre. On ne doit pas céder une seule vie de plus à ces types. »

VIOLET

« Moi aussi, je veux vivre, a dit March. Parce que j'ai encore plus peur de la colère de ma sœur, sinon. »

Il a fait un petit sourire, puis il a haussé les sourcils en attrapant une BD coincée le long du lit. Ade avait dû l'oublier là. « Tiens, c'est ma préférée. »

Ellie et moi, on s'est tenu la main longtemps après son départ.

Je lui ai dit que j'étais désolée pour ses cauchemars, et elle a haussé sa seule épaule disponible. « Ces rêves sont dans une partie de mon cerveau que je ne contrôle pas. Quand je suis éveillée, c'est plus facile. Ça revient dès que je dors, mais le matin, à mon réveil, ça me rappelle que j'ai eu la chance de m'en sortir. »

C'était le cas pour nous deux. C'est comme ça qu'on parle de nous dans les journaux maintenant, quand ils donnent de nos nouvelles. On nous appelle « les survivants », ou bien « ceux qui ont eu de la chance ».

TRENTE-QUATRE

MARCH

Depuis que j'habite en Angleterre, j'ai deux identités. Majid à la maison et March au lycée.

Ce deuxième nom m'est venu par accident. Le jour de mon arrivée en classe, le professeur qui m'a présenté a étiré le *j*, comme si ça lui faisait peur de dire la suite. «Je vous demande d'accueillir Majjjj...»

Les élèves ont transformé ce son étranger en quelque chose de plus familier, et Maj est devenu March. Au début, je détestais ça, mais à l'époque, je connaissais surtout l'arabe dialectal et le français, pas trop bien l'anglais, alors j'ai vite appris à me faire discret.

Maintenant, au lycée, tout le monde connaît mon vrai nom. J'y suis retourné, bien sûr. Pas question de rater mes examens à cause de ces terroristes. On est un certain nombre à être restés jusqu'à la fin dans la maison. Quelques-uns traînent ensemble alors que les autres ne veulent surtout pas être associés à ça. Mais plus personne ne se trompe sur nos noms.

Je peux être Majid, maintenant. Je veux qu'on connaisse mon vrai nom.

Mais j'aime bien March. Ce nom-là aussi, je vais le garder. C'est le mois du printemps, celui où tout renaît. Ça permet de se souvenir qu'il faut toujours aller de l'avant.

ELLIE

Je suis rentrée à la maison pour Noël. Juste pendant quelques jours. C'est comme ça, maintenant, ma convalescence : un week-end chez moi suivi d'une nouvelle hospitalisation ou d'un séjour en rééducation. Je sais que je vais encore devoir subir des opérations pendant au moins deux ans. Les médecins tentent de me retaper comme des artisans qui restaurent un tableau. Je fais de la kiné deux fois par semaine pour reprendre des forces, parce que les brûlures, ça vous fait fondre les muscles, aussi. Et je vais chez le psy, même si je n'en ai pas envie.

Je ne sais pas si je pourrai un jour à nouveau courir, nager, faire du vélo. Je n'ai plus envie d'être Ellie Kimber la menace. Que ça soit bien clair, ça n'est pas à cause de mes blessures. Si j'avais voulu cette vie, je me battrais pour la récupérer, mais j'y ai bien réfléchi, ce n'est pas mon combat.

Si je recommence à courir, ça sera pour moi. Ça, ça pourrait me plaire. Avant, ce n'était pas pour moi que je le faisais.

Ce que j'ai vraiment envie de continuer à faire, c'est d'être mannequin. Je pourrais me satisfaire du fait que la plupart de mes cicatrices sont du côté où je suis sourde, et me contenter de tourner la tête pour éviter d'entendre les commentaires. Mais je ne veux pas de ça. Que mon visage tel qu'il est désormais apparaisse dans les magazines, ça me paraît bien plus important. Ça pourrait sembler être une mission impossible, mais si j'ai retenu quelque chose de toute cette histoire, c'est que rien n'est impossible.

PEACHES

Je n'ai pas encore annoncé mon intention de ne pas poursuivre mes études, mais j'y travaille. Maman s'est tout à coup passionnée pour mon éducation, alors je lui ai promis d'aller jusqu'au bac, mais après ça, je ferai quelque chose qui me plaît vraiment. Je compte m'inscrire à un programme pour jeunes metteurs en scène que propose un théâtre de la ville. Le moment est venu de descendre de mon portique pour me montrer, même si ce n'est que sous la forme d'une silhouette qui donne des consignes depuis une salle plongée dans l'ombre.

Moz voulait monter une compagnie. Il disait que, tous les deux, on ferait de bien meilleures mises en scène que les autres. Un jour, je donnerai son nom à ma compagnie.

JOE

Je fais du sur-place.

PEACHES

Pour l'instant, je patauge. Je ne me sens pas prête à retourner au lycée. Je ne travaille pas vraiment pour le diplôme que j'ai promis d'obtenir.

Je passe beaucoup de temps avec Joe. Ça m'aide. J'aime croire qu'on s'aide un peu l'un l'autre.

JOE

C'est dur de reprendre une vie normale. C'est comme si

le monde avait changé, mais que les gens continuaient à se comporter comme si de rien n'était. Il y a des trous béants partout, et si on ne regarde pas où on met les pieds, on peut tomber dedans.

Comme le jour où je suis retourné à Clifton.

Tout le monde me disait que ça me ferait du bien de reprendre les cours. De me changer les idées. Papa a même fait le trajet à pied avec moi, puis il m'a laissé à la grille comme un enfant de cinq ans, ce qui était super gênant.

Je me suis approché du mur du réfectoire. C'était notre point de rendez-vous à tous les trois, parce qu'on venait d'endroits différents. Sam habitait dans un lotissement à la sortie de la ville, et Doug prenait le bus.

J'ai revu Doug frotter contre la brique ses baskets que sa mère n'arrêtait pas de lui nettoyer. Sam faire une forme obscène avec son chewing-gum. L'un d'eux me crier : « Mec, t'es en retard. Le petit bébé avait besoin de son gros dodo ? »

Mais il n'y avait personne contre le mur.

Tout a disparu, à part la compression dans ma poitrine qui m'empêchait de respirer. Il paraît que c'est ce qu'on ressent quand on fait une crise cardiaque. Ça serait logique de mourir d'une peine de cœur après tout ça, non ?

En réalité, c'était de la panique. Une crise de panique.

On a dû appeler les secours pour moi. Les ambulanciers m'ont expliqué qu'on a l'impression de mourir, mais qu'en réalité, c'est l'esprit qui convainc le corps de réagir de façon exagérée. Depuis, j'en ai refait quelques-unes. C'est comme si mon cerveau passait son temps à me jeter des « et si » à la figure, sans que j'obtienne jamais de réponses.

Je n'ai pas essayé de retourner au lycée. J'ai envie de

changer d'établissement, de me retrouver dans un endroit avec moins de trous et d'endroits familiers à jamais vides.

PEACHES

Alors au lieu d'aller en cours, on se promène. On choisit une direction et on marche. C'est incroyable, tous les endroits de notre ville auxquels on n'avait jamais fait attention. Les jardins cachés. On tourne au coin d'une rue et on découvre un square. D'étranges petits magasins dans des rues tellement désertes qu'on se demande s'ils vendent parfois quelque chose.

C'est apaisant. Je respire plus facilement quand il y a plein d'espace autour de moi.

Je vais de temps en temps au stade, aussi. Et ça, ça n'est *vraiment pas* mon habitat naturel.

JOE

Au lieu d'aller en cours, je m'entraîne. Papa me conduit au stade le matin, même si je vois bien qu'il en a déjà marre de se lever si tôt. Parfois, on passe chercher Peaches. Elle ne dort pas très bien. Aucun de nous ne dort bien. Mais en sa présence, j'arrive à contenir la panique qui a tendance à surgir si je me trouve dans un endroit trop fréquenté ou trop désert. Je la cherche des yeux, je la vois assise au bord de la piste, et ça va mieux.

Ça va mieux.

VIOLET

Ma tante de sang et de cœur va venir vivre avec nous dès que mon père pourra rentrer à la maison. Il a d'abord été question qu'on aille habiter chez elle, mais notre maison est plus grande, et elle peut quand même se rendre à son travail de chez nous. Mes cousins sont adultes, maintenant, ils ont quitté le nid.

Elle me dit souvent qu'elle ne remplacera jamais ma mère, mais qu'en revanche, elle a de l'amour maternel à revendre.

Pour l'instant, je suis les cours à mi-temps, mais j'ai hâte de reprendre pour de bon. De retrouver mes amis. De travailler. Sans routine, la vie est étrange, alors je me suis créé la mienne. J'emmène Ade à l'école le matin et, l'après-midi, je vais voir Ellie. On prend un café à l'hôpital, ou bien, quand elle est chez elle, on s'installe sur le canapé du salon pour regarder des films que ma mère n'aurait jamais autorisés chez moi.

Ellie a encore besoin de beaucoup d'aide, mais elle refuse que je m'en charge. Elle me dit: «Je veux être la seule chose dans ta vie sur laquelle tu n'as pas besoin de veiller.» Je pense que ça la réconforte d'avoir quelqu'un qui ne sursaute pas en la voyant, et qui n'en fait pas trois tonnes. On est le répit l'une de l'autre.

Je vois souvent March, Joe et Peaches, aussi. Peaches doit encore retourner à l'hôpital, mais Joe la quitte rarement. Même si on devrait savoir que le sentiment de sécurité n'est qu'une illusion, on a l'impression d'être plus en sécurité tous ensemble.

PEACHES

C'est March qui a créé ce groupe. Ce n'est pas une thérapie, ça n'est pas le but. Ça n'a pas vraiment de cadre. Le plus souvent, on se contente de jouer aux jeux vidéo ensemble.

Des jeux de courses de voitures ou des trucs de fantasy où il faut nourrir des dragons et tresser des paniers en osier. Aucun de nous ne se sent plus capable de faire des jeux de tir.

Au début, on se rejoignait au chevet d'Ellie (dérogation spéciale « pitié » à la règle des deux visiteurs : on avait failli mourir, alors on se gênait pas pour en abuser). On lisait des BD, on discutait de la télé. Maintenant, il nous donne rendez-vous par message. La cafétéria de l'hôpital et le salon des Kimber sont les plus fréquents.

Hé, le groupe de ceux qui ont eu de la chance, dispo ?

MARCH

Des gens continuent à nous appeler comme ça, et je sais ce que c'est de se voir attribuer un nom sans avoir son mot à dire. On peut soit détester, soit se l'approprier.

Ceux qui n'ont pas vécu ça, et qui ne comprendront jamais, nous ont posé à tous les mêmes questions, même après avoir lu nos récits. Même si on a tous passé une semaine à tout raconter. Mais j'ai eu droit à des questions un peu différentes des autres.

« J'imagine que pour toi, ça a été moins surprenant ? »

Comme j'ai déjà dit, non.

« Tu dois être soulagé que les terroristes n'aient pas été musulmans. »

Je vois à quoi ils font allusion. Mais la terreur et la haine n'épargnent aucune couleur de peau, aucune origine, aucune croyance. C'est juste quelque chose dont sont capables les humains, seulement quelques-uns d'entre eux, heureusement, les plus horribles, les plus odieux.

Alors non, je ne suis pas soulagé de ne pas avoir partagé ma religion avec ces terroristes. Pour moi, c'est déjà une honte de faire partie de la même espèce qu'eux.

La dernière remarque, celle qu'on a tous entendue encore et encore, parce que quelqu'un qui n'a pas vécu ça ne pourra jamais comprendre.

« Tu as vraiment eu de la chance. »

ELLIE

Pour moi, la notion de chance n'a rien de nouveau. On m'avait déjà dit ça par rapport à mon frère, à l'époque où mes parents tentaient de me montrer qu'ils m'aimaient mais qu'ils avaient du mal à me regarder, tellement ils étaient noyés dans leur chagrin.

Si la chance, ça se limite à la survie, alors oui, j'ai eu de la chance.

JOE

J'ai fini par réussir à parler aux parents de Doug et de Sam le jour des funérailles. Il y a eu une cérémonie commune pour eux deux. Il y avait tellement d'enterrements à cette époque que ça paraissait logique.

Sur les photos, on était tous les trois. Les inséparables. Doug, Sam et Joe. Joe, Doug et Sam. Quand quelqu'un criait l'un de nos prénoms, on se retournait tous les trois, alors ça paraissait normal de voir leurs cercueils côte à côte. Ça faisait des années qu'on partageait tout.

Mais ils sont morts sans moi.

Cette cérémonie, c'était comme essayer de regarder la télévision avec une antenne cassée : ça n'avait aucun sens.

Je n'ai pas pleuré jusqu'à ce que je sorte, et la première personne que j'ai vue dehors, ça a été la mère de Doug. Je pense qu'elle avait besoin de prendre l'air avant tout le monde.

Elle est boulangère. Quand on était gamins, elle nous laissait fabriquer des petits pains, puis elle gravait nos initiales dans la pâte pour les repérer, car ils étaient impropres à la consommation humaine. *S, D, J.*

Les inséparables.

Peaches était encore à l'hôpital, et j'avais échappé à mes parents. Seul avec la mère de Doug, j'ai pleuré en lui répétant combien j'étais désolé. «Je suis désolé d'avoir survécu et pas eux. Je suis désolé que ça ait été moi. Je suis désolé, je suis désolé.»

Parfois, je continue à ressentir ça. Parfois, vivre, ça paraît être la plus grande malchance qui soit.

Mais parfois, non. Quand je pense à toutes ces choses. Le ciel bleu, les petits matins froids, la cérémonie de remise des diplômes de mes sœurs, papa qui me regarde courir, maman, Ellie, March, Violet. Et Peaches.

Je prends le temps nécessaire pour me remettre, mais ça vient. J'ai envie de vivre. Si c'est une chance de vivre, alors je ne veux pas la gâcher.

PEACHES

Est-ce que j'ai de la chance? Chaque soir, je les vois allumer le grand feu. Chaque soir, je suis assise sur le portique avec Moz à regarder les flambeaux serpenter sur la colline en sachant ce vers quoi ces gens se dirigent. Sans que je puisse jamais rien empêcher. Ça recommence, et ça recommence encore.

JOE

Parfois, je ferme les yeux et je vois Sam et Doug mourir et mourir. Parfois, je ferme les yeux et on regarde tous Ellie Kimber danser.

ELLIE

Avant, je ne pouvais pas concevoir qu'il y ait des bruits trop forts. Mes parents s'étaient éloignés de la scène ce soir-là à cause du bruit. « TROP FORT », m'avait fait comprendre papa avant que je me précipite vers les baffles. « TROP FORT. » Moi, j'avais envie de m'immerger dans la musique. Je ne comprenais pas que quelque chose puisse être trop fort.

Maintenant, je sais. Quand un pot d'échappement pétarade, que quelqu'un lâche un objet, ça devient vite trop fort.

Je continue à explorer cette nuit-là. Je n'arrêterai jamais. Mais il n'y a pas que ça dans mon cœur.

VIOLET

Il m'arrive d'être submergée par la tristesse. Je dépose Ade à l'école, je vais voir Ellie, je prends le bus pour rentrer, et une fois seule, je fonds en larmes à l'idée des mains de ma mère sur mes cheveux.

J'ai renoncé aux tresses. Personne ne pourra jamais me les faire aussi bien qu'elle.

Mais je me sens plus courageuse qu'avant. Ma mère n'est plus là, pourtant je lui parle, je lui parle de mon avenir. Quand je pense à elle, je crois qu'elle serait à la fois surprise et fière. Parfois, je sens sa main sur mon épaule. Elle me guide sans pour autant me retenir.

J'ai la chance d'avoir connu un tel amour, la chance d'avoir celui que j'ai maintenant.

PEACHES

Je dors mal, mais mes heures d'éveil sont plus merveilleuses que jamais. On a tous perdu quelque chose dans cet attentat. J'y ai aussi gagné des choses. Bien sûr, ça n'est pas équivalent. Mais c'est la vie que j'ai maintenant. Une vie que j'ai failli perdre trois fois.

Alors j'ai bien l'intention d'en profiter.

JOE

Quand on va aux rendez-vous avec March, c'est comme si certains trous dans le monde se remplissaient. Je peux m'autoriser à croire qu'un jour, ça sera moins douloureux de penser à Doug et à Sam, ça ressemblera moins à un morceau qu'on découpe en moi. Je peux presque accepter l'idée que le manque se transformera en bonheur qu'ils aient existé.

Je n'ai jamais été doué pour la solitude. Mais je ne suis pas seul. Il me suffit d'un appel à n'importe quelle heure, et Violet décroche d'une voix endormie parce que j'ai oublié que pour elle, neuf heures du soir, c'est l'heure de se coucher. Ou Ellie demande qu'on la distraie pendant un nouveau séjour à l'hôpital où elle s'ennuie. Ou bien March m'annonce qu'il a battu mon record à *Mario Kart.*

Et puis, il y a Peaches. Elle est mon repère. Elle m'écrit « je n'arrive pas à dormir » pile à l'instant où je m'extrais d'un cauchemar atroce. Elle grimpe dans la voiture de papa aux petites heures du matin les yeux larmoyants en me disant que le seul problème avec mes ambitions athlétiques, c'est qu'elles ne collent pas avec l'heure du p'tit déj' chez McDo. Elle me fait écouter ses comédies musicales préférées en me promettant que je vais aimer la prochaine.

Et en général, elle a raison.

Elle a toujours raison.

MARCH

Dans les journaux, ils évoquent parfois le devenir de Hearne House. Il est question soit de la raser, soit de la transformer en monument à la mémoire des victimes. Quoi qu'ils décident, je m'en fous. Je m'en fous, de cet endroit. Les morts n'y sont plus et leurs assassins n'ont pas le droit à la moindre considération. La mort a cessé de se tenir en embuscade de l'autre côté du pont ou d'arpenter les couloirs de la maison, alors je n'ai pas peur.

Quand je repense à cette nuit-là, je me souviens de ceux qui faisaient de la place aux autres, même si ça impliquait de risquer d'être repérés. Je me souviens des mères qui protégeaient leurs enfants. D'amis qui couraient enlacés ou qui sont morts en se tenant par la main.

Je me souviens de l'amour.

S'il doit rester quelque chose, c'est l'amour.

Note de l'autrice

Je n'ai pas souvenir d'un moment où le terrorisme n'a pas été présent dans ma vie. Même si l'accord du Vendredi saint signé en 1998 a presque mis fin à tous les attentats liés au conflit nord-irlandais, j'ai passé mon enfance à Guildford, dans la rue ou l'un des deux pubs avait explosé avant ma naissance. Mes parents habitaient juste en face, à l'époque. Ils avaient senti le sol trembler sous leurs pieds et ils avaient assisté au carnage. Sans oublier que mon père travaillait chez Harrods, où un attentat à la bombe a tué six personnes.

Quand j'étais petite, à Londres, le métro fermait encore régulièrement en raison de colis suspects, il y avait des évacuations de musées au cours de sorties scolaires, on vous recommandait de ne pas rester trop près de la fenêtre. Du plus loin que je me souvienne, j'attends que mes parents rentrent du travail sans être vraiment sûre de les revoir.

On a l'impression que le terrorisme fait les gros titres chaque semaine. La violence absurde, aveugle, ostentatoire et terrifiante peut parfois donner l'impression de frapper tout près de nous. Mais il y a certaines choses qu'il ne faut jamais oublier au sujet du terrorisme. Principalement, que c'est vain, parce que les terroristes ne gagnent jamais. Il est statistiquement prouvé – par exemple dans l'ouvrage d'Audrey Kurth Cronin intitulé *How Terrorism Ends* («Comment mettre fin au terrorisme») – que, depuis les années 1970, aucun groupe extrémiste n'est parvenu à ses fins par le biais d'actes terroristes. Ce n'est pas l'impression que ça donne, mais en essayant de faire régner la terreur, ils ne font que renforcer notre détermination à tenir bon et à les combattre.

Malgré les vies anéanties par les événements dont on entend parler aux informations (comme celui de ce livre, même si, dans ce cas, il s'agit de fiction), malgré l'impact sur les survivants, qui ne doit jamais être sous-estimé, la plupart des actes terroristes ne sont ni bien préparés, ni mortels. Le plus souvent, ils échouent lamentablement. Umar Farouk Abdulmutallab a voulu se transformer en bombe humaine en dissimulant des explosifs dans ses sous-vêtements, mais il n'a réussi qu'à se brûler. En 2007, quand des terroristes ont voulu attaquer l'aéroport de Glasgow, des Écossais nullement impressionnés les ont sortis de la voiture qu'ils tentaient d'utiliser comme bouclier, puis passés à tabac.

Le terrorisme semble surtout contemporain mais, comme le dit March, il a toujours existé, et il touche tout le monde. Les terroristes de mon enfance étaient des hommes blancs. Beaucoup de terroristes actuels le sont encore. La résilience, l'espoir et l'humour dont font preuve les survivants de l'île d'Utoya attaquée par Anders Breivik ont été l'une des influences de ce livre. Tout comme les témoignages des survivants des attentats de Paris, Orlando, Boston, Nice, Istanbul, Tunis, New Delhi, Bombay, Bali, Bagdad et bien d'autres endroits où la terreur a secoué le sol sous les pieds de tant de gens. *Et pourtant nous sommes vivants* a été écrit avant l'attentat de la Manchester Arena en 2017, mais je ne peux que mentionner le courage et la résilience des survivants, ainsi que l'amour et le soutien de toute la ville à leur égard. Freya Lewis, une rescapée, a relaté son histoire dans un livre intitulé *What Makes Us Stronger* (« Ce qui nous rend plus forts »). En ces périodes de terreur, je ne veux entendre parler que de ceux qui ont survécu. Nous sommes envahis par les photos des terroristes, leurs motivations sont disséquées et analysées, mais moi, je suis du côté de Violet : quelles que soient les raisons de ces gens, elles n'ont aucune importance. Il n'y aura jamais de bonne raison pour commettre un attentat. Ceux qui méritent le moins d'attention, ce sont les criminels. J'ai envie d'entendre parler de ceux qui sont partis trop tôt, et de ceux qui ont survécu. Ce sont leurs noms que je veux connaître.

Le terrorisme est au cœur de ce livre, pourtant j'ai laissé de côté ses auteurs et leurs motivations. Il suffit de dire que ce sont des gens avec des convictions erronées pour qui la violence est le seul moyen de se faire entendre. Si nous voulons espérer voir cesser ce genre d'actes, il faut leur prouver que ça ne sert à rien. Il faut noyer les assassins dans le silence et amplifier la parole des survivants.

J'ai tenté dans ce livre de ne pas glorifier la violence sans pour autant la dissimuler. Cette histoire sort de la bouche des survivants, et ce n'est pas à eux que revient la responsabilité d'expliquer ce qui s'est passé. Ils ont survécu, ils resteront des survivants chaque jour du reste de leur vie. C'est bien suffisant.

Ces personnages ont dû apprendre à leurs dépens que

des actes terribles et incompréhensibles peuvent se produire n'importe où et n'importe quand. Y compris pendant le week-end, les vacances, les pandémies. La plupart d'entre nous ne trouvent aucun sens à ces événements, personne ne peut les prédire. Je sais ce que cette idée a d'effrayant. Mais c'est aussi parce que la vie est imprévisible qu'il ne faut pas laisser la peur nous guider. On ne se protège pas en s'empêchant de vivre, en s'interdisant d'aller à telle ou telle fête, en renonçant à tel festival, en ne prenant pas ce train ou cet autre. On ne peut lutter contre le terrorisme qu'en menant la plus belle vie possible et en aimant le plus de gens possible. Je souhaite ça à tout le monde.

«Ce qui survivra de nous, c'est l'amour.»

Philip Larkin, *Un tombeau d'Arundel*

L'AUTRICE

Sera Milano a exercé le métier de libraire et de professeur d'art dramatique avant de suivre des cours de *creative writing* à St Mary's University et d'obtenir un master en littérature jeunesse à Bath. Elle a publié deux romans jeunesse sous le pseudonyme de Birdie Milano (dont l'un, *Mister Hamster et moi*, traduit chez Bayard en 2020). *Et pourtant nous sommes vivants* est son premier roman jeune adulte.

ON LIT
PLUS
FORT.
COM
L'ACTUALITÉ DES ROMANS
GALLIMARD JEUNESSE

Le papier de cet ouvrage est composé de fibres naturelles, renouvelables, recyclables et fabriquées à partir de bois provenant de forêts gérées durablement.

Mise en pages : Françoise Pham

Loi n° 49-956 du 16 juillet 1949
sur les publications destinées à la jeunesse
ISBN : 978-2-07-515415-4
Numéro d'édition : 376117
Dépôt légal : février 2022

Imprimé en France par Normandie Roto Impression s.a.s.
61250 Lonrai
N° d'impression : 2106958